坐人间的车，驾非人间的马

卡夫卡作品选读

黄荣华 郁蓓媛——编著
叶廷芳 洪天富等——译

中国出版集团 東方出版中心

图书在版编目(CIP)数据

坐人间的车，驾非人间的马：卡夫卡作品选读 / 黄荣华编著. —上海：东方出版中心，2018. 1
（黄老师课堂）
ISBN 978 - 7 - 5473 - 0776 - 2

Ⅰ. ①坐… Ⅱ. ①黄… Ⅲ. ①小说集-奥地利-现代 Ⅳ. ①I521. 45

中国版本图书馆 CIP 数据核字(2015)第 107202 号

坐人间的车，驾非人间的马——卡夫卡作品选读

出版发行：东方出版中心
地　　址：上海市仙霞路 345 号
电　　话：(021)62417400
邮政编码：200336
经　　销：全国新华书店
印　　刷：上海景条印刷有限公司
开　　本：890×1240 毫米　1/32
字　　数：236 千字
印　　张：9. 125
版　　次：2018 年 1 月第 1 版第 1 次印刷
ISBN 978 - 7 - 5473 - 0776 - 2
定　　价：27. 00 元

编著者说

人类发展的关键性瞬间是持续不断的

“人类发展的关键性瞬间是持续不断的。”这是卡夫卡箴言第六条的第一句，这也是我写这篇序时想到的第一句话。

还是五年前吧，我们这一群语文老师就想到要编这样一套丛书——“著名中学师生推荐书系·西方文化”，最初的念头就是要将西方文化中“人的发展”这一线索，用中学生能较好接受的方式介绍给中学生。现在，这套丛书的第一辑即将出版，在这里借这句话对这套丛书的编注作几点说明。

切入的角度——“文化”。

大家都清楚，人有两性：自然性与文化性。对一个人来说，两者密不可分。但与其他动物比，人因为文化性而显出了他的卓尔不群。或者说，人因为有文化而区别于动物，由此也可以说文化性即人性，人性即人的文化性。正是从文化与人性关系的角度出发，人们看到了文化对人性发展的意义。也因此，我们在编注这套丛书时，期待从文化的角度来看待人类的经典，述说这些经典对人性发展的影响，进而述说对人类文明进程的影响。

选编的线索——“人的发现史”。

人们在谈论东西方文化的不同时，总会谈到两种文化中有关“人的发现”问题。在东方，“人”一开始就被发现了，如“人本”思想，如“博爱”

思想，如西方现代性精神的三个重要支点——“开放、自省、反叛”，都是中华传统文化的重要基因，只是因为封建专制的强大的压制力，这些精神因素不断地被挤压，以至于我们的传统文化在这一方面显得很孱弱。

而在西方，“人的发现”却经历了一个漫长的过程：

古希腊时期，人与神是模糊不清的，所以无论是神话故事，还是英雄传奇，塑造的神或人都是神人混合或曰人神一体的，像宙斯、阿波罗、雅典娜，像阿喀琉斯、俄底修斯、俄狄浦斯……无不如此。

古罗马时期，人得到了肯定。朗加纳斯在《论崇高》中说：“做庸俗卑陋的生物并不是大自然为我们人类所定的计划；它生了我们，把我们生在这宇宙间，犹如将我们放在某种伟大的竞赛场中，要我们既做它的丰功伟绩的观众，又做它的雄心勃勃、力争上游的竞赛者；它一开始就在我们的灵魂中植有一种所向无敌的，对一切伟大事物、一切比我们自己更神圣的事物的热爱。因此，即使整个世界，作为人类思维的飞翔领域，还是不够宽广，人的心灵还常常超过整个空间的边缘。”这是西方第一次将“人”提到神的高度，对“人”的尊严给予了肯定与歌颂。

但随着476年西罗马帝国的灭亡，东罗马帝国的建立，那个漫长的中世纪来到了，神开始全面统治世界。马克思说，在中世纪，政治学、经济学、文学艺术等等都从属于神学。此时，世间一切，都成了上帝的词典。人匍匐在神的脚下，成了上帝的奴婢。

14—16世纪，文艺复兴从意大利开始逐步蔓延到整个欧洲，“人”逐步向中世纪告别，向神告别。特别是在但丁唱响《神曲》100年之后的1453年，土耳其人攻陷了拜占庭，东罗马帝国覆灭，一大批学者携带着古希腊的文献与学术资料来到意大利，同时人们在罗马废墟中发现了大量的古希腊与罗马时期的艺术珍品。所有这些一下子打开了人们的眼界，如恩格斯所说：“在它的光辉形象面前，中世纪的幽灵消逝了。”于是，达·芬奇、卜伽丘、塞万提斯、培根、莎士比亚……一大批英雄一路高唱

"人"的赞歌,终于使"人"作为"宇宙的精华,万物的灵长"站立起来了。

18 世纪,继文艺复兴之后欧洲发生了一次重要的资产阶级思想文化运动——启蒙运动。"启蒙"即"照亮","启蒙运动"即"光明观念"的运动,即以资产阶级倡导的以个人为目的的"自由、平等、博爱"的理性原则,反对封建专制、宗教蒙昧,使"人"的个性得到充分的解放。伏尔泰、狄德罗、卢梭,是这一运动的杰出代表。

18 世纪末—19 世纪中叶发生的浪漫主义思潮,是西方中世纪与现代意识对话的结束。浪漫主义主张自我表现,崇尚理想主义、想象力和崇高美。雪莱说:"诗是一柄闪着电光的剑,永远没有剑鞘,因为电光会把剑鞘焚毁。"在这一文艺思潮中,人彻底战胜了神,人成了人的最高本质。此后,神再回到人间时,不再是束缚人的力量,不再是救世主,而是人的朋友、亲人、恋人。毫无疑问,雨果是浪漫主义最伟大的代表。

19 世纪 30 年代开始的现实主义思潮,是浪漫主义之后西方又一次重要的文艺思潮。它关注人与人的分离,上层与下层、贫与富的矛盾对立,以强烈的主体性观照现实:由个人到社会,为全社会人寻求发展个性、实现个性的途径;由个性到人道,重视对不同个性的理解与同情,带着魔性(批判性)重新寻找神性(人道)。在这一思潮中,巴尔扎克、托尔斯泰将"人"引向了人道主义的高峰。

1853 年波德莱尔出版《恶之花》之后,西方发生了现代主义运动,至今已历 160 余年的风雨。现代主义通过不懈的努力,将文学表达由人的情感发展到人的意识、人的全部精神活动,使作品内涵得到了很大的拓展、深化;现代主义从重视对客观世界的主观体验,到把这种体验发展成为作品的"唯一现实",由此发现人的真正声音往往被历史的声音掩盖、压抑,甚至为历史的声音所吞没。于是,在现代主义作品中,人的意识与人的内心活动的原貌、最真实的原始状态得到了真实、生动的表现。在这样的探索中,现代主义发现了"人"与世界的分离,发现了"人"与"人"的交流与理解的不可能实现,发现了"人"的不可能完美及其荒诞的绝对真实性，发现了“存在”与“虚无”的统一是“人”的唯一现实。在这样的发现面前，卡夫卡只能感叹：“目标虽有，却无路可循；我们谓之路者，不过是彷徨而已。”“无论我转向何方，都有黑浪向我扑来。”卡夫卡的感叹几乎影响着此后所有的现代主义作家。

正是在“人的发现史”这一线索上，“著名中学师生推荐书系·西方文化”第一辑选取了“希腊神话”、《圣经》、“莎士比亚”、“托尔斯泰”、“卡夫卡”这几个重要节点，以期呈现西方文化中“人神不分→神统治人→人告别神→人与人分离→人与世界分离、人与自身分离”这样的文化景观。

推介的期待——“让读者成为一个‘完整’人”。

随着现代商品文化对人的控制和西方后现代理论对人性的解构，现在的许多人也包括不少中学生，对人类几千年建立起来的基本信条、价值、秩序表现出厌倦、怀疑，甚至嘲笑，以多元消解中心，以他者消解主体，以相对消解绝对，以变动不居消解永恒，以随心所欲、纷乱无序的生活来消解人性中的美丽，如崇高感、悲剧意识、拼搏精神等。最终，人就在不同意义的碎片中生存，虚无而荒诞，就像洛夫的《解构》所言一样虚无：“昨日/我偶然穿上这一袭华美的袍/我脱去昨日，留下了袍//今日/我被迫穿上这一袭华美的袍/我脱去今日，留下袍//明日/我无意中又穿上这一袭华美的袍/我脱去明日，留下了袍//留下了袍子/便留下了虱子/留下了虱子/便留下了历史和/痒。”在这样的“解构”中，生活充满着“偶然”、“被迫”和“无意”，“袍子”美与不美都一个样，“穿上”与“脱下”都无所谓，因为“袍子”与“虱子”同体，“虱子”和“历史”同体，“历史”和“痒”同体。这样虚无的人生，正是现代人“碎片化人生”表征。

当人类几千年建立起来的那些永恒的意义被消解，历史就不再有它可“究”的“天人之际”，不再有它可“通”的“古今之变”，更不会有它可“成”的“一家之言”；现实人生也就不再需要去追问“我为何而活”之类的本质意义，更不需要去思索“我自哪里来”、“我到哪里去”这些“白痴”式的永无解答的终极之问，只需要“即时”性的“酷”、“爽”、“超赞”，说“过把瘾就死”还是低端，最高级的是“无可无不可”“生即是死，死即是生”，一副“悠然人世中，潇然人世外”的模样。

不难看出，“碎片化人生”与“无信仰”有极深的关联。信仰是有中心的，信仰是一元的，信仰有历史建构的，信仰是有绝对价值的，信仰最终托起人生的整体性意义。若无信仰，生命就一定是此一时彼一时的“即时”挥霍，人就会变为一头为觅食而东奔西突的兽，就会成为与社会失去必然关联的“失忆人”。

当我们看到了这样的“时代病症”之后，作为语文教师，我们不愿意我们的学生沉溺其中。我们期待，通过积极而有效的引导，使学生有较为完整的阅读，并在阅读中拾回失落的信仰，拾回人生的整体性意义，“成为一个‘完整’的人”。

我们认为，作为一名现代中学生，要“成为一个‘完整’人”，就一定要将“现代”看作人类文明大河的入海口，然后“溯洄从之”，一直抵达大河的发祥地。这样，才可能完整地感受、体察、认识、理解这条大河，真正地感受、体察、认识、理解这条大河的伟大之处、辉煌之所，以及与自己人生的契合之命，从而叹之服之赞之，献身之，皈依之。反之，如果只是站在“现代”这个入海口，没有完整地拥抱文明大河的愿望与行动，那将永远不可能欣赏到大河的真正的生命伟力，也就永远不可能真正获得这种生命伟力，充盈自己的人生，“完满”自己的人生。

流淌到“现代”的人类文明大河由两大支流汇合而成，一大支流是中华文明，一大支流是外国文明。“著名中学师生推荐书系·西方文化”正是要引导读者在外国文明支流上“溯洄从之”，形成较为完整的外国文明概念，成为他们从“碎片化人生”走向“完整人”的构建的一种推力。也许这种推力极其微小，但我们也乐在其中。

卡夫卡说“人类发展的关键性瞬间是持续不断的”。我们也要说：一个人的发展的关键性瞬间也是持续不断的。当沉浸于一本好书，为这本好书所激动时，一个人的发展的一个关键性瞬间也就出现了。倘若“著名中学师生推荐书系·西方文化”能给读者带来这种“关键性瞬间”，我们将感到非常幸福！

黄荣华

2013年6月6日

目　录

第三单元　救赎之路

第四单元　灵魂城堡

第五单元　一个人的战斗

师生推荐的N个理由

SHI SHENG TUI JIAN DE N GE LI YOU

阅读卡夫卡是一种挑战!

但作为一位现代中学生,我们又不得不去阅读卡夫卡。

因为卡夫卡是20世纪人类文化史最重要的存在之一,他“对我们至关重要,因为他的困境就是现代人的困境”。当我们在卡夫卡的作品中做一种精神历险之后,我们将会对自我有着更清晰的理解,对现代人有着更广泛的认识,也将会对我们所处的社会有着更温暖的体察,更自觉的人生担当。

黄荣华

作为一名作家,卡夫卡最令人惊异之处就在于他开启了一个时代。只要你读过卡夫卡,便会被他书籍中的魔咒摄住,并将尝试用整个余生来与之告别。

鄢亭枫　姚梦晓

一个时代总是由天才的电光火石开启,卡夫卡之于20世纪就是这样的存在。

董哲楠

阅读卡夫卡是一种挑战

复旦大学附属中学　黄荣华(师)

阅读卡夫卡是一种挑战!

因为卡夫卡作为现代主义小说家,其作品从形式到内容(如象征方式、文体特征、精神指向)都与前代小说家的作品有着很大的不同,许多论者甚至认为卡夫卡几乎是一个难以抵达的"城堡",而我们中学语文教育所涉范围又基本上停留在了卡夫卡之前的作家作品中。

但作为一位现代中学生,我们又不得不去阅读卡夫卡。

因为卡夫卡是20世纪人类文化史最重要的存在之一,是现代主义文学的代表作家之一,是世界上伟大的作家之一,他几乎影响到他后代的所有作家。

一

卡夫卡(Franz Kafka,1883—1924)是一位出生在奥匈帝国时期的布拉格,用德语写作的犹太作家。他小学、中学在德语学校就读,23岁在布拉格德语大学获法学博士学位。

卡夫卡中学时尝试写作。1902至1912年属于早期写作,有一部散文小说集《观察》(收作品18篇),还有一部未完成的《乡村婚礼筹备》;1912年属于创作爆发期,代表作《变形记》和《判决》皆完成于此时。其他重要作品如3部未完成的长篇——《失踪者》(又译为《美国》)、《诉讼》(又译为《审判》)、《城堡》以及一些著名的短篇,均为后12年完成。此外,卡夫卡还写有大量的书信(他写给菲莉斯的信有500多封,达25万字,汇为一扎,被后人认为可当作一部长篇爱情小说来阅读)。

卡夫卡生前默默无闻，发表的作品很少。他的多数作品（包括三个未完成的长篇）都是他去世后由他的好友勃罗德编辑出版的。卡夫卡的价值随着其作品的出版，也逐渐为人们所认识。

《观察》第一版总共印了800册，5年后还有一大半积压在仓库里。在布拉格的一家著名书店里，几年间一共卖出去11册。卡夫卡说，他很想知道是谁买走了第11册，其中10册他找到了买主，那是他自己。

卡夫卡逝世后，人类经历了第二次世界大战。经历了一场大劫的世界，特别是欧洲，开始逐步认识卡夫卡的意义。随着布罗德新编的九卷本《卡夫卡文集》于1950年出版，“卡夫卡热”很快吹遍西方世界。这以后，卡夫卡成了世界上最有影响力的作家。

像黑塞（德国）、加缪（法国）、博尔赫斯（阿根廷）、纳博科夫（美国）、昆德拉（捷克）、奥登（英国）……这些大作家都对卡夫卡给予了极高的评价。博尔赫斯说：“最初我认为卡夫卡是文坛前所未有、独一无二的；多看了他的作品之后，我觉得在不同的国家、不同的时代的文学作品中辨出了他的声音，或者说，他的习惯。”

同样，像德里达（德国）、本雅明（德国）、布鲁姆（美国）等当代思想界的大家也都对卡夫卡作了极高的评价。布鲁姆说：“卡夫卡对我们人类的命运（在21世纪中显现的命运）所说的一切是任何社会学和政治学的思考所没有说出的。”

勃罗德在《卡夫卡传》中这样表述卡夫卡在今天的意义：“今天人们打开每一期德国的、法国的、英国的、美国的或意大利的杂志，差不多都会碰到这个名字。”

由于种种原因，卡夫卡在中国的影响来得比较晚。中国大陆1980年代开始陆续出版卡夫卡的作品。莫言、余华、格非、马原等一批小说家都受到他较大的影响。莫言在谈到影响自己的10部小说时，说卡夫卡的《乡村医生》所具有的“独特的腔调”给了自己营养，并说这是一篇“最为典型的‘仿梦小说’，也许他写的就是他的一个梦。他的绝大多数作品，都像梦境。梦人人会做，但能把小说写得如此像梦的，大概只有他一人”。

二

卡夫卡流利地掌握了捷克语(布拉格人多数为捷克人),熟悉英语和法语,学习过意大利语、希腊语和拉丁语,后来也基本掌握了希伯来语(犹太人母语),但他用德语写作。

作为犹太人,卡夫卡掌握了那么多语言,而德语并不是卡夫卡真正的母语,他为什么选择德语写作?这是他生活的环境使他必须选择德语。

卡夫卡的父母都是犹太人。他们的祖先生活在由捷克农民包围着的犹太人生活区,至卡夫卡出生时已有一个多世纪。德语已成为了生活在这里的许多犹太人选择的生存语言。1774年奥匈帝国颁布基本教育法案,规定所有小学必须以德语为必修课,所有中学以德语为唯一的教学用语,国家和政府机构的所有商务活动中也都通用德语。生活在这里的犹太人面临两难选择:是与德语同化,还是保持自己的语言(中世纪以来,犹太人一直忍受着被隔离的屈辱)?最终,他们无可奈何地倾向于德语。

因此,在经历了人生的种种遭际后,1911年起,卡夫卡开始研究犹太人问题。到了生命的最后,他特别期待"在自己的土地上用自己的语言建立一个犹太国家"。也因此,在身患重病时,他更加紧了学习希伯来语的步伐。据他的希伯来语教师普娅·门采尔博士回忆:"每次上课之前,他总是收集好了一长串想认识的单词。但他的肺却一直想放弃。每当他有一次痛苦的咳嗽,总使我想中断讲课。而他却瞧着我,说不出话来,用他那深邃的目光凝视着一个又一个单词向我请求。这仿佛表明,他将这些课程当作了一种神奇的治疗方法。"

卡夫卡一生与三位女性有过亲密的交往:菲莉斯、密伦娜、多拉。他与菲莉斯两次订婚,又两次解除婚约,终生未娶。他生命的最后两年是与多拉一同度过的。1923年多拉与卡夫卡相遇时年仅19岁。卡夫卡去世后，多拉完全失去了理智。她一直陪伴着卡夫卡，拒绝离开卡夫卡的遗体。后来卡夫卡的朋友克罗普施托克医生感叹："只有认识多拉的人才明白什么是爱情！"

身份、语言、爱情、婚姻、家庭、国家、民族、疾病等诸多问题纠结于卡夫卡的内心，构成了他人生的极大困境。他模仿他崇敬的巴尔扎克的名句写下自己的名句："在巴尔扎克的手杖上刻着：我摧毁一切障碍。在我的手杖上则是：一切障碍摧毁了我。"

德国文学评论家龚特尔·安德尔这样说卡夫卡的痛苦："作为犹太人，他在基督徒中不是自己人；作为不入帮会的犹太人，他在犹太人中不是自己人；作为说德语的人，他在捷克人中不是自己人；作为波希米亚人，他不完全属于奥地利人；作为劳工工伤保险公司职员，他不完全属于资产者；作为资产者的儿子，他又不完全属于劳动者；但他也不是公务员，因为他觉得自己是作家；而就作家来说，他也不是，因为他把精力耗费在家庭方面；但是在自己家里，他比陌生人还要陌生。"

但卡夫卡绝不甘心就这样被"一切障碍摧毁"，他试图以写作来走出困境。他说："我写作，所以我活着"，直至在写作中死去。这样的写作，给世界留下了一份极其珍贵的待解的遗产。

论者普遍认为，卡夫卡的作品以个体的心灵困境呈现了现代人普遍遭遇的困境，有着比他之前的作家更深刻的心灵审判与更深度的灵魂救赎，而这又是一个真正的现代人所必须选择的精神历险。如英国大诗人奥登所言："卡夫卡对我们至关重要，因为他的困境就是现代人的困境。"

因此，当我们在卡夫卡的作品中作一种精神历险之后，我们将会对自我有着更清晰的理解，对现代人有着更广泛的认识，也将会对我们所处的社会有着更温暖的体察，更自觉的人生担当。

三

那么，我们如何进入卡夫卡这座"城堡"？

有必要简略地了解小说的“古典”与“现代”概念。

在我们关于小说的一般概念中，“古典”就是指古代小说，“现代”就是指“五四”以后的现代白话小说。这当然是不错的。但如果不只是从中国历史发展的时间概念上看，而是把这个概念放在世界小说发展的历程中来看，就有了很大的变化。

从世界意义来考虑，我们大致可以把20世纪以前的小说称为“古典”，而把产生于20世纪，具有反叛性、开放性、实验性、先锋性的小说称之为“现代”。“古典”大体对应于自然主义、浪漫主义与现实主义及之前的一切小说，“现代”对应于现代主义小说。

“古典”小说观认为现实生活背后有一种本质和规律，小说是现实生活本质和规律的艺术反映，小说中的人物是现实中人物的艺术反映。所以，“生活的真实”是小说的生命，哪怕是神魔小说如《西游记》，它们也都是来源于生活。如吴组缃在《我国古代小说的发展及其规律》一文所说：“任何神话都产生于现实，由于现实问题的触发而幻想出来的。”正是持这样的小说观，所以我们的文学史称《红楼梦》为中国封建社会的百科全书，马克思称巴尔扎克的《人间喜剧》为资本主义社会的百科全书，列宁称托尔斯泰的小说为“俄国革命的镜子”。这种小说观认为伟大的小说必然反映和揭示生活的本质和规律，伟大小说本身就是一部历史，所以常称这样的伟大作品为“史诗性”的作品，或者干脆称之为“史诗”。也正是从这个角度出发，我们学习自然主义、浪漫主义和现实主义小说时，我们必然要去追问“作品塑造了怎样的人物形象，这个形象具有哪些性格特征，这个形象在小说的社会环境中具有多大的典型性，他带给读者哪些启示意义”。

现代主义小说观则与自然主义、浪漫主义和现实主义小说观有很大的不同，认为生活是无序的，没有本质的，没有中心的，甚至是荒诞的；小说不再是对生活的某种规律性的反映，而是小说家个人的“弄虚作假”，是“语言的乌托邦”。因此，传统意义上的“生活真实”不再是小说家感兴趣的原则，“人物、情节、环境”这些被传统小说家奉为创作生命的“三要素”对现代主义小说家不再有约束力。现代主义小说家们普遍感兴趣的不是讲故事，不是摹写社会或刻画人物性格，而是自己的内心世界，他们将小说变成了自己精神的探索地带，他们发现人的真正声音往往被历史的声音掩盖、压抑，甚至为历史的声音所吞没，于是，在他们的作品中，人的意识与人的内心活动的原貌、最真实的原始状态得到了生动的表现，从而也使小说对世界的表现变得越来越隐晦，越来越具有涵容性、暗示性、间接性，小说也因此变得越来越复杂。

这是为什么呢？人们普遍认为，这是人类走进20世纪后，人类的生存与境遇本身具有的复杂性、艰难性决定的。在20世纪上叶，人类经历了两次世界大战，世纪中期人类经历了世界性的社会主义革命和民族独立与解放运动，世纪后期经历了资本主义的全球化（至今还在进行中）。与此同时，人类的精神探求越来越复杂化：尼采宣布“上帝死了”，弗洛伊德发现了人的潜意识的存在，荣格发现了集体无意识（客观无意识），以萨特、加缪为旗帜的存在主义学派发现了生存的荒诞与非理性，西方马克思主义发现了人的“物化”与“异化”的本质，以至于萨特之后的法国存在主义巨擘福柯宣称“人死了”！这些复杂的政治、经济、文化现象反映在小说家的精神世界中，自然也就非常复杂。现代主义小说的复杂性，即是现代社会复杂性的表达。研究者普遍认为，现代主义小说正是以其复杂性反映了20世纪人类生存的普遍境遇。卡夫卡、乔伊斯、普鲁斯特，这三位被誉为20世纪最伟大的小说家，其作品都显示了比自然主义、浪漫主义和现实主义小说家的作品复杂得多的特质。

也正因为此，现代主义小说阅读的难度较自然主义、浪漫主义和现实主义小说的阅读难度要大得多。从很大程度上说，现代主义小说阅读不是消遣与享受，而是一种艰难的精神历险。

有必要了解卡夫卡对自我创作的认识。

世界上再没有第二个作家像卡夫卡那样对自己创作的绝望。卡夫卡去世前给好友马克斯·勃罗德留下了一封信：

“最亲爱的马克斯，我最后的请求：我遗物里（也就是书箱里、衣柜里、写字台里、家里和办公室里,或者可能放东西的以及你想得起来的任何地方),凡属日记本、手稿、来往信件、各种草稿,等等,请勿阅读,并一点不剩地全部予以焚毁。同样,凡在你或别人手里的所有我写的东西和我的草稿,要求你,也请你以我的名义要求他们焚毁,至于别人不愿交给你的那些信件,他们至少应该自行负责焚毁。”

现在大家都知道,勃罗德没有遵从卡夫卡的遗嘱,而是在卡夫卡去世后整理了卡夫卡的文字,出版了九卷本《卡夫卡全集》(而卡夫卡生前发表过的作品仅占其中的一卷,其最重要的作品如三个未完成的长篇《美国》《审判》《城堡》也都是他去世后经由勃罗德等整理出版的),人们才得以阅读到一位伟大的天才作家的这些重要作品。

卡夫卡为什么要焚毁自己未发表的手稿?人们有不同的解释。卡夫卡在世时,他只发表了少数几个短篇集,且普通读者几乎没有认识到他作品的意义,或者说卡夫卡在世时是一个被轻视的作家。人们看不到卡夫卡作品的真正意义,因此卡夫卡要焚毁自己的作品。这种绝望我们可以从两个方面来看。

一是卡夫卡对自己的创作要求很严。他之所以一直没有完成那几部长篇,最重要的原因是他自己也不知怎样完成,他在犹疑中,在探索中,在追寻中。他已完成的作品也是经过反复修改才完成的。所以,卡夫卡要焚毁自己未发表的手稿,对其不甚满意应当是其中一个原因。

二是卡夫卡对读者的绝望,对人世的绝望。卡夫卡把自己的创作视为“我梦幻般的内在生活的表现”。卡夫卡的作品确实具有无限的想象力,可谓达到了20世纪人类想象力的一个高度。特别是他的敏感,使他成为最早而又非常深刻地感受到现代人生存困境的人,使他成为最早传达这种特征的先知。先知者总是孤独的,当庸众不能理解卡夫卡这位先知甚至轻视这位先知时,他真的绝望了。卡夫卡曾经还这样自我表白:“我是完全无用的,然而这改变不了。”

但卡夫卡在《箴言录》的第24条又说:“理解这种幸福:你所站立的地面之大小不超出你双足的覆盖面。”如果从这个角度看,卡夫卡对自己的作品最终应当是满足于生前已发表部分的。但愿他带着这种幸福感走进了天堂。

有必要简略了解卡夫卡在现实生活中的情景。

卡夫卡内心充满绝望，他的作品也表现了许多绝望。他在现实中又是怎样的呢？

据卡夫卡生前好友的回忆文字可知，卡夫卡在生活中是一个精神健康、内心简朴的人。

卡夫卡的女友密伦娜与卡夫卡关系破裂后，依然给予卡夫卡极高的评价："我相信，我们大家，整个世界，所有的人都有病，惟独他是惟一健康的、理解正确的，感觉正确的、惟一纯粹的人。"

他的好友马克斯·勃罗德在《卡夫卡传》说："我总是不断遇到卡夫卡的那些只通过书认识他的崇拜者们对他所抱的完全错误的设想。他们以为他在待人接物中也是抑郁的，甚至是绝望的。事实恰恰相反，在他身旁会感到舒服。在与亲朋好友交谈时，他的舌头有时灵活得令人惊讶，他能够激越亢奋，直至忘我，这时风趣的话语和开怀的笑声简直是无休无止。他喜欢笑，笑得欢畅，也懂得如何逗朋友们笑。"

他的另一朋友韦尔奇在回忆中说："他身材修长，性情温柔，仪态高雅，举止平和，深暗的眼睛坚定而温和，笑容可掬，面部表情丰富。对一切人都友好、认真；对一切朋友忠实、可靠……"

由此我们不难感觉到，卡夫卡确实一直生活在苦难中，生活在煎熬中，因为在他白天的生活中给人们的是笑脸，在夜晚写作时却总是让自己处在自我审判中挣扎。

有必要选择一种更合适的阅读方式。

因为卡夫卡的"城堡"具有浓厚的象征意味，是艺术的迷宫，因而具有多解性，读者几乎从任何一个角度都能得到"合情合理"的解释。所以，检视卡夫卡阐释史，我们会发现众说纷纭。如以卡夫卡的同乡昆德拉为代表，就从"可能性"的角度理解卡夫卡。他在《小说的艺术》中说："卡夫卡的世界与任何人所经历的世界都不像，它是人的世界的一个极端的未实现的可能。当然，这个可能是在我们的真实世界背后隐隐出现的，它好像预兆着我们的未来。因此，人们在谈卡夫卡的预言维度。”从这个角度看，卡夫卡是一个预言家。还有诸如从宗教、哲学、道德、心理、历史、社会批判等角度理解卡夫卡的，因此卡夫卡就成了宗教徒、哲学家、道德家、心理师、历史学家、社会批判家等。

但作为中学生，进入卡夫卡这个“城堡”的最佳方式，我想应当是感受一种陌生文化的方式，是体验卡夫卡作为一个文学家的心灵震颤的方式。

许多同学读书只喜欢读对自己路子的书，也就是只读与自己的文化心理契合的书，或者说只读自己“熟路”的书，这是有局限的。因为我们是打基础的时候，所以，我们还要接受那些对自己的成长有益而又是自己不太感兴趣的书，甚至从形式到内容都很陌生的书。卡夫卡的著作就是这样的书。他的作品从表达形式到思想文化内涵都与同学们以前所接触的作家有着很大的区别，可以说对绝大多数同学而言都是一种非常陌生的文本。如果能以感受陌生文化的心态去细细品味，同学们一定能有诸多收获，最后也会在新奇、独特等诸多感受中化陌生为熟悉，拓宽自己思想文化的接收“频道”。可以说，理解了卡夫卡，理解了卡夫卡对现代人困境的思考，就是为自己装上了一个重要的“思想文化接收器”，它直接影响着你对卡夫卡及其之后的人类文化的理解与接收。

不管论者从何种角度去论述卡夫卡，我想，作为中学生，把他作为一位追问人生意义的世界上伟大的小说家来接受则可能是最接近学习需要的一个角度，这一角度当然也必然要涉及宗教、哲学、道德、心理、历史、社会批判等。根据卡夫卡研究者的研究，卡夫卡的作品具有自传性、暗示性、潜意识性，所有的作品几乎都在荒诞的外表下有着深度的心灵开掘，所以，本书择取我们感觉同学们可能最需要有所认识、有所理解的作品融会成五章（前四章为小说，第五章为箴言和书信），寻找卡夫卡的心灵轨迹，寻找卡夫卡的独特生命体验与社会人生的契合点，从而与卡夫卡一起去追问人生的本质，追问人生的意义，从而与卡夫卡一起去思考现代人的困境，在自我审判中达到自我救赎。期待同学们在这样的阅读中，能较好地理解卡夫卡作为一位积极(可谓殚精竭虑)思考现代人精神困境的写作者，理解他对现代人的温情的心灵抚摸。

需要交待的是，我们无意反对同学们用自己独特的方式进入卡夫卡。卡夫卡在《乡村医生》中写道："在这最不幸时代的严寒里，我这个上了年纪的老人赤裸着身体，坐着尘世间的车子，驾着非人间的马，到处流浪。"在我看来，"尘世的车子"(人性，或者说客观性、逻辑性)与"非人间的马"(神性，或者说荒诞性、非理性)是卡夫卡作品最重要的两个特性，恐怕永远不会有人能将两者完美结合而找到卡夫卡作品的终极阐释。这也就决定了卡夫卡作品的恒在与不朽，同时也就决定了我们阅读卡夫卡作品必然具有的个体性感受与阐释。

心灵探险者

复旦大学附属中学　鄢亭枫　姚梦晓(生)

作为一名作家,卡夫卡最令人惊异之处就在于他开启了一个时代。并不是每一个作家都能开启一个时代,甚至连许多著名作家都不能。一些作家开启时代,另一些作家完成时代。卡夫卡开启了现代文学的大门,博尔赫斯等人完成这个时代。自从20世纪30年代至今,卡夫卡研究已成为一门世界性显学:卡学。表现主义、超现实主义、荒诞派、黑色幽默、魔幻现实主义、存在主义文学……这些当今活跃在文坛上的写作手法,几乎都能从卡夫卡那里寻找到或多或少的渊源。因此,卡夫卡当之无愧地被称为现代派的鼻祖。卡夫卡开启的时代的特殊之处,就在于这个时代的开放性以及无限的可能性。传统现实主义在一开始并不是传统的,它以革新的姿态出现,它致力于描写底层、真实的生活,然而生活是有限的。生活必然服从物理定律,一件事物不可能又冷又热又高又低,也不可能既存在于客观世界又存在于人们的心里。然而卡夫卡开启的这个时代,以梦幻和奇想作为其特征,而梦幻和奇想是浩然无涯的。正是在这个意义上,年轻的,正在传统技法和个人表现间苦苦挣扎的小说家加西亚·马尔克斯,说出了他初读《变形记》的惊讶,他发现了小说"原来可以这么写"并受此启发最终完成了《百年孤独》。同样,在表现手法上,这个时代的文学创造出了万花筒一般目不暇接的叙述方式,在思想情感上,这个时代的文学表现出了希腊文拉丁文文言文常规语言从来都表现不出也从来没有想过要表现的感情,而这些感情是如此的深沉、真挚、热情、奔放、幽微、刻骨铭心。正是在这个意义上,博尔赫斯宣称:"我是一个现实主义作家。"这样一个伟大的时代,由卡夫卡创造。它拥有无比的张力,疯狂的想象力,极致的表现力,痛苦的感受力。到今天为止,我们依然看不出这个时代的结束。

策兰曾在诗歌《炼金术》中写道:“所有的名字,所有这些/一起燃烧/的名字。如此多的/灰烬被祝佑。如此多的/土地赢回。在轻/之上,如此轻的/灵魂的戒指。”卡夫卡和德国诗人策兰似乎在冥冥之中有太多的人生暗合,相同的犹太人身份,相同的厄运,相同的孤绝的个人境遇。于是在众多苦难之上,熬炼出这一枚“灵魂之戒”。它之轻是它无可比拟的沉重。如同勃罗德曾说,卡夫卡曾有意“想把他所有的作品聚集在一起,作为他的一种从父亲身边逃脱出来的尝试”。可以说,卡夫卡的写作也是这种穿越人生灰烬的语言见证:负面力量加强了他的创作欲,日夜束缚与这迷失自身的黑洞性质的写作中,将生命的痛苦升华为一个个精妙绝伦的短章。他的短篇小说谜题密布,这阴森诡谲的密封性又出人意料地具有轻之美德。“像鸟儿那样轻,而不是像羽毛。”(保罗·瓦莱里)它的轻并不仅仅在于这些具有象征性价值的视觉形象,而首先在于留白。寥寥数言就架构起了一个俄罗斯套娃一样复杂无穷的模型,愈探愈入,愈不知其所指。时间与空间在文本中消弭而形成了一个迷宫,而对幽闭环境的执迷又来自混沌初开时期裹卷于潮湿黑暗的母体的怀旧留恋。这便是卡夫卡的机敏与魅力所在。就好像那个希腊神话中封闭弥诺陶洛斯的迷宫,其中的谜底不是牛头人身的异兽,而是最真实的人性。

真实的人性是不能接受这样一个世界的:在卡夫卡之前,小说的世界根本上是合理的,可计量的,由有限个元素组成。卡夫卡让这个世界变得混沌,充满无限种可能。古希腊人面对的世界是由某种特定元素组成的,所要解决的问题不过是这种元素是水还是火。冯特对内心的认识也不过是情感上的几种元素的组合。人们被留下要处理的问题,仅仅是要让这些有限的、已知的元素和谐相处,人要做的不过是药师所做的工作,让各种元素以其被先验地规定了的最佳比例存在。小说的时间观念也是理性的历时性观念,而小说发生的空间总是社会。让我们看看现实主义的宗师巴尔扎克:“不妨想一想小说创作的老式结构,巴尔扎克的巨著使用的是这种典型结构,现代的煽情小说使用的也是这种典型结构。

它显然是一种手段，用来表述‘匀质的，空洞的时间’中的同时性。或者是用来对‘与此同时’这个词做出复杂的说明。作为例证，可以简单地举一部小说情节的片段，在这个小说片段中，一个人(A)有一个妻子(B)和一个女主人(C)，自然，女主人(C)有一个情人(D)。……首先，他们是深植于‘社会’(威西克斯、吕贝克，洛杉矶)的，这个社会的存在应该有足够的稳固性，这种稳固性应足以保证就算其成员(A和D)在大街上擦肩而过，互不相识，也仍不影响他们之间有关联。第二，A和D是根植于全知的读者的心灵的。只有他们才能和上帝一样能在同一时刻看得到A给C打电话，B逛商店，D玩赌博游戏。所有这些行为都在同一历法时间内发生，而事中人本身却可能彼此根本意识不到对方的存在，这表明这种设想出的世界其新奇性是由作者在他的读者的心智中唤起的。沿匀质的、空洞的时间而日渐推演的社会有机体的观念，完全可与民族的观念相类比，后者也被认为是一个稳固的社会，有规律地沿历史而推演。”(本尼迪克特)

小说以可靠的、固定的时间推进，在社会的大背景下发生。这或许有益于民族国家的产生，但却是对想象力的根本抑制。“我们只看看过渡时期的著述者如乔达诺·布鲁诺就可以明白他们和那密闭的有限的世界结合着一种什么样的抑屈沉闷的情感，而那个在时间空间则无涯际而内容则为无量数的元素所造成的世界，在他们当中却鼓动起一种什么样的畅快欢悦和雄心。希腊人所嫌弃的，他们却只一种冒险的狂热欢迎着。”(杜威)

布鲁诺被宗教法庭的烈火烧死，烈火的酷刑是他在狂热欢迎着的冒险。卡夫卡的柴堆由自己点起。卡夫卡的世界是地下室，秘密札记，艺术家们深陷自我迷狂的突变和梦态抒情。他的语言是结晶体，是精准切割而成的珍奇异宝，在某个特殊的时刻反射来自八方的光线。对于从事文学写作的人，正确的建议是在艺术与现实生活中追求平衡，因为过于沉浸于想象会导致对个人生命的背叛从而带来不利的后果。这条建议是正确的，但极少数能上文学史的鬼才可以适当地不遵守。“我找不到适合我胃口的食物。假如我找到这样的食物,请相信我,我不会这样惊动视听。我会像你,像大伙一样,吃得饱饱的。"这是饥饿艺术家最后的遗言,也是卡夫卡的遗言。奥登说:"卡夫卡对我们至关重要,因为他的困境就是现代人的困境。"如果你读到卡夫卡,你便已经被他书籍中的魔咒摄住,并将尝试用余生学会来与之告别。

"一种致死的纽带把我和它联结在一起"

复旦大学附属中学　董哲楠(生)

一个时代总是由天才的电光火石开启,譬如王勃、李白之于唐,波德莱尔、尼采之于现代。然后创造力沉淀为精妙的形式,少年的开天辟地转入中年的负载和内省,然而艺术的血脉并未枯涸,而是静水深流。这就是弗兰兹·卡夫卡之于现代,杜甫之于盛唐。时代的喧嚣让位给哲学家的冥思,于是有了中唐的艰涩剖白,20世纪初的存在主义。但是卡夫卡面临的困局比杜甫严峻得多,因为他出生的时代上帝已死,而他圣徒的心性与生俱来。

那是个怀疑者的时代,扼杀神祇后人类分食虚无,古典文明黄昏的诗人和诗人式的哲学家企图树立新的偶像,这偶像就是人本身的精神知觉——此神不靠谱,明眼人一看即知。善行与恶行同样被赋予合理性,等于同样失去了倚靠。对未来的恐惧感呼之欲出,包涵了对被放纵的人性的恐惧和对科学时代变革的恐惧。奥登说卡夫卡几乎指出了现代人的所有困局,此言不虚。

我一直在原罪感上引卡夫卡为知己。事实上他确实是每个人的知己。这是阿波罗式洁癖与对一切众生之苦感同身受的悲悯天赋的共同作用(所谓圣徒的标志)。如果活在上帝死前,卡夫卡的救赎或许是在陈年的洗礼水声中徘徊终老。惜而时移世换,潮湿的朽木不是注定焚烧殆尽的灵魂所安。圣徒的怀疑往往比王者、庸众的怀疑都怆心恸骨,卡夫卡的无家可归毋宁说是自我抉择,背负了人类的全部罪孽而无处告解,唯一的忏悔途径就是自我放逐。于是他化身为流刑营束手观望的旅行者,成为失去母语的波希米亚。

自我放逐其实还是逃离的附形式,充溢卡夫卡敏锐的灵魂的是一种恐慌感和末路感。俗世生活中他言行端正，与人和善，丝毫看不出文字世界的抑郁苦涩。兰波弃绝家庭踏上诗人的浪迹，两年后弃绝文学孤身一人投奔沙漠。而卡夫卡始终默许了二者并存，并谨小慎微地负担着所有外加的和自给的责任。与其说出于自卫，毋宁说更多是出于高贵的泛爱——众人安于熙熙攘攘，不堪入目的宿命性的真相只能是他一个人的负荷，一如古代巫师的预知不可言说。卡夫卡的逃离是伟大的，但更伟大的是他的直面。情感暗潮坍缩为符号，冰冷的真相幻化为梦态隐喻，可以说卡夫卡空中楼阁式的小说艺术诞生于掩盖与揭示双重欲念的互作用，他构建了一个“莫须有”和“不相关”，以存放血肉淋漓的真实。这个空中楼阁本身却是完备的、自足的，栋梁宛然，复道幽微。你跟随他游走架空的世界，身轻似羽，却发现一脚踩空坠落，创痛酷烈，大地传来回响。

卡夫卡的艺术自觉远弱于哲学自觉，但是他是这个时代最伟大的艺术家之一。他的世界使我想起爱伦坡《亚瑟府的倒塌》中亚瑟的画，地下室其深十尺，却仿佛充斥着极度明亮惨白的光。这种非自觉构建的艺术性源于对人类处境的感知和象喻天分：形式本身幽闭、曲折，仿佛抱持“他人即地狱”信条的灵魂，“诗肠须曲”般的语言又带有机器时代特有的节制和精密。

卡夫卡的小说看上去有强烈的同一气质，然而里面的几种内容泾渭分明。有对人类生存中制式与虚无的反省，这种小说往往借用一一对应的喻指，比如《城徽》、《诉讼》。也有个人抒发为重者，比如《地洞》。二者合一的往往特别有感染力，比如《乡村医生》、《桥》。可以说这种心灵代入的直面是自焚式赎罪，而且是基督和普罗米修斯式的赎罪。高贵的救赎必定伴随火焰与灼痛，卡夫卡以孤独而短命的血肉之躯作为灰烬。诗人领悟“存在”，哲学家度量“价值”。卡夫卡更接近前者。他的表达是一种完成，是内心感发的水到渠成，因此分外撼人。“混沌的殉死者拥有恢宏的集体墓碑，反抗者注定湮没于世人烂疮的脓血”（《乡村医生》），然而这个时代的颂歌献给酒神、俄狄浦斯和卡夫卡，因为活着比宿命崇高艰难。

最后虔敬地抄录荷尔德林一段文字作结：

“我公开地把心灵献给严酷痛苦的大地，往往在神圣的夜晚许诺要忠贞地爱它，至死不渝，承受其命定的沉重负担，一无所惧，决不蔑视它的任何一个谜。这样一种致死的纽带把我和它联结在一起。”

第一单元 人间病例

DI YI DAN YUAN

导语

“以往我不能理解，为什么我的提问得不到回答；今天我不能理解，我怎么竟会相信能够提问。但我根本就不曾相信过什么，我只是提问罢了。”卡夫卡在箴言第36条中这样说。

许多论者也指出，卡夫卡作品的本质不在于问题的解决，而在于问题的提出，用伊格纳茨·粲格勒的话说就是，“卡夫卡的世界是地狱前的世界”；他所表现的人被毁坏、人性隐退的景象，成为此后文学的一个重要母题。本章从这一角度切入，看卡夫卡展示的人间病例。

变形记（节选）

一天早晨，格里高尔·萨姆沙从不安的睡梦中醒来，发现自己躺在床上变成了一只巨大的甲虫。他仰卧着，那坚硬得像铁甲一般的背贴着床，他稍稍一抬头，便看见自己那穹顶似的棕色肚子分成了好多块弧形的硬片，被子在肚子尖上几乎待不住了，眼看就要完全滑落下来。比起偌大的身躯来，他那许多只腿真是细得可怜，都在他眼前无可奈何地舞动着。

“我出了什么事啦?”他想。这可不是梦。他的房间，一间略嫌小了些、地地道道的人住的房间静卧在四堵熟悉的墙壁之间。在摊放着衣料样品的桌子上方——萨姆沙是旅行推销员——挂着那幅画，这是他最近从一本画报上剪下来并装在了一只漂亮的镀金镜框里的。画上画的是一位戴毛皮帽子围毛皮围巾的贵妇人，她挺直身子坐着，把一只套没了她的整个前臂的厚重的皮手筒递给看画的人。

格里高尔接着又朝窗口望去，那阴暗的天气——人们听得见雨点敲打在窗格子铁皮上的声音——使他的心情变得十分忧郁。“还是再睡一会儿，把这一切晦气事统统忘掉吧。”他想，但是这件事却完全办不到，因为他习惯侧向右边睡，可是在目前这种状况下竟无法使自己摆出这个姿势来。不管他

当卡夫卡写下小说这第一句时，或许他并没有意识到，世界文学就此翻开了崭新的一页。

“变形”及其表现的主题成为了此后世界文学、文化述说的一个重要母题。

卡夫卡之前，中外都有表现“变形”主题的文学，但此前的“变形记”无论怎么变，最终都是朝着人自我期待的方向在变，无论是变成了神，还是变成了人（有好人，也有坏人），或是变成了物，那都是人（作家）期待中的变，这种期待都符合人类世界的愿望，因此最终是人自我与世界达成了统一。而格里高尔变成甲虫却是任何人都不愿期待的事，这个故事不是人类世界的愿望，不在人类世界的许诺之内。

小说逼真地写出了格里高尔变成甲虫后，自始至终都有想回到家庭、回到人的生活中来的渴望，但他最终

怎么使劲扑向右边，他总是又摆荡回复到仰卧姿势。他试了大约一百次，闭上眼睛，好不必看见那些拼命挣扎的腿，后来他开始在腰部感觉到一种还从未感受过的隐痛，这时他才不得不罢休。

“啊，天哪，”他想，“我挑上了一个多么累人的差事！长年累月到处奔波。在外面跑买卖比坐办公室做生意辛苦多了。再加上还有经常出门的那种烦恼，担心各次火车的倒换，不定时的、劣质的饮食，而萍水相逢的人也总是些泛泛之交，不可能有深厚的交情，永远不会变成知己朋友。让这一切都见鬼去吧！”他觉得肚子上有点痒痒，便仰卧着慢慢向床头挪近过去，好让自己头抬起来更容易些。看清了发痒的地方，那儿布满了白色小斑点，他不明白这是怎么回事，想用一条腿去搔一搔，可是立刻又把腿缩了回来，因为这一碰引起他浑身一阵寒颤。

他又滑下来回复到原来的姿势。“这么早起床，”他想，“简直把人弄得痴痴呆呆的了。人必须要有足够的睡眠。别的推销员生活得像后宫里的贵妇。譬如每逢我上午回旅店领取已到达的订货单时，这帮老爷们才在吃早饭。我若是对老板来这一手，我立刻就会被解雇。不过话说回来，谁知道被解雇对我来说就不是一件很好的事呢？我若不是为了我父母亲的缘故而克制自己的话，我早就辞职不干了。我就会走到老板面前，把我的意见一古脑儿全告诉他。他非从斜面桌上掉下来不可！坐到那张斜面桌上并居高临下同职员说话，而由于他重听听觉迟钝，人家就不得不走到他跟前来，这也真可以说是一种奇特的工作方式了。嗯，希望还没有完全破灭，

没有被家庭接纳，没有回到“人类”。从中可以感到，社会发展到这时，人与人类创造的世界不再和谐，人不再在人类许诺的世界中。

格里高尔变形后，人们都将他看成了异己物，就连他最亲的妹妹、母亲、父亲，也由“妹妹”、“母亲”、“父亲”这样的角色变成了格里高尔的异己物——对立方。当妹妹说出这样的话——“对着这个怪物，我没法开口叫他哥哥”，“我们一定要把他弄走”——而父母默认了的时候，“妹妹”这一“人性”已离葛蕾特而去，“父亲”“母亲”这一“人性”已离萨姆沙先生、太太而去。特别是格里高尔死后，萨姆沙先生的第一反应是“让我们感谢上帝吧”，之后他们决定当天用来休息和散步，一家三人坐上电车到郊外去，“他们舒服地靠在椅背上谈起了将来的前途”。这时，他们彻底摆脱了格里高尔带来的不幸，也彻底丧失了曾经因格里高尔的存在而存在的“为妹”、“为父”、“为母”的“人性”。从这个角度看，葛蕾特、萨姆沙先生、萨姆沙太太三人恰与格里高尔的虫形人心

只要等我积攒好了钱，还清父母欠他的债——也许还要五六年吧，我就一定把这件事办了。那时候我就会时来运转。不过眼下我必须起床，因为火车五点钟开。”

他看了看那边柜子上滴滴答答响着的闹钟。“天哪！”他想。六点半，指针正在悠悠然向前移动，甚至过了六点半了，都快六点三刻了。闹钟难道没有响过吗？从床上可以看到闹钟明明是拨到四点钟的，它一定已经闹过了。是闹过了，可是这可能吗，睡得那么安稳竟没听见这使家具受到震动的响声？嗯，安稳，他睡得可并不安稳，但是也许睡得更沉。可是现在他该怎么办？下一班车七点钟开，要搭这一班车他就得拼命赶，可是货样还没包装好，他自己则觉得精神甚是不佳。而且即使他赶上这班车，他也是免不了要受到老板的一顿训斥，因为公司听差曾等候他上那班五点钟开的火车，并早已就他的误车作过汇报了。他是老板的一条走狗，没有骨气和理智。那么请病假如何呢？这可是令人极其难堪、极其可疑的，因为他工作五年了还从来没有病过。老板一定会带着医疗保险组织的医生来，会责备父母养了这么一个懒儿子，并凭借着那位医生断然驳回一切抗辩，在这位医生看来他压根儿就是个完全健康却好吃懒做的人。再说，在今天这种情况下医生的话就那么完全没有道理吗？除了有一种在长时间的睡眠之后确实是不必要的困倦之外，格里高尔觉得自己身体很健康，甚至有一种特别强烈的饥饿感。

……

相反，是人的形状，虫的心性，即人形虫心。

写完这篇小说后，卡夫卡被他自己创造的这只巨大的“甲虫”惊呆了。

这只“甲虫”此后震惊着它的每一位阅读读者。

以《百年孤独》获诺贝尔文学奖的马尔克斯在17岁那年读到这篇小说时，惊叹不已：小说“原来能这样写呀！”

他已经到了使出更大的力气摆荡便几乎要保持不了平衡的地步，很快他就要不得不最终采取决定性的步骤了，因为再过五分钟便是七点一刻——正在这时候，寓所大门的门铃响了起来。“是公司里派什么人来了。”他暗自思忖，几乎惊呆了，而他的细腿们却一个劲儿舞动得更猛烈了。四周保持着片刻的寂静。“他们不开门。”格里高尔心里在想，怀抱着某种无谓的希望。但是随后使女自然就一如既往踏着坚定的步子到门口开门去了。格里高尔只需听见来访者的第一声招呼便立刻知道这是谁——是秘书主任亲自出马了。为什么只有格里高尔生就这个命，要给这样一家公司当差，只要有一点小小的差池，马上就会招来最大的怀疑？难道所有员工统统都是无赖，难道他们当中没有一个忠诚、顺从的人，这个人即便只是在早晨占用公司两三个小时就于心不安得滑稽可笑，简直都下不了床了？若是派个学徒来问问真的不顶事——假若压根儿有必要这么刨根问底问个不休的话——秘书主任就非得亲自出马，就非得由此而向无辜的全家人表示，这件可疑的事情只能委托秘书主任这样的行家来调查吗？与其说是由于做出了一个正确的决断，还不如说是由于格里高尔想到这些事内心十分激动，他用尽全力一跃下了床。响起了一声响亮的撞击声，但并不是什么了不起的闹声。地毯把跌落的声音减弱了几分，后背也比他想象的更富有弹性，这声并不十分惊动人的闷响便是这么产生出来的。只有那脑袋他没有足够小心地将其翘起，撞在地板上了；他扭动脑袋，痛苦而忿懑地将它在地毯上蹭了蹭。

小说用异常冷静的笔触，描述格里高尔变形后的外形与内心以及动作。

外形让读者感到，他确实由人变成虫了；内心又让读者清楚，他这只虫依然是人的心性。而动作则是这种外形与内心结合的必然产物。

正是这样的“真实”，让读者相信了这种变形的真实存在，消解了故事的荒诞性。或者说，这篇小说就是以这样的“真实”呈现、揭示荒诞性人生“变形”的真实。

这以后，小说用了许多篇幅描写他人看到格里高尔变形的情形的反应。

……

格里高尔扒着椅子慢慢向门口移动过去，在门口撂下椅子，向房门扑过去，靠着门板直起身来——他的细腿的底部有一些黏性——在那儿休憩片刻，缓过一口气来。但是随后他便开始用嘴巴来转动插在锁孔里的钥匙。遗憾的是，他似乎没有什么真正的牙齿——他用什么来咬住钥匙呢——不过他的下颚倒十分结实，足以担当此项任务，在它的帮助下他也果真启动了钥匙。他没有注意到无疑给自己造成某种伤害了，因为一股棕色的液体从他嘴里流出来，淌过钥匙并滴到地上。“您听，”秘书主任在隔壁房间里说，“他在转动钥匙。”这对格里高尔是一种很大的鼓舞。可是本来大家都应该对他喊，父亲和母亲也应该对他喊：“加油，格里高尔！”他们应该高喊：“永远向前，紧紧顶住锁孔！”以为大家都在全神贯注地注视着他的艰难动作，他竭尽全力，死命咬住钥匙。他随着钥匙的旋转而绕着锁孔舞动。现在还在用嘴使自己的身体保持直立。他按照需要或是吊在钥匙上，或是随后便用自己身体的全部重量又将钥匙压下去。锁终于啪的一声反弹回去，这个清脆的响声简直使格里高尔如梦初醒。他舒了一口气暗自思忖道：“看我没用锁匠吧！”并由于他不得不用这种方式来开门，所以实际上这扇门已经开出相当大的一个缝隙了，而人们却还看不见他自己的身影。他必须先慢慢绕着一扇门扇旋转，而且得十分小心，如果他不想恰好在进入房间之前重重地仰脸摔到地上去的话。他正在艰难地挪动自己，顾不上注意别的事情，这时他却听见秘书主任大声“哦”了一声——

秘书主任的反应何其真实!

母亲的反应何其真实!

父亲的反应何其真实!

这声音听起来就像风在呼啸——而他同时也看到，最靠近门口的他怎样用一只手捂住张开的嘴巴并徐徐向后退去，仿佛有一股无形的、均匀作用的力在驱动他们似的。母亲——虽然秘书主任在场，她照样披散着一头一夜睡眠后蓬乱森竖的头发站立在那儿——先是合掌望着父亲，随后便向格里高尔走过去两步并倒在了地上，衣裙在她四周摊了开来，脸庞垂在胸口完全隐匿不见了。父亲恶狠狠地捏紧拳头，仿佛他要将格里高尔打回房间里去似的，随即犹豫不定地扫视了一下起居室，接着便用双手捂住眼睛哭了起来，他的宽阔的胸膛颤抖着。

……

“母亲，母亲!”格里高尔轻声说并抬起头来看着她。一瞬间他把秘书主任完全忘却了；可是他的下巴却忍不住咂巴起来，因为他看到了淌出来的咖啡。母亲见状再次尖叫起来，逃离开桌子，扑进向她迎面奔来的父亲的怀里。可是格里高尔现在无暇顾及他的父母；秘书主任已经在楼梯上；下巴搁在栏杆上，他还最后一次回头看了看。格里高尔急走几步，想尽快追上他。秘书主任想必有所察觉，因为他一个大步跳过好几级，消失不见了。“嗬!”可是他一边还叫喊，这叫声响彻整个楼梯间。遗憾的是，秘书主任这一逃跑似乎使迄今一直比较镇静的父亲也慌乱了起来，因为他非但自己不去追赶秘书主任，或者起码不妨碍格里高尔去追赶，他反倒用右手操起秘书主任的手杖，那根此人连同帽子和外套一起落在椅子上的手杖，用左手从桌子上抓起一大张报纸，一边跺着脚，一边挥动手杖和报纸，要把格里高尔赶回到他

在卡夫卡的小说中，“父亲”是专制、异己的力量。除这里描述的父亲对“我”“简直像个野人”外，还有《美国》中对“我”的放逐，《判决》中父亲判决“我”溺死。

这与现实中卡夫卡父亲的形象有着直接的联系。“父亲”在卡夫卡的一生中，一直是一种挥之不去的“异己”力量。30 岁时，卡夫卡给父亲写过一封长信，将自己眼里的世界分为三部分：我的(奴隶的)世界，父亲的(统治者的)世界，他人

的房间里去。格里高尔百般请求也无济于事,他的请求也没有人懂得,不管他多么谦恭地转动脑袋,父亲只是一个劲儿拼命跺脚。那一边,母亲不顾天气凉爽打开了一扇窗户,身子探在了窗外,她把手远伸到窗户外面捂住了自己的脸。胡同和楼梯之间刮起一阵强劲的穿堂风,窗帘掀起来,桌子上的报纸沙沙响,有几张在地面上翻滚。父亲无情地驱赶并发出嘘嘘声,简直像个狂人。可是格里高尔还根本没练习过后退,所以确实退得很慢。假如格里高尔可以转身的话,他马上就回到他的房间里去了,但是他担心这极费时间的转身会让父亲不耐烦,父亲手中的手杖随时会照准他的后背或头部给以致命的一击。可是最终格里高尔也没有别的办法,因为他惊恐地发现,倒退起来他连方向也掌握不了。就这样,他一面始终不安地侧过头去瞅着父亲,一面开始尽量迅速而其实却只是很慢地掉转身子。也许父亲觉察到了他的良好意愿,因为非但不干扰他,甚至还时不时远远地用手杖尖头指点旋转动作。父亲若不发出这种让人无法忍受的嘘嘘声那该有多好!格里高尔让这嘘嘘声搞得心慌意乱。他已经几乎完全转过身来了,可是他却始终听着这嘘嘘声,竟晕头转向,又转回去了一些。然而当他最后总算将脑袋挪到门口时,这才发现,原来他的身体太宽,一下子还挤不进去。父亲在目前的心境下自然也绝不会想到应该打开另外半扇门,以便让格里高尔顺利通行。他一心只想着,格里高尔必须尽快回到自己的房间里去。他也决不会允许格里高尔做那些繁琐的准备动作的,可是为了直起身来并且也许以这种方式从门口

幸福自由的世界。他说:"你很早就禁止我讲话,你那'不许顶嘴'的威胁和为此而抬起的手从来就一直陪伴着我。……于是,我完全闭了嘴,蜷缩在你面前。"海曼在《卡夫卡传》说:"《变形记》的基本思想是给父亲的一份'赠礼':要求把自己当作小虫看待。"

走进去，他就必须作好这些准备。现在他反倒大声喧嚷着把格里高尔往前赶，仿佛没有什么障碍似的。这在格里高尔身后听起来已经不再像是单纯一位父亲的声音了；现在确实不是闹着玩的了，于是格里高尔便——不顾一切地——挤进门里去。他身子的一边拱了起来，他斜躺在门口。他的一边腰部完全擦伤了，洁白的门上留下了难看的斑点。不一会儿他就给卡住了，单凭自己竟丝毫也动弹不得，身子一边的细腿们悬在空中颤抖，另一边的则在地上给压得十分疼痛。这时，父亲从后面使劲推了他一把，现在这一把倒确实救了他的性命，他当即便血流如注，远远跌进了他的房间里。房门还在手杖的一击下砰地关上了，随后屋子里终于寂静了下来。

……

“他必须离开这儿，”妹妹喊道，“这是唯一的途径，父亲。你只需抛开以为这是格里高尔这个念头。我们这么久一直相信这一点，这是我们真正的不幸。可是这怎么会是格里高尔呢？如果这是格里高尔的话，他早就会认识到，人和这样一头动物是不可能共同生活在一起的，就会自愿跑掉了。我们就没有哥哥，但是能继续生活下去，会缅怀他。可是这头动物现在却在迫害我们，驱赶房客，显然是想占领整幢寓所，让我们露宿街头。你瞧，父亲，”她突然尖叫起来，“他又来了！”在一阵完全令格里高尔不可思议的惊恐中，妹妹甚至离开了母亲，简直是推开了她的扶手椅，仿佛她宁肯牺牲母亲也不愿待在格里高尔身旁似的，并急忙奔到父亲背后，父亲只是由于她的态度才情绪激动起来，也站起身，像是保护妹妹似的在

格里高尔变形后，妹妹一直关怀着他，但妹妹最后也抛弃了他。

现实中，卡夫卡有三个妹妹，小妹与他的关系最好，他也特别爱自己的小妹，称小妹是自己“在布拉格最好的朋友”。其中重要的原因是小妹具有反叛精神和独立意识，尤其敢于反叛父亲。但在一次家庭冲突（卡夫卡一边在保险公司上班，一边又要执行父亲的命令到工厂去照管，但他特别想要时间写作）中，小妹对他“怀有巨大的不理解”也离他而去，这使卡夫卡陷入了极度的痛苦中。他想

她身前略略举起双臂。

可是格里高尔根本不想吓唬什么人，更不想吓唬妹妹。他只不过是开始转身，想走回到自己的房间里去，不过这动作显得很引人注目，因为身上有伤残，在做艰难的转身动作时他不得不用脑袋来帮忙，他多次抬起头来并用头撞击地面。他停下来，环顾四周。他的良好意图似乎让人给看出来了，这只是一种瞬间的惊恐。如今大家都默默而忧伤地望着他。母亲伸出并拢着双腿，躺在她的扶手椅里，她疲惫不堪地几乎阖上了眼睛。父亲和妹妹并排坐着，妹妹用手搂着父亲的脖子。

“现在我也许可以转过身去了吧！”格里高尔边想边重新开始干了起来。他抑制不住因过度劳累而发出的喘息声，也不得不时不时歇一口气。不过倒也没有人在催他，一切全听凭他自己做主。当他完成了转身动作时，他便立刻开始径直往回爬去。也对于他和自己的房间之间距离之大感到惊异，根本就不明白，他身体这样虚，刚才是怎么几乎不知不觉走完同样这段路的。一心只惦记着赶快爬行，他几乎没注意，现在家里人不说话不吭声不滋扰他。当他已经到达门口时，他才扭过头来，没完全扭转过来，因为他觉得脖子变僵硬了，不过他总算还看到，在身后没有发生任何变化，只有妹妹站了起来。他最后瞥了母亲一眼，母亲完全睡着了。

他刚进入房间，房门就被急速关上，闩上门闩，锁了起来。听到身后这突如其来的嘈杂声，格里高尔大吃一惊，他的细腿顿时都发软了。是妹妹这么迅捷地采取了行动。她早已站直身子等着，然后她

到了自杀。他在给朋友布罗德的信中说：“比起我继续活下去，我的死亡对中断我的写作更具有决定性意义。”一个月后（1912年11月），卡夫卡开始创作《变形记》。

可以肯定地说，《变形记》是卡夫卡孤独心灵的一次释放。他在给女友菲莉斯的信中说：“这是一个多么恶心的故事……”，“我写得越多，越解放自己。”

灵巧敏捷地向前跨出几步，格里高尔根本没有听见她的脚步声，她一边转动锁眼里的钥匙，一边朝父母喊了声“终于锁上了！”

“现在怎么办?”格里高尔自言自语，在黑暗中环顾了一下四周。不久他便发现，他现在几乎再也动弹不了了。他对此不感到惊异，他反倒觉得，他迄今居然一直能用这些细腿活动，这才是不自然的。此外他感到相当舒适。他虽然感到浑身疼痛，但是他觉得，疼痛仿佛正在渐渐减轻，最终似乎会完全消失。背上那只烂苹果以及四周蒙上了软乎乎的尘土的那个发炎的部位他几乎已经感觉不到。他怀着深情和爱意回忆他的一家人。他认为自己必须离开这里，他的这个意见也许比他妹妹的意见还坚决呢。在钟楼上的钟敲响凌晨三点之前，他便一直处于这种空洞与平和的沉思状态中。窗户外面的朦胧晨曦他还经历着了。然后他的脑袋便不由自主地完全垂下，他的鼻孔呼出了最后一丝微弱的气息。

当清晨老妈子来时——纯粹由于力气大和性子急，不管人们怎么求她别这样，她总是乒乒乓乓摔门，整幢寓所里她一来别人就再也甭想睡安稳觉，她在做这次寻常的短暂访问时起先没发现格里高尔有什么异样。她以为，他故意这么一动不动地躺着，装出一副大受委屈的样子；她相信他具有一切可能具有的理解力。由于她偶然在手里握着那把长扫帚，所以她就试图站在门口用它逗格里高尔发痒。当这么逗还不起作用时，她火了，便使劲捅了捅格里高尔的身体，当她很快便弄清了事情真相，就睁大着眼睛，吹了一声口哨，但没有多耽搁时间，而是一把推

格里高尔在绝望中孤独地离开人世。卡夫卡对这一结局很不满意，认为极不完美。但正是这样的结局，暗示着对犹太人命运的思考。几千年来，犹太人几乎与这只甲虫一样被视作异类而遭到鄙视、唾弃。在与友人古斯塔·亚诺赫谈起《变形记》时，卡夫卡还说：“人的存在太艰辛了，因此人们至少想在幻想中摆脱它。”

格里高尔死了，萨姆沙一家都舒了口长气，他们可以做自己想

坐人间的车，驾非人间的马

开卧室房门，扯着大嗓门朝黑暗中嚷嚷：“您们快来瞧瞧吧，他死了，他躺在那儿，完全没气了！”

萨姆沙夫妇在双人床上坐直身子，先从老妈子带来的惊吓中镇定下来，才慢慢领悟到她说的是什么一回事。可是随后萨姆沙夫妇便各自急忙下床，萨姆沙先生将毯子往肩上一披，萨姆沙太太只穿睡衣便出来，他们就这样走进格里高尔的房间。这当儿，起居室的门也开了，自从房客们住进来后葛蕾特便一直睡在那儿。她完全穿好了衣服，仿佛她根本就不曾睡觉似的，她那张苍白的脸也似乎证明了这一点。“死了？”萨姆沙太太边说边抬头用询问的目光望着老妈子，虽然一切她都可以自己检验而且甚至不用检验也可以看得出来。“我是这么认为。”老妈子一边说，一边为了证明自己所说的话还用扫帚把格里高尔的尸体往旁边推移了一大段距离。萨姆沙太太做了一个仿佛想拉住那把扫帚的动作，但没去拉。“唔，”萨姆沙先生说，“现在我们可以感谢上帝了。”他画了一个十字，那三位妇女学他的样。葛蕾特目不转睛望着那尸体说：“你们看，他多瘦呀。这么长时间里他什么东西也没吃。食物拿进去了，又原封不动地拿了出来。”格里高尔的身体果然完全干瘪，人们现在才真正看出这一点，现在这身体不再由细腿们抬高，而且此外也没有任何东西转移视线了。

“来吧，葛蕾特，到我们房间里来一下。”萨姆沙太太挂出一丝忧郁的笑容说，葛蕾特依依地回头看了看那尸体便跟在父母身后走进父母的卧室。老妈子关上门，打开全部窗户。尽管是清晨，清新的空气

做的事情了，于是他们郊游去了。

格里高尔是卡夫卡有意设置的“神灵”吗？这个“神灵”的出现，使得人类看到了自己的丑陋！使得人类看到了自己几千年建立起来的文化是多么不堪一击！或者说，格里高尔就是卡夫卡的化身，他本来是有意化装来考验人类的灵魂，当他发现人类禁不起考验时，他也就真的绝望了，于是“怀着温柔和爱意”，在“空虚而安谧的沉思中”死去，不再回来！

福楼拜说：“人们通过裂缝发现深渊。”

卡夫卡正是通过“变形”发现了人类丑恶的深渊——当格里高尔以虫形人心看人世时，他发现的竟是一个人形虫心的世界。“母亲”哪里去了？“父亲”哪里去了？“妹妹”哪里去？

于是，我们看到，卡夫卡以荒诞的、非理性的手段，冷峻地驾驭着那辆“人间的车”，驰骋于我们的精神的大地——我们也会“变形”吗？我们也在“变形”吗？我们变形之后真的就变不回来了吗？在“突然”面前，人类经历几千年积累起来的文化真的就会在瞬间

退席吗?

那到底是什么使人类变形呢?卡夫卡提出了问题,但没有答案。这需要每位读者自己去探求。

中却已透着些许暖意。毕竟已经三月底了嘛。

这时卧室房门开启,只见萨姆沙先生身穿他那身号衣走出来,一只胳臂挽着他的妻子,另一只胳臂挽着他的女儿。三个人都有点儿哭肿了眼睛;葛蕾特时不时将脸贴在父亲的胳臂上。

他们决定利用今天的时间休息和散步。他们不仅理应得到这一工作间歇,他们甚至绝对需要它。于是乎,他们在桌子旁边坐下,写三封请假信,萨姆沙先生写给经理处,萨姆沙太太写给订户,葛蕾特写给店主。他们正写着,老妈子走进来说她要走了,因为她早晨该做的活儿已经做完。三个写信人起先只点点头,没有抬眼看她,只是当老妈子总是还不肯离去时,人们才生气地抬起头来。"嗯?"萨姆沙先生问。老妈子面带微笑站在门口,仿佛她要向全家报告一件大喜事,但是只有当她受到彻底盘问时,她才会把它说出来。她帽子上那根几乎挺直的小鸵鸟羽毛,那根在她整段工作时间里都惹得萨姆沙先生生气的小鸵鸟羽毛,朝四面八方轻轻摇晃。"您究竟有什么事?"萨姆沙太太问,她还最受到老妈子尊敬。"哟,"老妈子回答说,笑眯眯的简直话都说不连贯了,"是这么回事,隔壁那玩意儿该怎么弄走,你们就不必操心了。事情已经办妥了。"萨姆沙太太和葛蕾特向她们的信埋下头去,仿佛她们想继续写信似的。萨姆沙先生发觉老妈子就要开始详细描述一切,便伸出一只手果断地阻住了她。但是由于不让她讲,她便想到自己急着要走,就显出显然受了侮辱的样子说:"那就回头见吧!"怒气冲冲地转过身去,把门甩得乒乓直响,离开了这所房屋。

……

随后三个人便一起离开寓所，他们已有好几个月没这样做了，他们坐电车出城到郊外去。这辆电车里只有他们这几个乘客，温暖的阳光照进了车厢。他们舒舒服服靠在椅背上商谈着未来的前景，结果表明，仔细一考虑，他们的前景一点儿也不坏，因为他们彼此还从未询问过各自的工作，原来这三份差使全都满不错，而且特别有发展前途。目前最能改善他们状况的当然是搬一次家，他们想退掉现在这幢还是由格里高尔挑选来的寓所，另租一幢小一些，便宜一些，但是位置更有利尤其是更实用的寓所。就在他们这么闲谈着的当儿，萨姆沙夫妇一眼看到他们这位心情变得越来越轻松愉快的女儿时几乎同时发现，最近的种种忧患尽管使她的面颊变得苍白，但她还是长成一个美丽、丰满的少女了。默不作声、几乎下意识地交换着会意的目光，他们想到，现在已经到了也为她找一个如意郎君的时候了。当到达目的地时，女儿第一个站起来并舒展她那富有青春魅力的身体时，他们觉得这犹如是对他们新的梦想和良好意愿的一种确认。

（张荣昌　译）

（选自《卡夫卡全集》①第1卷）

---

① 叶廷芳主编：《卡夫卡全集》（全10卷），河北教育出版社1996年版。下同，不再注。

在流刑营（节选）

第一句提醒读者：往下读，要关注“独特”二字——

这台装置为军官所欣赏，这里从军官的目光中就能看到。后文绝大部分笔墨都是军官以极其赞许的语气向旅行者介绍它的各种特性。

“这是一台独特的装置。”那军官对考察旅行者说，同时用有点儿惊羡的目光瞥了一眼这台自己早就十分熟悉的装置。看来，旅行者似乎仅仅出于礼貌才接受司令官的邀请的，因为司令官曾请他来此观看对一个不服从命令、侮辱上司因而被判处死刑的士兵的处决。对这次处决，就连惩罚营本地的人也没有表现出多大兴趣。在这多沙的、四周被光秃秃的斜坡封闭的小深山坳里，除了军官、旅行者、罪犯和一个士兵以外，就没有别人了，罪犯神情迟钝、张大着嘴巴、蓬头垢面；在场的一个士兵，手里拿着一根沉重的铁链，它的末端是一些小链子，它们之间又都有链条连接着，就是这些小链紧紧缚住罪犯的手腕、脚踝和脖子。此外，罪犯看上去活像一条听话的狗，使人觉得尽可以让他在周围的山坡上乱跑，处决开始时，只需吹个口哨，他就会应声而来。

本篇是卡夫卡小说中难解的一篇。卡夫卡在《致库尔特·沃尔夫》的信中说：“不仅它令人难堪，而且我们共同的时代以及我个人的时代过去和现在同样是令人非常难堪的，而且我个人的时代令人难堪的时间甚至还要长于共同的时代。”在与古斯塔·亚诺赫谈话时他说：“我的人性弱点的个人凭证被印出来了，甚至被出售了。”“为了原谅我个人软弱，我把周围世界描写得比实际上要强大。这当然是一种欺骗。我本来是个法学家。因此我离不开恶。”

旅行者对这台装置并无多大兴趣，只是漠然地在犯人后面踱来踱去；而军官却在张罗不停，对装置作最后的检查，他一会儿钻到深深陷在地里的装置的底部，一会儿又沿梯而上，检查上面的部件。这些工作本应是机修工人干的，可军官却干得非常起劲，不知是他特别喜爱这台机器呢，还是别有原因，不肯把这项工作托给别人。“这下成了！”他终于喊道，随即从梯子上爬了下来。他显然疲惫不堪，张大嘴巴呼哧呼哧地呼吸，还把两条柔软精致的女用手绢塞在制服的领口里。“热带地区穿这样的制服，想必是够人受的。”旅行者说，却没有像军官希望的那样，问问机器方面的事。“那当然啦！”军官答道，一面在一只事先准备好的水桶里洗他那双满是油污的手，“但这套制服意味着家乡；我们不愿忘记家乡。——别谈这个吧，还是请您看看这台装置。”他随即补充说，同时用一块毛巾拭干双手，并朝机器上指了一指。“我先得用手操作一下，从现在起，装置就完全自动运行了。”旅行者点点头，继续听军官作介绍。军官为了怕发生什么偶然事件使自己出丑，又加了几句：“当然，也会出现故障；我当然希望今天不致如此，但我们总得估计到这种可能性。这台装置得连续运行十二小时。即使出现故障，也只不过是些小毛病，马上就能排除的。”

由上可知，卡夫卡写本篇是想写出令人难堪的时代和自己人性的弱点。

“您不想坐一坐吗？”军官终于问道，并从一大堆藤椅里抽出一张，并把它端给旅行者；后者无法拒绝，只好坐了下来。他现在坐在土坑的边上，用目光朝坑里匆匆地瞥了一下。这坑不太深。在坑的一边是用挖出来的土堆积而成的一堵墙，在另一边则是这台装置。“我不知道，”军官接着说，“司令官是否已经向您解释过这台机器？”旅行者做了一个含混的手势；这正中军官的下怀，因为这样他就可以亲自解释这台机器了。“这台机器，”他说道，顺势抓住一个曲柄，把身子靠在上面，“是我们前任司令官的一项发明。我从一开始就参加了机器的所有试验工作，直至使之最后完成。不过，发明的功劳还是应该归他一个人。您听说过我们的前任司令官吗？没有？那好，我可以毫不夸张地告诉您，整个惩罚营的设施都是他一手缔造的。作为他的朋友，我们在他归天的时候就已知道，惩罚营的设施已经十全十美，故他的继任者，即使头脑里装着上千个新的计划，至少在好多年之内也无须更动一下原来的设施。我们的预言果然应验了；新上任的司令官也不得不认清这一点。遗憾的是，您并没有结交上这位前任司令官！”军官打断了自己的话，“瞧，我乱扯到哪里去了，他所发明的机器就在我们眼前。您可以看到，它由三个部分组成。随着岁月的流逝，每一个部分都获得了通俗的称呼。底下的部分叫做‘床’，最高的部分叫‘绘图师’，在中间能上下移动的悬着的部分叫‘耙子’。”“耙子？”旅行者问。他刚才没有留心听军官讲话，阳光久久地滞留在无阴影的山谷里，叫人难于集中自己的思想。使旅行者感到更加惊叹的是，军官穿着紧身的阅兵时才穿的军服，佩有肩章，饰有丝带，他热心地向来访者解释他的机器，一面用一只扳子在这儿和那儿的螺丝上扳弄着。士兵的情况看上去跟旅行者的有些相像。他把犯人的铁链绕在自己的两只手腕上，一只手按在枪上，耷拉着脑袋，对什么都不关心。旅行者对此并不感到诧异，因为军官说的是法语，而士兵和犯人根本不懂法语。但尽管这样，囚犯仍努力地谛听军官的解释，这一点倒是更加引人注目的。他一边不停地发睏，昏昏欲睡，但一边又打起精神，死死地盯着军官手指指向的地方，每逢旅行者提问打断了军官的话，他也和军官一样，朝旅行者看看。

惩罚的设施完美无缺：冷酷、残忍、新奇，不可变更。由此，人们一般认为此篇指向司法的残酷与黑暗。

但我们又不得不注意到：在“床”上接受死刑，由“绘图师”绘制罪名，由“耙子”具体执行，将罪名刻入“犯人”的裸身。这里的“床”、“绘图师”、“耙子”在生活中有怎样的意义；特别是“裸身”又有怎样的暗示。

这让人想起卡夫卡的话：“有时候我觉得，没有人比我更懂得原罪。”“没有什么别的东西比这种毫无根据的负罪感更牢靠地黏附在我的灵魂里，正因为它没有真实的理由，所以不管悔恨也好，还是弥补也好，都无法消除这种负罪感。”

所以有人说：尽管卡夫卡不信犹太教，也不是基督徒，但他有着非同寻常的宗教意识。宗教是卡夫卡的全部世界，或者说卡夫卡是以宗教眼光看待世界上一切事物的。

因此，也有人说，卡夫卡是以写作为宗教，在审判自我的灵魂，同时也是审判令人难堪的时代。

……

“那么，人是躺着的。”旅行者说，向椅背上一靠，叉起了腿。

“是的，”军官说着，把帽子微微往后推了推，用手摸摸他那发烫的脸庞，“请您继续往下听！不仅床，连绘图师也都安了电池；床的电池是供自己用的，绘图师的电池是供耙子用的。一旦犯人拴紧在皮带上，床就开始动起来。它以很快的速度同时向两侧和上下颤动起来。您在医院里大概也看到过类似的机器；只是我们床的动作是精确地计算好的；也就是说，床的动作必须非常准确地配合耙子的动作。耙子才是执行判决的真正工具。”

“那么，判决是如何进行的呢？”旅行者问道。“您连这点也不知道？”军官吃惊地问，咬了咬嘴唇，然后继续说道：“要是我的解释条理不清，请您多加原谅；我真的要请您原谅。早先时候，通常是由司令官来作解释的；可如今，新的司令官摆脱了这项光荣的义务；可是对您这样一位高贵的客人”——旅行者用双手做了个拒绝这种尊称的手势，可军官仍坚持用这种尊称——“这样一位高贵的客人，却事先不让他知道我们判决的礼仪，这又是新司令官的一种革新，而这种革新，”他嘟哝着发出一声诅咒，但马上克制住自己，然后说道：“事先也没有人告知我，这不是我的错。不过此事无关紧要，我毕竟非常擅长解释我们各种各样的判决，因为我这里有”——他拍了拍自己胸前的口袋——“我们前任司令官亲笔绘制的草图。”

“司令官亲手绘制的图？”旅行者问。“难道他一

“身兼数职”的司令官是“谁”？他似乎是万能者！是绝对控制者！

有人指出，卡夫卡笔下，法是上帝的别称，上帝是法的别称。法有着丰富的、充满矛盾的所指与含义。它无处不在。它控制着人的一切。

但法是什么？在卡夫卡的作品中，不同的作品有不同有指向。这里当然就是刑。

既然法无处不在，自然就压根儿没有必要宣判，受刑者就没有机会辩护。

“从自己身上知道”是一种含义丰富或又矛盾的表达：是原罪？是偏见？是“欲加之罪，何患无辞”？是“被‘原罪’的原罪”？

从卡夫卡自身在“夹缝中求生存”的生活经历看，恐怕这些所指都有。

身能兼数职？他难道既是士兵、法官，又是设计师、化学家和制图师？”“是的。”军官点头说，用沉思的目光凝视着对方，接着，他用探究的目光细细察看自己的手；手看上去不太干净，不好去拿图纸；所以他走向水桶，再次洗一洗手。随后，他从口袋里抽出一只小皮夹子，说：“我们的判决并不严。只不过用耙子把犯人触犯的戒条写在犯人的身上。这个犯人，比方说吧，”——军官指了指那个人——“他的身上将要写上：尊敬你的上司！”旅行者瞥了犯人一眼；军官指着他的时候，他低垂着头，看来正全神贯注地谛听别人的话。然而，从他那闭紧的厚墩墩的嘴唇的翕动中明显可以看出，他一点儿也不明白军官说话的意思。旅行者本想提些各式各样的问题，可是见到这个犯人，他仅仅问：“他知道自己的判决是什么吗？”“不知道。”军官说，急于要往下解释，可是旅行者打断了他：“他不知道对他所作的判决吗？”“不知道，”军官重复道，然后停顿了片刻，似乎在要求旅行者进一步论证自己的问题，然后说，“压根儿没有必要向他宣布判决。他会从自己的身上知道对他的判决的。”旅行者不想再问什么了，可是就在这时，他感到犯人的目光转向了他，仿佛在问他是否赞同军官所作的这一番解释。本来他已经靠在椅背上了，这一来，他又把身子向前倾了一下，提出了另一个问题：“可是他的确已被判刑，难道这点他也不知道吗？”“他连这点也不知道。”军官说道，朝旅行者笑笑，似乎在等待对方再提出一些稀奇古怪的问题。“不知道，”旅行者说，摸了摸自己的前额，然后继续问道，“那么这犯人现在也不知道，他的辩护是如何进行的吗?”“他压根儿没有机会为自己进行辩护。”军官说,并朝旁边看了一看,似乎他是对自己说的,不想让这些自己所讲述的并认为是理所当然的事情使对方感到难堪。“可是他总得有机会为自己辩护吧。”旅行者说,并从椅子上站起身来。军官意识到,他为了解释这台装置耽误了很长时间,这是一种危险;因此,他朝旅行者走去,拉住他的手臂,另一只手向犯人指指,犯人发现自己显然成了注意的中心,便笔直地站立着——士兵也扯了扯链条——军官接着说:“事情是这样的。我在惩罚营里被委任为法官,虽然我还年轻。因为我在所有的刑事案件中都协助过前任司令官,所以对这架机器知道得也最多。我裁决时所依据的原则是:罪责总是用不着怀疑的。其他的法庭可以不遵守这一原则,因为它们有许多法官,而且上面还有较高一级的法庭。这里的情况就两样了,至少,在前任司令官的时代可以这样说。新上任的司令官显然想干预我的法庭,但到目前为止我都成功地把他顶了回去,将来也照样能把他顶回去。——您大概曾想要我解释一下这个案子,这非常简单,跟所有的案子一样。今天早上,有位上尉向我告发,说派给他做勤务兵的这个男人在他的门口睡觉,结果由于睡过头而玩忽职守。本来,他的责任是每小时打钟的时候起来向上尉的门口敬礼。这当然不是繁重的义务,而只是一种必要的义务,因为无论是作为哨兵还是作为勤务兵,他都应该保持清醒的头脑。昨天夜里,上尉想去查看一下,他的仆人是否在忠于自己的职责。两点钟打响的时候,他打开了房门,发现仆人蜷缩成一团在睡觉。于是,上尉

“罪责总是用不着怀疑的。”从与上文的“床”等呼应来读,这句话是多么在理!但从下面的案例看到,这句话又是多么的专横!

取来了马鞭，朝仆人的脸上猛抽。可这仆人非但不起来求饶，反而抱住主子的双腿，摇他，还嚷道：‘把鞭子丢开，不然我把你吃掉。’——这就是案情的经过。一个小时以前，上尉找到了我，我写下了他的报告，紧接着就做出了判决。然后，我让人给这仆人戴上手铐。这一切都很简单。要是我首先传呼和盘问这个仆人，这只会产生混乱。他会撒谎，即使我成功地驳倒他的谎言，他又会用新的谎言来取代这些被驳倒的，就这样没完没了。可现在呢，我抓住了他，并且不再放过他。——您现在一切都清楚了吧？瞧，时间过得很快，处决马上就要开始，可我还没有解释完这架机器呢。”他把旅行者按回到椅子里，又走到机器前说，“您可以看到，耙子的形状是和人的身体相符的；这是对付人的上身的耙子，这是对付双腿的耙子。这把小的雕刻刀是用来对付头的。这下您该清楚了吧？”他友好地朝旅行者躬了一下身子，准备作非常详尽的解释。

旅行者皱起眉头仔细观看耙子，有关诉讼程序的报告并没有使他满意。他不得不一再地提醒自己，这儿是一座惩罚营，这儿有必要采取特殊的措施，应该尽可能地像军人那样行事。但是，除此之外，他对这位新上任的司令官寄予一定的希望，他显然打算采用——虽然是逐步地——一种新的司法程序，而这一点对于思想狭隘的军官来说是难于接受的。出于这种考虑，旅行者提出另一个问题：“司令官会来观看处决吗？”“不一定。”军官答道，这个猝不及防的问题使他非常狼狈，他那和善的面部表情顿时走了样。“正因如此，我们必须抓紧时间。非常抱

新上任的司令官始终是一个未出场的在场者。他将废除老司令官一手缔造的“法”的王国。

歉，我甚至不得不压缩一下我的解释。不过当然，待到明天，当这台装置重新擦洗干净以后——它唯一的缺点就是很容易弄脏——我可以进一步作些补充说明。现在我们只谈最必要的事情。——当犯人躺在床上，床开始震动的时候，耙子便垂落到犯人的身体上面。耙子自动进行调整，使针尖刚好接触到身体；调整好之后，耙子上的钢绳就立即绷紧成为一根坚硬的钢条。这下正戏开场了。不知内情的人从外表上看是分不清各种刑罚之间的区别的。耙子看上去似乎在单调地进行工作。它颤动着把自己的尖端刺入犯人的身体，此外，身体也随着床的抖动而抖动。为了使每个人都能检查判决的执行情况，耙子是用玻璃制成的。把针固定在玻璃上曾经引起某些技术上的困难，但是经过多次试验之后终于取得了成功。我们本来就不辞辛劳嘛。现在，谁都可以透过玻璃看到身上的字是怎样刺出来的了。您愿意走近一些看看这些针吗?”旅行者慢慢地站了起来，走上前去，俯身在耙子的上面。“您瞧，”军官说，“有两种排列成各种形式的针。每根长针旁边配有一根短针。长针管刺字，短针喷出用以把血洗掉的水，使刺的字始终保持清楚。接着，血水被引入好几条小沟，然后流进这条主沟，主沟有一根排水管通到坑里。”军官用手指详细地指了指血水流经的途径。为了尽可能地做到直观生动，他在排水管的出口处用双手郑重其事地做了个接血水的姿势，当他这样做的时候，旅行者抬起了头，用手在背后摸索，似乎想坐回到椅子上去。正在这时，他吃惊地发现，犯人同他一样应军官的邀请正在近处仔细观察耙子的机构呢。

行刑装置将罪名刻在犯人的裸身上。用六个小时让犯人凭着刺字明白自己所犯之罪。这何其荒诞！但卡夫卡要表达的是用“文字”杀人啊！他很早看到了“文字”具有杀人的力量。在人类几千年的历史中，从来就有用“文字”杀人的现象，且至今依然存在！

那犯人把链子旁边的无精打采的士兵拖向前来，自己也俯身在玻璃上。可以看到，他也在用他那双疑惑不定的眼睛寻找着这两位先生刚才观察过的东西，但由于缺少解释，他终究无法探出个究竟来。他东张张西望望，眼光不停地在玻璃上溜来溜去。旅行者想把他往后赶，因为他现在的行为可能会招致惩罚。可是军官用一只手紧紧抓住旅行者，用另一只手从土堆上抄起一块土朝士兵身上扔去。士兵猛地抬起眼睛，看到犯人竟如此大胆，就扔下步枪，脚跟死劲地抵住地面，把犯人往后拖，犯人立刻倒了下来。士兵朝倒下的犯人看去，只见他在地上翻滚，身上的链条发出叮当的响声。“把他拉起来！”军官嚷道，因为他发现旅行者的注意力由于这个犯人而大大地分散了。旅行者甚至忘记了自己俯身在耙子上，对之置于不顾，只想弄明白犯人会遭到什么样的下场。“好好地收拾他！”军官又嚷道。他绕过机器跑到犯人跟前，亲手抓住犯人的胳肢窝，在士兵的帮助下，把双脚老是绊跤的这个犯人拖了起来。

……

现在，他一丝不挂地站着。旅行者咬紧嘴唇，一声不吭。他虽然知道下一步将发生什么事，但他无权阻止军官的任何行动。难道军官所留恋的诉讼程序真的就要完了——也许这还是他干预的结果呢，他感到自己有责任这样去做——果真这样，军官现在所采取的行动就是完全对的；要是旅行者处在军官的地位上，也只可能走这条路。

士兵和犯人起先不明白出了什么事，他们最初甚至没有往这边看。犯人由于拿回来了手绢而兴高

这套刑罚的终结意味着什么？

意味着司法黑暗的结束？恐怕没有这么简单。卡夫卡创作的每个故事都具有多解性。

有必要从军官的角度作一点分析——

不能否定，小说主要写老司令官的忠实信徒——操作那架奇特行刑机器的军官怎样忠实于这一套审判程序。使他为之献身的这一套程序在他心中有着怎样的魅力呢？一是这套程序能够真正遵循“罪责无可置疑”的原则。二是那架行刑的机器能够用十二个小时“公正”地审判每个犯人，并用六个小时让犯人凭着刺字的伤痛感明白自己所犯的罪。三是在处决犯人时，他可以全神贯注地观察着受刑人脸上焕发出来的幸福的光彩，脸颊也沐浴在这终于来临却已在消逝的正义的光辉之中。因此，在这套审判程序

采烈，但这只是暂时的，因为士兵出其不意地迅速从他手里抢走了手绢。犯人想从士兵的腰带下面——手绢就藏在这里——把手绢抢回去，可是士兵保持着高度警惕。就这样，他俩就半开玩笑地扭打起来。直到军官完全赤身裸体，才引起他俩的注意。特别是这个犯人，似乎已预感到即将有重大的转变发生。过去在他身上发生的事，现在竟在军官身上发生。也许会发展到极端的地步。大概这位外来的旅行者已下达了这方面的命令。就是说，要报仇。他自己并未历尽痛苦，到头来却报了仇。于是，在他的脸上漾出一股宽广的无声的笑容，而且不再消失。

……

机器显然正在化为碎片；它那无声的运转只是一种假象；他甚至感到，现在有必要照顾一下军官，因为后者不再能照料自己了。但由于齿轮的落下吸引了他全部的注意力，他竟忘了瞧瞧机器的其余部分；这时，最后一个齿轮已离开了绘图器，他便向耙子俯下身去，却发现一个新的、更加让人吃惊的现象。耙子并没有在写字，而是乱戳乱刺，床也没有翻动军官的身体，而是颤巍巍地把他的身体举起来送进针里。旅行者想进行干预，可能的话，使整个机器停下来，因为现在已经不是军官所希望实现的刑讯了，这简直就是谋杀。旅行者伸出双手想去救军官。可此时耙子已将叉起的身体举到一旁，这一点在平时要到第十二个小时才会发生。血流成了上百条小河（并没有掺水，喷水的小管这次也失灵）。还有一件失灵的事：军官的身体并没有从长针上落下来，而是悬在土坑的上空，不断地流血，却不掉下来。耙子

被废之前，他一定要以身试之。我们看到，他的尸体面容一如生前，像活着的时候那样神情镇定、自信。

那么，我们要继续追问：这个军官为何要与这套即将被废的审判程序同归于尽呢？是愚忠？还是殉道？还是另有原因？

卡夫卡曾在日记里说：他是通过笔下主人公之死的共鸣而预先尝到死亡的滋味，“会高兴地托附在约留者身上随他死去”。在他看来，人在上帝面前，一切罪恶都无法隐遁。所以，人活着就要不断地让自己在体验死亡的过程中感受到自身的存在。因此，自我审判，自我惩罚是必要的，否则就无法有一种存在感。而在自我惩罚中，自己会有一种“从头至尾哭得动听、纯情”的存在感。由此，我们是否可以感觉到，那个行刑军官的自我处决，就是卡夫卡的自我处决？或者说，那个军官的自我处决，正是卡夫卡期待的人类的自审与自处？

尼采说上帝死了，卡夫卡根本不相信上帝（虽然他也有宗教信仰）。流放地的那套审判程序被废止，是不是象征着上帝对人类的

审判已从人类的精神世界被清除？如果是，那么，人们将永远被流放，无法在公正的审判中走进那幸福的天堂。在卡夫卡看来，这是现代人的一大精神疾病。

也想恢复原位，可是当它发现自己尚未摆脱身上的负担时，就只好停在土坑的上空。"快帮帮忙吧！"旅行者朝士兵和犯人喊道，自己则抓住军官的双脚。他心想，他在这边压住军官的双脚，那两人在另一边抓住军官的头，这样就可以慢慢地把军官从针上卸下来。可是那两人不肯过来帮忙；犯人正一个劲儿地转着圈子；旅行者不得不向他们走过去，强迫他们走近军官的头部。在这里，他几乎是违愿地看到了尸首的面孔。面容一如生前；（没有发现一丝所期望的拯救的痕迹）别人从机器中所得到的东西，军官并未得到；他紧闭着双唇，睁大两眼，神情与生前一模一样，目光镇定而自信，那根大铁钉的针尖则穿透了他的前额。

当旅行者在士兵和犯人伴随下向营地的头一批房子走去的时候，士兵指着其中的一所说道："这就是茶馆。"

在这所房子的底层，有一个深而矮的类似洞穴的房间，它的墙壁和天花板已被烟熏黑。临街的这面，房间完全敞开着。尽管茶馆跟营地的其他房屋——除司令官宫殿般的建筑以外，所有的房屋均已荒芜——并没有多少区别，它却给旅行者留下了深刻的印象，仿佛这是一座历史的纪念碑，让他感到了已往时代的力量。他朝前走了几步，在陪伴者跟随下穿过了几张停放在茶馆前面街道上的空桌子，吸到了屋子里涌流出来的阴冷、潮湿而有霉气的空气。"那老头儿就葬在这里，"士兵说，"神父拒绝给他在公墓上留下一块地方。起先，人们一时拿不定主意该把他葬在哪里，最后决定将他埋在这儿。此

"仿佛这是一座历史的纪念碑。"卡夫卡很少用比喻，很少用形容词。这里用这样的比喻是否值得深思？它是在歌颂这种"审判"吗？还是在嘲笑这种"审判"？

事军官肯定没有对您讲，因为他对此尤其感到羞愧。在几次夜里，他甚至想把老头儿挖出来呢，可是每一回都给人撵走了。”“坟墓在哪儿？”旅行者问道，他并不相信士兵所说的话。士兵和犯人立即双双跑到旅行者的前面，伸出手朝坟墓所在地指去。他们领着旅行者一直沿后壁走，有些顾客在那儿的几张桌子旁坐着。他们看来都是码头工人，身强力壮，满脸留着短而乌黑发亮的胡子。他们谁也没有穿上衣，衬衣也是破破烂烂的，都是些贫贱穷苦、受人凌辱的汉子。旅行者走近时，有几个人站了起来，紧贴墙壁，对着他看。“是个外国人，”旅行者周围响起了低低的耳语声，“他想看看坟墓。”他们把一张桌子推向一边，桌子底下果然露出了一块墓碑。这是一块普通的石头，矮矮的，以便可以藏在桌子底下。碑上有些很小的铭文，为了念这些铭文，旅行者甚至不得不跪了下来。墓碑上写道：“老司令官长眠于此。他的信徒们为他挖了这个坟，立了这个碑，现在只好隐姓埋名，可以预言，司令官在若干年后又将复活，从这个屋里率领他的信徒重新占领这块营地。请你们相信并等着瞧吧！”读完这段文字，旅行者就站起身来，发现周围站着不少男人，他们在微笑，仿佛同他一道念过了铭文，觉得非常可笑，正期待着他同意他们的看法。旅行者装作并未发现这点似的，把一些硬币分给他们。等了一会儿，直至桌子重新推过来盖住了坟墓，然后离开茶馆，向港口走去。

老司令官墓碑上的铭文，又是传递一种怎样的信息？“复活”是指信仰的复活吗？

士兵和犯人在茶馆里碰上了熟人，被留了下来。但不久他们就得离开这些熟人，因为旅行者才走到通向小船的那长长的石级的半路上，他们还来得及追赶上他。也许，他们这样做的目的，是想在最后的时刻迫使旅行者把他们带走。正当旅行者在下面跟一位船夫商谈引渡到轮船的价钱的时候，这两人飞速地奔下石级，一声不吭，因为他们不敢声张。可是等他们来到下面，旅行者已经上了小船，船夫正把小船撑离岸边。他们本来还想跳进小船，但旅行者从船板上拾起一根沉甸甸的、打了结的缆绳，向他们发出威胁，这才阻止了他们往下跳。

（洪天富　译）

（选自《卡夫卡全集》第1卷）

地洞(节选)

我造好了一个地洞,似乎还蛮不错。从外面看去,它只露出一个大洞,其实这个洞跟哪里也不相通,走不了几步,便碰到坚硬的天然岩石。我不敢自夸这是有意搞的一种计策。不妨说,这是多次尝试失败后仅留的一部分残余。但我总觉得不要把这个洞孔堵塞为好。当然,有的计策过于周密,结果反而毁了自己,对此我比任何人都知道得更清楚。而由于这口洞孔引起人们的注意,发觉这里可能有某种值得探索的东西,这也确是勇敢的表现。但如果谁以为,我是怯懦者,仅仅因为胆怯才营造了这个地洞,这就看错我了。离这个洞口约一千把步远的地方,有一处上面覆盖着一层可移动的苔藓,那才是通往洞内的真正入口处。它搞得这样万无一失,世界上所能做到的安全措施也莫过于此了。诚然,也可能有什么人踩到那层苔藓,或者把它踩塌,那么我的地洞就暴露了。倘谁有兴趣,也可能闯将进去——请格外注意,非有精于此道的稀有本领不可——把里面的一切进行永久性的破坏。这我是明白得很的。我现在正处于我的生命途程的顶点,就是在这样的时候,也几乎得不到一个完全安宁的时刻。在盖着苔藓的那个幽暗的地方,正是我的致命之所在。我经常梦见野兽用鼻子在那里贪婪地来回嗅个不

《地洞》是卡夫卡"好读"的作品之一。

它写一只小动物给自己建造了一个奇异的地洞,地洞由一个大的城堡储藏室和许多地道组成。这个小动物为何要建造这个奇异的地洞?似乎是为了躲避外界的敌人,给自己一个藏身之所。但"为了小心谨慎",这个地洞又具备了让这只小动物自己及时出洞的可能性。

这样一个"地洞"的建造以及小动物在洞中的生活,具有非常丰富的内涵,让我们看到很多——

“我”的心中，世界到处充满着暗藏的敌人。

敌人永远在不断地向自己逼近。

即使此刻能躲避“这一个”敌人，“另一个”敌人也会随之来到。

最可怕也是最痛苦的是，有时自己根本不知道敌人在哪里。

停，也许有人会认为，我满可以把洞口堵死，这样我就用不着费多大气力，每次进出，只要挖一次洞门就行了。但那是不可能的事。为了防备万一，我必须具备随时一跃而出的可能性，为了谨慎行事，我必须随时准备冒生命的风险，可惜这样的风险太频繁了。这一切都得煞费苦心，而神机妙算的欢乐有时是促使人们继续开动脑筋的唯一原因。我必须做好随时能够冲出去的准备，有了高度的警惕性，难道我就不会受到完全突如其来的袭击了吗？我安安稳稳地住在我的家的最里层，与此同时，敌人却从某个什么地方慢慢地、悄悄地往里钻穿洞壁，向我逼近。我不敢说他的嗅觉比我更灵，很可能他对我就像我对他一样，知道得很少。但有些不顾死活的盗贼，不管三七二十一把地乱掘乱挖一通，由于我的地洞的范围广大，他们说不定在什么地方碰上我的许多途径中的一条，也未始不可能。当然，我在自己的家里，自有谙熟所有途径和方向的长处，盗贼会很容易地成为我的牺牲品和美餐。但我正在变老，有许多同类比我更强，而且我的敌人多得不可胜数，我逃避了一个敌人，又落入另一个敌人之手，这种事情不是不可能的。唉，有什么事情不可能发生呢！但无论如何，我非有一个比较容易到达的、不费什么力气就可以出去的、完全敞开的出口作保障不可，这样就不至于在我没命地挖掘时（不管上层多薄），突然——天呀，保佑我！——感到后腿被追踪者的牙齿咬住了。而且威胁我的不仅有外面的敌人，地底下也有这样的敌人。我虽没见过，但传说中讲到它们，我是坚信不疑的。那是地底下的生物，传说中也说不清它们是什么样的。甚至做了它们的牺牲品，还几乎没见过它们。它们来的时候，就在你站立的地底下——它们生活的世界——当你刚刚听到它们的爪子发出抓东西的响声的时候，你就没救了。遇到这种场合，与其说你在自己的家中，毋宁说你在它们的家中。在这种情况下，那条通往出口的通道也救不了我，可以说，那根本就不是救我的东西，而是毁我的东西。但它是一种希望，没有它我就活不下去。除了这条大道以外，还有几条很狭窄的但相当安全的小道，它们使我与外界保持联系，向我提供自由呼吸的空气。这些路本来是鼹鼠筑成的，我因势利导，把它们引进了我的地洞里，我通过这些途径可以嗅得很远，使我得到保护。也有各种各样的小动物经由这些途径来到我跟前，成了我的食物。这样，我根本用不着离开地洞，就可以进行一些小小的狩猎活动，以维持一种简朴的生活；这是十分宝贵的。

但敌人的存在是自己活下去的理由。

“我最理想的生活方式是带着纸笔和一盏灯待在一个宽敞的、闭门独户的地窖最里面的一间里。饭由人送来，放在离我这间最远的、地窖的第一道门后。”卡夫卡曾在给女友菲莉斯的信中这样说。《地洞》里这只小动物的生活状态，正是卡夫卡想象的理想生活状态。

我的地洞的最大优点是宁静。当然，这是没有准的。说不定什么时候突然中断，一切告终，也未可预料。不过就目前来说总算是宁静的。我可以在我的通道上蹑着脚走好几个钟头，有时听到个把小动物的声音，不一会这小动物也就在我的牙齿间安静下来了；或者泥土掉落的沙沙声，它告诉我什么地方需要修缮了；除此以外便是寂静。树林中的空气透进来，既暖和又清凉。有时我惬意地伸展身子，在通道上打起滚来。当秋天到来的时候，有这样一个住所可以安身，这对于一个渐近老年的人，算是美好的了。通道上每隔一百米的地方，辟一个圆形的小广场，在那里我舒舒服服地蜷曲着身子，一边休息，一

这样的生活尽管存在着种种危险，尽管有着种种恐惧，但它还是最让“我”惬意的生活。

边使自己暖和暖和。在那里我可以甜甜蜜蜜地睡上一觉，这是和平宁静的睡眠，是满足安全感的睡眠，是实现了建立安心之所的愿望的睡眠。不知是由于过去的习惯，还是这座家宅确实存在着足够的危险，唤起我的警觉，使我常常有规律地从酣睡中惊醒，肃然谛听着那日夜支配着这里的宁静，然后宽慰地微微一笑，旋即又舒展四肢，沉入更为香甜的梦乡。那些无家可归的可怜虫们啊，他们在马路上、在树林中流浪，至多只能匍匐在堆积的树叶底下，或者与同类结伙，暴露在天地间的一切灾厄之中！我则躺在这各方面都安全的广场上——这样的广场在我的地洞里有五十几处之多——在瞌睡和熟睡之中来消磨那任我选定的时间。

“生命就像我们上空无际的苍天，一样的伟大，一样无穷的深邃。我们只能通过‘个人的存在’这细狭的锁眼谛视它；而从这锁眼中我们感觉到的要比看到的更多。”卡夫卡这句话，告诉了读者他创作《地洞》的深层心理：他只能以小动物这样的生存方式来“实现”人的伟大性。世界已将他完全封锁起来。

缜密地考虑到极端危险的情况——不是直接的追踪，而是包围——在洞穴的近中心处修建了一个中央广场。在一切其他场合，都是极端紧张的脑力劳动多，体力劳动少，这个城廓则是我的艰巨的体力劳动的成果，比地洞里的所有别的部分都艰巨。有好几次，我由于身体疲乏不堪，濒于绝望，想弃绝一切；仰卧着翻过来，滚过去，诅咒这地洞，并艰难地爬出洞外，任穴口洞开着。之所以这样做，因为我不想再回去了，直到几小时或几天后我后悔了，回去一看，见地洞完好无损，我恨不得引吭高歌，并以发自内心的喜悦重新开始劳动。这个城廓的工程之所以增加了不必要(说不必要，因为地洞从那种无效劳动中并未得到真正的益处)的困难，是由于照计划安排所确定的这个场地恰恰土质很松，而且充满砂粒，因此必须把这地方的土层夯实，才能建造起美丽的大穹顶和圆形广场。从事这样一种劳动，我只能靠额头。所以，我不分白天黑夜，成千成万次地用前额去磕碰硬土，如果碰出了血，我就高兴，因为这是墙壁坚固的证明，而且谁都会承认，我的城廓就是用这样一种办法建成的。

现实中“我”只能以这样的方式来保护自己，证明自己，“阐释”自己，与“生命就像我们上空无际的苍天，一样的伟大，一样无穷的深邃”的理想状态相比，不啻十万八千里。

我利用这个城廓来贮藏我的食物：凡是洞内抓获而目前还不需要的一切，和外面猎获的全部，我统统把它们堆放在这里。场地之大，半年的食物都放不满。于是我把东西一件一件铺了开来，在其间漫步，同时玩赏着它们，悦目于其量之多，醉心于其味之杂。任何时候，只要我想看一看储藏品，都能一目了然，而且我还可以随时进行重新排列，根据不同季节，作出必要的预计和狩猎计划。有这样一些时候：由于洞里食物富足，我对饮食漠不关心，因而对这些出没的小动物根本不去理会，当然从别的理由考虑，这也许是欠慎重的。由于经常从事防御准备工作，使我原想充分利用地洞来进行防御的主张有了小幅度的改变和发展，于是我常常觉得以城廓为防御基地是危险的。地洞的复杂性确实也向我提供了采用多种防御办法的可能性。而我觉得将存粮稍加分散，利用某些小广场来分批贮藏，似乎更为周到些。于是我决定约每隔两个广场设一个预备储粮站，或者每隔三个设一正储粮站，每隔一个设一副储粮站，如此等等。再则，为了迷惑敌人，我划出几条道路不堆贮藏品，或者，各按它们通向主要出口的位置，挑选少数广场错杂其间。自然，每一项这样的新计划都要求艰巨的搬运工作，我必须作出新的安排，然后就是来回搬东西。当然啰，我不用着急，可以慢慢地在一种极度恐慌中，“我”就不断地“折腾”自己，不断地用极端的方式来“消灭”自己。

“一切好像都终结了……不可能睡，不可能醒，不可能忍受生活——更正确地说——生活的连续性。”卡夫卡1922年重病时在日记中这样解释他的生活。写于1923年的《地洞》则是以小说的方式解释这种生活。

干，把珍贵的东西衔在嘴里搬运，高兴在什么地方歇一歇，就在什么地方歇一歇。遇到可口的东西就吃它几口，这是满不错的。糟糕的是，我每每从梦中惊醒，就仿佛觉得目前的这种粮食分贮法是完全失算的，它会招致严重的危险，非立即加以纠正不可，睡意和疲劳也在所不顾。于是我急忙就走，快步如飞，连考虑一下的工夫都没有。为了实施这一新的、全新的计划，我不顾一切，凡是碰到嘴边的东西，就只管逮住，用牙齿咬着，拖呀，背呀，喘息着，呻吟着，踉踉跄跄地前进。只要对目前这种我感到过于危险的状况有任何些微的改变，我就心满意足了。直到睡意渐渐地消除，脑子完全清醒过来，我几乎不理解何以有这一番极度的紧张活动，对于被自己扰乱了的家里的和平长长地舒了一口气。重新回到我的卧所，由于新造成的劳累而立即睡着了。醒来时，作为这几乎像梦一般出现的夜间劳动的无可辩驳的证据，是牙缝间还挂着的一只耗子。此后又有一些时候，我觉得还是把所有的食粮集中于一个场地为上策。贮藏在小广场上对我会有什么好处呢？那里到底放得下多少东西呢？无论你拿什么放到那里去，都会堵塞道路，一旦有防务活动，奔跑起来，说不定反而成为我的障碍。再说，不把所有的储藏品集中在一起，因而不能对自己的财产一目了然，势必损伤自己的自尊心，这种想法固属可笑，却是难免。分成这么多摊，不会散失很多吗？我总不能老在纵横交错的通道上四处奔跑，以便看看是否一切仍然原封未动。分散贮藏的基本想法是对的，但必须有个前提：拥有好几个像我的城廓这样的场地。好几个城

怎样储藏自己的“宝贝”？怎样既隐藏着又显示着？怎样更加安全？怎样尽可能没有缺陷？

当“我”的智慧全部用于“这样”的生活，“这样”的生活就越来越狭隘，越来越走向“锁眼”。

廓！一点不假！但是谁能够把它们建筑起来呢？在我的地洞建造的总计划中，现在也没有增添的余地了。我承认，这一点正是我的地洞的缺陷，就好比任何东西如果只有一种样品时，都有缺陷一样，而且我也承认，在建筑整个地洞期间，我对于拥有几个城廓的要求在自己的意识中是模糊不清的，如果说我有过这一良好愿望，那就清清楚楚了。我没有按照那种要求去做，对于这项巨大的工程，我感到自己太弱了，甚至，我就是想象一下这项工程的必要性也感到自己太弱了。我以同样模糊的感觉聊以自慰，这在平常是难以做到的，但在这一场合我却做到了，这是一种例外，也可能是一种神的恩赐，因为保留我的前额以代替铁锤正是天意所使然。现在我只拥有一个城廓，但觉得一个不够用的那种模糊感觉，已经消失了。不管如何，我只得满足于一个。想用许多小广场来代替它是代替不了的。所以，当这种想法在我心中热起来的时候，我就又动手把各个小广场上的所有东西重新搬回城廓里。于是所有的场地和通道又空出来了，看见城廓里的肉类成堆，连最边远的便道都闻得到许多种肉类混杂的味道，我老远就能把它们一一辨别出来，而每一种味道都使我喜欢。有一阵子对我这一派气象真感到宽慰。这以后出现了一段和平时期。我利用这些太平时日，把我的卧所从外围慢慢地、一步一步地往里移，因而沉浸于越来越重的气味之中，以致再也忍耐不住了。于是一天夜里我冲进城廓，从肉堆里挑出我所爱吃的上等品，扎扎实实地、如醉如狂地饕餮大嚼了一番，把肚子塞得饱饱的。这是幸福的时期，也是危险的时期；只要

“我”就在这样因“缺乏感”而“引起的更大的欲望”的驱使下，不断地消耗着自己，但最终“道路却无一条”。所以卡夫卡说：“我们谓之路者，不过是彷徨而已”，如此也可以将“地洞”理解为无路可走的彷徨之路。

对自己创造的“迷津暗道”的欣赏，是沉溺的表现；对“迷津暗道”的怀疑，是挣扎的表现。

事实上，卡夫卡一直感觉自己被囚禁在这个世界。他只能不断地以狂想的方式对抗。一旦失去了狂想，卡夫卡也将不复存在。于是，卡夫卡在狂想中成了20世纪最富想象力的作家之一。他丰富的想象，将这个世界的种种病痛表现得触目惊心。

有人了解个中奥秘，充分利用这个时机，毋须冒什么风险，就可轻而易举地将我毁灭，这与缺少第二第三个城廓的弊害不无关系。我之所以受诱惑，正是由于食物集中堆在一起造成的。我正准备通过各种途径来抵御这种诱惑，保护自己，把粮食分散储藏在各个小广场上，也就是这类措施之一。可惜的是，它也像其他类似的策略一样，由于感到缺乏而引起了更大的欲望，这欲望压住了理智，听凭欲望的驱使，任意改变防御计划。

这以后，在对地洞进行了一些必要的修缮之后，我经常离开地洞——虽然只是很短的时间——去外面溜达，以便让自己冷静冷静，同时检查一下地洞是否坚固。要是长时间离开地洞，我会感到受惩罚似地难以忍受，但短时间出去走动走动，我以为也是很有必要的。每当我走近出口时，我总有一种庄严感。住在家里时，我是避免到那里去的，甚至连通向它的任何一条最小的岔道儿我都是不迈步的；再说到那一带去转悠也并不容易，因为我已经在那里建筑了一套完善的、小规模的迷津暗道；我的地洞就是从那里起始的，但当时我还不能指望能够如愿以偿地按照我的计划去完成，我开始半游戏似地从这个小犄角干起来，在迷津的建筑中，我第一次充分领略到劳动的愉快；这项迷津建筑在我当时看来是一切建筑之冠，但从今天的眼光看，说它气派太小，与整个地洞建筑不相称，该是比较公允的，虽然在理论上它也许堪称宝贵——“这是去我家的入口”，我当时讥讽地对那些看不见的敌人们说，并仿佛看到了它们全部窒息在入口迷津里的景象——可是事实上，一种墙壁非常单薄的草率工事，对于认真进攻或者孤注一掷的亡命之徒是很难进行抵抗的。但我因此就应该把这一部分重建吗？我犹豫不决，大概要永远维持这样的现状了吧。且不说重建需要我付出巨大的劳动，而且也是一件人们能够想象的最危险的事情。在我刚开始挖筑地洞的时候，我是能够比较安心地在那里劳作的，那时风险并不比别的地方大多少。但在今天已经是不可能的事了，因为今天那样做就未免轻举妄动了，那就等于要把社会的注意力引向整个地洞上来。我感到高兴的是，眼下这一处女工程也具有一定的敏感性，比方说吧，一旦发生大规模的进攻，什么样的入口构造才能救我呢？在使进攻者迷惑、错愕、困扰这一点上，这个入口是可以应急的。但如果遇到真正大规模的进攻，那我就必须设法使用整个地洞的一切手段和身心的全部力量来对付——这是理所当然的啰。所以这个口子就让它维持原样不动好了。尽管地洞有着这样多的天然强加于它的缺陷，但毕竟是我亲手所创；虽然事后才认识到这些缺点，却认识得这样精确，那就让它保留着吧。但这并不是说，这个缺点没有经常地或者也许是始终使我感到不安。平时散步时，我都要避开地洞的这一部分，之所以如此，主要是因为我一看见它就感到不舒服，既然这个缺点已经在我的意识中发出噪音，我就不愿意让它老是在我的目光中浮现。那上面入口处的缺点是无法匡正了，但只要能够回避，我就尽可能不去看它。我只管朝着出口的方向走。

虽然我与入口处之间隔着通道和广场，我依然感到我已经陷入一种巨大危险的氛围之中。有时候我好像觉得我的皮变薄了，不久仿佛我只能以赤裸裸、光溜溜的肉身站在那里，这时候，我的敌人以吼叫来欢迎我。说实在的，这样一种感觉足以致使出口本身失去对我的家宅的保护作用，但使我格外苦恼的，仍是入口的构造。有时我做梦，梦中我已经把它重建了，一夜之间以巨人般的力量，神不知鬼不觉地，迅速而彻底地把它改造了，这下谁也攻不破了。我做梦的这一觉睡得比任何时候都香甜，醒来时我的胡子上还滚动着欢乐和宽慰的泪珠。

自己所做的一切都可能存在着漏洞，因此一直处在疑虑之中，经常手忙脚乱地“痛改前非”。并且，最大的愿望只有在梦中才能实现，最大的快乐只有在梦中才能得到。

所以，如果我要外出的话，还得克服这条迷津给我肉体上造成的苦痛。而我有时一度迷失在自己的创造物中，因而显得这工程似乎还须不断奋斗下去，以便向我这个早就对它下了坚定不移的判断的人证明它的存在权利，这时候我又气恼又感动。接着我就来到青苔盖底下，在我留在家里这段时间，它与树林中毗连的地皮长在一起、互相衔接了。现在，只要我用头一顶，就可以到外边的天地去。这个小小的动作我已经很久没敢使用了，若不是今天又得克服入口的迷津，我一定会从这里折回，逛回家去，为什么呢？你的家闭关自守，固若金汤。你的生活安宁、温暖，良肴佳馔不断，你是无数通道、广场的主人，独一无二的主人。这一切你不希望牺牲，但有一部分你打算放弃，虽然你有信心把它们重新夺回来，但你有胆量下一个危险的、非常危险的赌注吗？对此有没有合适的理由呢？没有，在这类问题上不会有合适的理由。但接着我小心翼翼地掀起门盖，到了外面，又轻轻把它盖上，并赶紧跑离这个正在暴露的地点。

然而，我的本意并不是要在野外生活，虽然我不再憋在通道里行走了；而是要在大森林中狩猎，我感到身上有一种在地洞里没有任何地盘包括城廓——哪怕它再扩展十倍——让它施展的新的力量。外面的伙食也更好吃，狩猎固然比较困难，很少成功，但其收获从任何方面讲都是价值更高的。这一切我并不否认，并且懂得如何领略并享受它们。至少也得和别的动物一样，说不定比它们还强得多，因为我狩猎时，不像流浪汉那样轻率和绝望，而是目的明确，从容不迫。我也并不是非过野外生活不可，我知道，我的时间有限，不允许我永远狩猎下去，等到有人向我发出召唤，而我也愿意，并对这里的生活感到厌倦的话，我将不能抵御人家的邀请。这样的话，我就能够充分领略这里的时光，无忧无虑地度日。其实却不尽然，许多本来可以做到的事情并没有做到，地洞的事情忙得我团团转。我很快跑离洞口，不一会又赶回来。我在寻找一个合适的藏身之所，并守望着我的家门——这一回是从外面——一连几天几夜。让人家去说我傻好了，我可是有一种说不出的快乐，并从中得到安慰。于是我仿佛不是站在我的家门前，而是站在我自己的前面，觉得自己既能一边熟睡，一边机警地守护着自己，这未尝不是一种幸福。我有一定的长处，不仅能在睡眠时的那种只身无助和妄自轻信的状态中看得见夜间的精灵们，而且同时能以完全清醒时的力量和沉着的判断力与它们在实际中相遇。我发觉很怪，情况并不像我通常所认为（并且只要下洞回到家里也许还会那么认为）的那样糟。从这一方面看是如此，从别的方面看也不例外，

曹操闭眼为醒，睁眼为睡的说法，只是一种欺骗。“我”却能够真正享受到“一边熟睡，一边机警地守护着自己”的“幸福”。

曹操的“欺骗”表明身心的统一，“我”的“幸福”表明身心的分裂。

“睡”就应当是一种休息，是生理与心理的调整。但当“睡”也有了“机警地守护”的功能时，“睡”被分裂了，或者说被消解了。

但尤其是从这一方面看来，这次外出确是必不可少的。

……

从那时到今天这一段正是我的壮年时期；但这期间不是看来什么也没有发生吗？劳动时我仍一直安排长时间的间歇，贴着墙壁谛听，发现那个挖掘者新近改变了主意，来了个向后转。它正旅行回来，它以为，这期间它给了我足够的时间作好迎接它的准备。然而从我这方面说，整理工作一切都不如当时，偌大的地洞毫无防御设施，而今我已不再是小学徒，而是老建筑师了，我身上还留存的那点力量已无法支持我做出对敌行动的决断了。但不管我多么老，我似乎还希望活得比现在更老，老到在我的青苔底下的卧榻上一卧不起。因为在青苔底下其实我是忍耐不住的，只要一起来，就去狩猎，好像我在这里并不是休息，而是充满新的忧虑，于是又跑回下面的家里去。——那么这以前情况是怎样的呢？“曲曲”声减弱了吗？没有，它变强了。我随便找了十个地方听了听，发觉我明显搞错了，“曲曲”声依然如故，丝毫未变。对面的情况仍是老样子，人家在那儿安闲自在，时间任由支配；而这里却每一瞬间都在振荡着监听者。于是我又沿着漫长的道路回城廓去，我感到周围的一切很激动，都凝望着我，但旋即又把视线移开，以免扰乱我。但又竭力想从我的表情上看出保卫家园的决心。我摇了摇头，我还没有那个决心呢。我去城廓也并不是为了在那里实施什么计划。我经过一个原来打算建立研究室的地方，我又把它检查了一遍，那可真是个好场所啊，那洞穴朝着有许多小气孔的方向，有了这些气孔，我的工作似乎会轻

无论“我”采用什么方法，“‘曲曲’声依然如故”，永远不能消除，如小说结尾所言：“一切始终毫无改变。”“我”建造地洞，原本是要寻找安宁，最终却永远得不到安宁。“我”越认真，越细致，越周到地造一个完美的地洞，却发现越不可能。当“我”为赶走那“曲曲”声费尽心机地“挤到上面去听了听”时，竟发现“与这同地洞的情况形成鲜明的对照，于是：昔日的危险之地反成了和平之乡”。这似乎是这篇小说要讲的一个非常重要的东西——小动物的行为印证着人们的一种巨大的生存悖论：竭力想躲避外界侵扰的同时，内心却有一种潜在的期待外界侵扰的深深的渴望；这就使得竭力寻找安宁、尽力构筑安宁的行为变成了一种自我折磨与自我摧残，更重要的是这种行为使得自身朝着相反的目标前行。为什么？因为内心有个魔鬼在作祟！这个魔鬼就是心灵上的空洞！

《变形记》中，人变为甲虫，但虫形具有人心；《在流刑营》中，人

松许多。看来根本用不着挖得那么远，不必挖到响声的策源地，只需把耳朵贴在出气孔上监听就行。但考虑来考虑去，始终没有足够的勇气来鼓励我从事这一挖掘工作，这个地洞能给我带来安全保障吗？我的心情已经是这样：安全保障根本就不想要了。到城廓里挑它一块上等的去皮的鲜红的肉，拿着它一起钻进一个土堆里，那里无论如何该是宁静的吧，如果说这地洞里还存在着真正的宁静的话。我舔了舔肉，咬了一口咀嚼着，不时想着远处那头正在行进的陌生动物。只要我还有可能，我何不尽情享受一番自己的贮藏品？此举大概是我的计划中唯一切实可行的一项了吧。此外，我很想破那头动物的计划的谜。它是在漫游的途中呢，还是在营造它自己的地洞呢？如果它是在漫游，那么和它取得谅解也许是可能的。如果真的在朝我这边挖掘，就把我的贮藏品分一些给它。这样它准会离开这儿，继续往前走的吧。在土堆中我自然可以梦见到各种各样的事情的，包括梦见和它取得谅解这件事，虽然我心中有数，诸如此类的事情是不可能见之于现实的，而且就在我们相遇的那一刹那，甚至就在我们仅仅感到彼此距离已很接近的那一瞬间，会立即互相——分不出谁先谁后——以一种新的异样的饥饿向对方扑过去，尽管双方肚子本来都是填得满满的。这种情况任何时候都是没有例外的，因为一个人即使在漫游途中，难道会由于一见地洞就改变他的旅行和未来的计划的吗？但说不定那头动物在掘它自己的洞穴呢，要是这样，那么要取得谅解连做梦也不能了。纵使这头动物是这样特殊，它能够容忍其洞穴与别人

心中的神被取缔，人被自我放逐；《地洞》中，人就直接以“小动物”的方式生存了。三篇小说分别写于1912年、1914年、1923年。十年时间，卡夫卡走完了进入“自己的完全世界”的路程。

1923年卡夫卡40岁。孔子说“四十而不惑”。卡夫卡40岁写作的《地洞》可谓解了他人生的大惑！卡夫卡一生都在惶惑不安的心灵挣扎中度过，内心有着巨大的痛楚。他真的就像这“地洞”里的那只小动物，一直在构筑着使自己心安的心灵城堡，但他终究没有筑成：“一切始终毫无改变”。为什么？他用这篇《地洞》做出了回答。

有人会说，与别人相比，卡夫卡应当是一个精神世界极其丰富的人，他绝不是一个精神上“空洞”的人。但是，卡夫卡对自身的要求极其严格，他不断地在自我审视，在自我否定。当他追问生命的终极意义而不可得的时候，他产生了心灵上的“空洞”！也许，卡夫卡早生半个世纪，他或许可从上帝那里能得到关于生命的终极意义的完美回答。但很不幸，卡夫卡生活在怀

疑“上帝”，甚至“上帝”已经“死去”的时代。旧的正在或已经打破，新的却还没有建立，人的精神世界确实出现了一个极大的“空洞”！这是卡夫卡走不出也不可能走出的时代困惑，也是人类至今没有走出的困惑！

为邻，则我的地洞也不能与之相容，至少一种咫尺相闻的近邻它是忍受不住的。现在，那动物好像明显地去得很远了，只要它哪怕继续往回走几步，那响声也会消失得无影无踪的吧，那样一来，昔日的美好生活都会恢复如初，因而此事就成为一种虽然不祥，却颇为有益的经验，它将激发我进行各方面的改善。只要我获得安宁，没有危险直接威胁着我，我一定还能做出各种像样的事情，庶几那头动物就是鉴于它自己在能力上具有巨大的潜力，才放弃了朝我这边来扩展它的洞穴的打算，转向别的方面去谋取补偿。这种事当然不是通过交涉所能达到的，而只有通过那动物自己的智力，或由我这方面施加压力。这两方面起决定作用的是，动物是否知道我，并且知道我的什么。这些事我思考得越多，就越觉得动物听到我工作的声音一说之不可能。尽管我难以想象，但它也许风闻到关于我的某种消息，那倒未始不可。但它不可能听到了我的声音，这是毋庸置疑的。在我对它的事一无所知的情况下，它就不可能听得到我，因为我在这里是保持寂静的，没有人做到比我重返地洞时更寂静的了。后来，当我进行了一些探究性挖掘时，它听到了我也说不定，虽然我的挖掘方法是很少发出声音的；不过假如它听到了我，我也一定会有所觉察的，那它至少得经常停下工来谛听——但是一切始终毫无改变。

（叶廷芳　译）

（选自《卡夫卡全集》第1卷）

城徽

起初,在建巴别塔的时候,一切还算井井有条;的确,这项工程也许过于庞大,人们太多地考虑到向导、译员、工匠的住处以及道路联络,以至于忘了尚须从事数百年自由的劳动。当时甚至流行着这样一种看法:无须多少时间,就可以很快地把塔建成;这种看法只要稍许加以夸大,人们定会吓得连地基也不去打。人们是这样陈述理由的:整个计划的核心,只是建造一座通天塔这一念头。除了这个念头以外,其他一切都是次要的。这个想法,一旦人们领会了它的重要意义,便再也不会打消掉;只要还有人类存在,也就会有将这座塔建造成功的强烈愿望。但是,就这一点而论,人们不必为未来而忧心忡忡,正相反,人类的知识与日俱增,建筑艺术已取得了进步,而且将继续取得进步,一百年之后,我们现在花一年时间才能完成的工作,也许在半年里就能完成,而且更好,更耐久。所以,干吗现在就竭尽全力,拼死拼活地干呢?要是能够希望在下一代人的时间里建成这座塔,这也许还有点意义。但是,这绝不可以指望。更容易让人想到的是,下一代人凭借他们完善的知识,会觉得上一代人的工作不好,会把已经建成的部分拆除,以便重新开始。这样一些想法使得人心涣散,于是,人们更多地关心建造一座工人城

《圣经》记述——“那时,天下人的口音、言语,都是一样。”“他们说:‘来吧!我们要建造一座城和一座塔,塔顶通天……免得我们分散在全地上。’”耶和华说:“他们成为一样的人民,都是一样的语言,如今既做起这事来,以后他们所要做的事,就没有不成的了。我们下去,在那里变乱他们的口音,使他们的语言彼此不通。”最后,耶和华使人们分散在全地上;他们就停工不造那城了。而那座未建成的通天塔就是“巴别塔”。

《圣经》故事中,神粉碎了人类自高自大的野心,因为神不容许人类与神平起平坐。在卡夫卡的故事中,人类将会用自己的拳头粉碎自己,因为人类没有足够的耐心去建起那座通天塔,人类只会为了各自的眼前利益而纷争,而争斗,而战争!在这里,卡夫卡在对《圣经》故事解构的

同时，重构了一个人类寓言。

市，而很少关心建塔。每个同乡组织都想占有最好的市区，于是发生了无休止的争吵，乃至发展到流血的战斗。这些战斗旷日持久；对于首领们来说，它们可是个新的论据：也因为缺乏必要的专注，建塔的事就得非常缓慢地进行，或者宁可在大家缔结和约之后才进行。但是，人们并没有把时间仅仅用在战斗上，在战斗间歇，人们也去美化城市，这样，必然又诱发了新的嫉妒和新的冲突。第一代人的时间就这样过去了，往后几代的时间并没有好一些，只是伎俩不断得到提高，随之而来的是，战斗的狂热也与日俱增。需要补充的是，第二代人或第三代人业已认识到建造通天塔的荒谬，但是，由于大家彼此已紧密地联系在一起，以致谁都不愿离开这座城市。

所有在这座城市里产生出来的传说和歌谣，都充满了对一个预言之日的渴望，到了那一天，这座城市将被一只巨大的拳头连续迅击五下而粉碎。所以，这座城市的市徽也是一只拳头。

（洪天富　译）

（选自《卡夫卡全集》第1卷）

桥

我既僵直又冰冷，我是一座桥，跨卧在一条深涧上。这边是脚尖，那边是双手，都被钻入地里，松碎的黏土将我牢牢地咬住，我的上衣的下摆在我的两肋飘动。在我身下很深的地方，哗哗地流淌着那条盛产鲜鱼的冰冷的溪流。登山旅游者谁也不会误入这不能通行的高处，因为这座桥在地图上还没有标出来。——我就这样静卧着，等待着；我必须等待。一座桥一旦建造起来，只要不倒塌，它就始终是桥。

不知有了多长时间(第一天和一千天是一回事，因为等得太久太久)，当桥听到有人来到这里时，它的内心是多么激动！“向我走来，向我走来。”那种期待即将满足的激动，那种自我价值即将实现的激动，那种“千年等一回”的激动，就这样弥漫开来。

有一次，将近傍晚的时候——是第一天，还是第一千天，我说不清楚——我的思想总是混乱，总是打转转。那是夏天的一个傍晚，溪流的潺潺声渐变深沉，我听到了一个人的脚步声！向我走来，向我走来。——伸展你的身躯吧，桥，行动起来吧，没有栏杆的板梁，托住这位信赖你的人吧。要是他的脚步不稳，你就悄悄地让它保持平衡，而要是他步履蹒跚，你就公开自己的身份，像一位山神那样把他猛地抛到对岸。

但“我正梦想着跟随他越过高山峡谷——他却双脚一跳，跳到了我身躯的当中。我顿感周身剧痛，战栗不已，完全不知道发生了什么事”。很快，“我坠落了，眨眼间，我断裂开来”。

没有真正的过桥者！也就是说，没有真正把“桥”当作“桥”来使用的人！“小孩”并不真正明白桥的意义；“梦”不在现实中；“拦路抢劫者”是对“过桥”

他来了，像是进行体检似的，用他手杖的铁尖叩击我的身体，然后又用它挑起我上衣的下摆，把它们整整齐齐地放到我身上。他把手杖的铁尖插入我浓密的头发，也许是由于他漫无目的地环顾四周的缘故，竟把它留在里面好长的时间。然后——我正梦想着跟随他越过高山峡谷——他双脚一跳，跳到了我身躯的当中。我顿感周身剧痛，战栗不已，完全不知道发生了什么事。这是谁啊？一个小孩？一场梦？一个拦路抢劫者？一个自杀者？一个诱惑者？一个破坏者？于是，我转过身来想要看看他。——桥还会转身！可是，不等我转过身来，我已经跌落了下去，我坠落了，眨眼间，我断裂开来，一头扎在那些尖利的石头上，这些岩石一向从奔腾不息的水中探出头来，安详地往上凝视着我。

（洪天富　译）

（选自《卡夫卡全集》第1卷）

的反动；“自杀者”是要从桥上跳下万丈深渊，“桥”的意义被他曲解了，或者说被别有用心的人利用了；“诱惑者”是利用“桥”的期待心理，从内部解构“桥”的意义；“破坏者”也可以说是“诱惑者”，但前者可能没有伪装，后者一定有伪装，所以后者更令人悲伤。

人类几千年建起了多少有形无形的“桥”啊！但人类在今天又用自己的“拳头”毁灭了多少“桥”啊！

第二单元 自我审判

DIER DAN YUAN

导语

“我们发现自身处于罪恶很深重的状态中，这与实际罪行无关。《诉讼》那部小说的线索，是我们对时间的观念使我们想象有‘最后的审判’这一天，其实审判是遥遥无期的，只是永恒的法庭中的一个总诉讼。”卡夫卡自己曾如是说。

卡夫卡的一生始终处在自审中，他的小说——作为自传意味很浓烈的小说，自然具有了强烈的“自审”特征。本章从这一角度切入，体味卡夫卡“自审”的同时，怎样“审判”人类之恶。

判 决

献给费丽丝·鲍小姐的故事

在最美好的春季里一个星期天的上午。年轻的商人格奥尔格·本德曼正坐在二层楼自己的房间里,他的住所是沿河一长溜构造简易的低矮的房屋中的一座,这些房屋几乎只是在高度和颜色上有所区别。他刚写完一封信给居住在国外的青年时代的朋友,漫不经心地将信装进信封,然后双肘撑在书桌上,凝望窗外的小河、桥梁和对岸淡绿的小山冈。

他寻思着他的这位朋友如何由于不满自己在国内的前程,几年以前当真逃到俄国去了。现在他在彼得堡经营一家商店,开始时买卖兴旺,但长久以来生意显然清淡,他归国的次数越来越少,而每逢归国来访时总要这样抱怨一番。他就这样在国外徒劳无益地苦心经营着,外国式的络腮胡子并不能完全遮盖住他那张从孩提时代起我就很熟悉的脸庞,他的皮肤蜡黄,看来好像得了什么病,而且病情正在发展。据他自己说,他从来不和那儿的本国侨民来往,同俄国人的家庭也几乎没有什么社交联系,并且准备独身一辈子了。

对于这样一个显然误入歧途、只能替他惋惜而

《判决》是卡夫卡自己最看重的作品。他说:"这个故事就像是从我身上正常生下的婴儿。"他临终前挑选了少数几篇自己认为可以传世的作品,第一篇就是《判决》。

卡夫卡为什么特别看重《判决》?他没有明说,只说它是一个"谜",也没有谁能说一定就是什么原因。但《判决》确实是几乎具备了卡夫卡小说的全部重要特性。

荒诞性。父亲判决儿子溺死,儿子果真投水自尽,死前还说:"亲爱的父母亲,我可一直是爱着你们的。"

多解性。有人认为"父亲"是上帝的一个侧面;有人认为"父亲"就是卡夫卡自己的父亲;有人认为"父亲"是不可摆脱的命运;有人认为小说表现的是

不能给予帮助的人，在信里该写些什么呢？或许应该劝他回国，在家乡定居，恢复同所有旧日友好的关系——这不会有什么障碍的——此外还要信赖朋友们的帮助？但是这样做不就等于告诉他，他迄今为止的努力都已经成为泡影，他最终必须放弃这一切努力，回到祖国，让人们瞪大着眼睛瞧他这个回头的浪子；这不就等于告诉他，只有他的朋友才明白事理，而他只是个大孩子，必须听从那些留在国内并已经取得成就的朋友的话去行事。你愈是爱护他，却愈加会伤害他的感情。更何况使他蒙受这一切痛苦烦恼，是否就一定有什么意义呢？也许，要他回国是根本不可能办到的——他自己说过，他已经不了解家乡的情况。这样的话，他将不顾一切地继续留在异乡客地，而朋友们的规劝又伤了他的心，使他和朋友们更加疏远一层。如果他真的听从了朋友的劝告回归祖国，而在国内又感到抑郁——当然不是故意这样，而是由于事实所造成的——既不能和朋友相处，又不能没有他们，他会抱愧终日，而且当真觉得不再有自己的祖国和朋友了，那倒不如听凭他继续留在外国，岂不更好吗？考虑到这些情况，怎能设想他回来后一定会前程似锦呢？

鉴于这些原因，如果还想要和他继续保持通信联系的话，就不能像对一个即便是远在天涯的熟人那样毫无顾忌地把什么话都原原本本地告诉他。这位朋友已经有三年多没有回国了，他的解释完全是敷衍文章，说是俄国的政治局势不稳，容不得一个小商人离开，哪怕是短暂的几天都不行。然而，就在这段时间内，成百上千的俄国人却安闲地在世界各地

“疯狂的意义”；有人认为小说表现的是“恐惧”；有人认为小说的终极意义指向人生的神秘；有人认为小说表现的是“交流与沟通”的困难……

表现性。《判决》是卡夫卡最具现实主义特色的小说，因为大部分篇幅几乎都是客观再现。但到了后半，小说逐步进入主观表现的镜像中，使故事突转。

自传性。世界上很少有作家像卡夫卡这样将自己的生命那样深深地陷入作品之中而难解难分。很显然，这篇小说中的父子关系是现实中卡夫卡父子关系的深度投射。

真实性。卡夫卡小说尽管常具荒诞，但因细节的惊人真实，常让读者不得不信以为真。这篇小说更是如此。即使最后儿子投河这一荒诞的情节，也在细节的描述中如在目前。所以人们说：“他创作了最主观的形象，却以最客观的形式表现出来。”

孤独感。孤独是卡夫卡作品的灵魂。卡夫卡自己曾说：“为了我的写作，我所需要的是孤独，不是‘像一个隐居者’，这是不够的，而是像一个死人。”

旅行。但是,恰恰对于格奥尔格自己来说,在这三年间发生了许多变化。格奥尔格的母亲去世——那是大约两年前的事,从那时起,他就和父亲一起生活——他这位朋友可能得悉了噩耗,在一封来信中表示了哀悼,但是毫不动情,其原因只能是,对这种不幸事件的悲痛是身居异国的人所完全无法想象的。不过格奥尔格从那时起,以全副精力从事他的商业以及所有别的事情。也许是他的母亲在世时,他的父亲在经营上独断独行,阻碍了他真正按自己的主意行事;也许是他的母亲过世后,他的父亲虽然还在商行里工作,但已经比较淡泊,不再事必躬亲;也许是鸿运高照,意外侥幸——很可能就是如此——不管怎么说,这两年来商行有了意想不到的发展,职工人数不得不增加了一倍,营业额增加了五倍,往后的买卖无疑会更加兴隆。

可是格奥尔格的这位朋友对这种变化却一无所知。先前,最后一次也许就在那封吊唁信里,他曾劝说格奥尔格移居俄国,并且详述了格奥尔格家若在彼得堡设分号,前景将如何如何。他所列的数字同格奥尔格现在所经营的范围相比,简直是微不足道。可是格奥尔格一直不愿意把自己商业上的成就写信告诉这位朋友,假如他现在再回过头来告诉他,那当真会令人惊讶的。

所以格奥尔格在给这位朋友的信中,始终仅限于写些无关紧要的、一如人们在安闲的星期天独自遐想时,杂乱地堆积在记忆中的琐事。他所希望的只是不要打扰他的朋友,让他保持自己在出国后的长时期里所形成的对于故乡的看法,并以此来安慰

卡夫卡的生存状态,被人们认为是“独自裸体地漂浮在这个冰冷的充满敌意的世界上”。卡夫卡在大学时结识的好友奥斯卡·鲍姆说:因为他孤独,所以他能“直接进入每一个心灵”。我们很难想象,卡夫卡之后谁还有资格去描写孤独?《变形记》中的格里高尔、《在流刑营》中的行刑军官、《地洞》中的小动物、《城徽》中的“人们”、《桥》中的桥,无不深陷孤独之中。这篇小说中,父与子谁也不能真正认识谁、理解谁,都处在自己的孤独中,父子都是以自己的想象在行事,都在自己的世界中生活,因此最后无法沟通。同时,父子都与这个世界相隔,父亲生活在“紧闭着的窗户”的“黑暗”的屋子里,儿子格奥尔格投河时“正好有一长串车辆从桥上驶过”。

自审性。卡夫卡曾说:“有时候我觉得,没有人比我更懂得原罪。”勃罗德说:“应该将卡夫卡归入‘危机神学’的行列。这个神学的倾向性是:在上帝和人之间,在人与通过人的力量产生的善举之间,横亘着一条永远不可能弥合的鸿沟。”因此,卡夫卡几乎在他的

所有作品中，都有一种强烈的自审。《判决》的自审性也非常突出。下面我们主要从这个角度进入这篇小说。

自己。于是发生了这样的情形，格奥尔格在三封隔开相当长时间的信中，接连三次把一个无关紧要的男人和一个同样无关紧要的女人订婚的事告诉了他的朋友，结果完全违背了格奥尔格的意图，这位朋友竟开始对这件不寻常的事情发生了兴趣。

格奥尔格却宁可在信中同他谈这类事情，而不愿承认他自己在一个月前已经同一位富家小姐名叫弗丽达·勃兰登菲尔德的订了婚。他常常和未婚妻谈起这位朋友，以及他们在通信中这种特殊的情形。“那么他不会来参加我们的婚礼了，”她说，“然而，我是有权利认识你所有的朋友的。”“我不想打扰他，”格奥尔格回答说，“不要误会我的意思，他可能会来的，至少我认为他要来的，但他会感到非常勉强，自尊心受到损害，也许他会嫉妒我，而且一定会不满意，可是又没有能力消除这种不满，于是只好孤独地再次出国。孤独——你知道这是什么意思？”“是的，难道他不会通过另外的途径获悉我们结婚的消息吗？”“这个我当然不能阻止，但是由于他的生活方式，这是不太可能的。”“既然你的朋友都是这个样子，格奥尔格，你就根本不应该订婚。”“是的，这是我们俩的过错；不过我现在不愿意再改变主意了。”她在他的亲吻下尽管气喘吁吁，却还说道：“不管怎样，我总觉得挺生气的。”这时，他真的认为，如果他把这一切写信告诉他的朋友，也不会有什么麻烦。“我就是这样的人，他也正应该这样来认识我。”他自言自语地说，“我无法把自己变成另外一种人，这种人也许比我更适宜于承担同他的友谊。”

事实上，他在这个星期天上午写的这封长信中，

“我无法把自己变成另外一种人。”格奥尔格的“自言自语”正是他内心的真实。格

已经把他订婚的事告诉了他的朋友，信里这样写道："我把最好的消息留到最后才写。我已经和一位名叫弗丽达·勃兰登菲尔德的小姐订婚了，她出身富家，是你出国以后很久才迁居到我们这里来的，所以你可能不会认识。将来反正还有机会告诉你关于我未婚妻的详细情况，今天我只想说，我非常幸福；你我之间的相互关系只在这一点上起了变化：你现在有了我这样一个幸福的朋友，而不再是一个普普通通的朋友了。此外，我的未婚妻——她嘱我向你致以亲切的问候，不久还会自己写信给你的——也将成为你的真诚的女友，这对于一个单身汉来说，不会是无所谓的吧。我知道，以往你由于种种原因而不能来看我们，难道我的婚礼不正是一次可以扫除一切障碍的极好的机会吗？但是，不管怎样，你还是不要考虑太多，而只是按照你自己的愿望去做吧。"

格奥尔格手里拿着这封信在书桌前坐了很久，把脸转向窗户。有一个过路的熟人从小巷里跟他打招呼，他正想得出神而在微笑，刚好作为对人家的回礼。

他终于把信放入口袋，走出房间，穿过狭小的过道来到对面他父亲的房间里，他已经有好几个月没有来过了。事实上，他也没有必要到他父亲的房间里去，因为他在商行里经常同父亲见面，他们又同时在一个餐厅用午餐，晚上虽然各干各的，可是除非格奥尔格出去会朋友——这倒是常事，或者如现在这样去看望未婚妻，他们总要在共同的起居室里坐上一会儿，各人看自己的报纸。

格奥尔格感到非常惊讶，甚至在这个晴朗的上

奥尔格不能变成"另一种人"，在《判决》这篇小说的总体框架中看，就是不能变成父亲所期待的那种人。于是"罪感"就产生了。

在犹太文化中，父亲常常等同于上帝，父亲即是父——神，但卡夫卡一直试图反抗，一直在同父亲进行着无穷无尽的战斗。他还向勃罗德说：他计划将自己的全部作品命名为"逃离父亲的范围的愿望"。他在那封《致父亲》的长信中说："想起这种无穷无尽时，有一次我在描述一个人时说得很正确：'他担心羞耻将在他身后继续存在下去。'"

午，他父亲的房间还是那样阴暗。矗立在狭窄庭院另一边的高墙投下了这般的阴影。父亲坐在靠窗的一个角落里，这个角落装饰着格奥尔格亡母的各种各样纪念物，他正在看报，把报纸举在眼前的一侧，以弥补一只眼睛视力的不足。桌子上放着剩下的早餐，看来他并没有吃多少。

“啊，格奥尔格！”父亲说着就站起来迎上去。走动时他的厚厚的睡衣敞开了，下摆在身体的周围飘动。——“我的父亲仍然是一个魁伟的人。”格奥尔格心里说。

这样也就不难理解格奥尔格看到父亲迎上来的感觉：“我的父亲仍然是一个魁伟的人。”这里的“仍然”二字值得关注。潜意识中，是不是有期待父亲不再“魁伟”的罪念？

“这里黑得真受不了。”他接下去说。

“是的，确实是很黑。”父亲回答。

“那你还把窗户关着？”

“我喜欢这样。”

“外面已经很暖和了，”格奥尔格说，好像是接着前面那句话，随后坐了下来。

他父亲把早餐的杯盘收拾起来，放进一个柜子里去。“我只是要告诉你，”格奥尔格接着说，他茫然地望着老人的动作，“我写了一封寄彼得堡的信宣布我订婚的事。”他把信从口袋中抽出一点儿，然后又放了回去。

“为什么要写信到彼得堡去？”父亲问。

“告诉我在那儿的朋友。”格奥尔格说着，用目光追寻他父亲的眼睛。“在商行里他可完全是另外一种样子，”他想，“瞧现在他劈开两腿坐在这里，双臂在胸前交叉着。”

“哦，告诉你的朋友了？”父亲以特别强调的口吻说道。“父亲，你知道，我一开始并不想把订婚的事告诉他。这主要是考虑到他的情况，并不是由于别的原因。你自己也知道，他是一个很难相处的人。我寻思，他也会从别处获悉我订婚的消息，——这我可无法阻止——虽然他离群索居，几乎没有这种可能，但是他反正决不会从我自己这里知道这件事情。”“这么说你现在已经改变了主意?”父亲问道，一面把大张的报纸放到窗台上，把眼镜放在报纸上，并用一只手捂住了眼镜。

“是的，现在我已经仔细考虑了。我想，如果他是我的好朋友，那么我的幸福的婚约对他来讲也是一件高兴的事。因此我不再犹豫，一定要把这事通知他。可是在我发信之前，我先要把这件事告诉你。”

“格奥尔格，”父亲说，撇了一下牙齿都已脱落了的嘴，“听我说！你是为这件事到我这里来想要同我商量，毫无疑问你这样做是值得赞许的。但是，如果你现在不把全部事情的真相告诉我，这等于什么也没说，甚至比不说更令人恼火。我不愿意提到与此无关的事情。自从你亲爱的母亲去世后，已经出现了好几起很不得体的事情。也许谈这些事情的时候到了，也许比我们想象的要来得早一些。商行里有些事情我不太清楚，这些事情也许并不是背着我做的——现在我可不是说这是背着我做的——我已经精力不济了，记忆力也在逐渐衰退，有许多事情我已无法顾全。这首先是自然规律，其次是你母亲的去世对我的打击比对你的要大得多。——但是既然我们正在谈论这件事，谈论这封信，我求你，格奥尔格，不要欺骗我。这是一件小事情，可以说是微不足道

“难道你在彼得堡真有这样一个朋友?”父亲的追问让格奥尔格措手不及,只好赶忙转换话题。这种转换是不是在潜意识中承认自己在说谎?

作为儿子同父亲商量一些事情,没有什么问题,但要问是真商量还是假商量。假商量是形式上对“父亲——神”的畏惧,真商量才是从心底对“父亲——神”的认同与皈依。显然格奥尔格不具诚意,因此心底没有真正皈依“父亲——神”。

的,所以你千万不要欺骗我。难道你在彼得堡真有这样一个朋友?”

格奥尔格非常困惑地站起来,“别去管我的朋友了。一千个朋友也抵不上我的父亲。你知道,我是怎样想的?你太不注意保重你自己了。年岁可不饶人。商行里的事没有你我是不行的,这你知道得很清楚,但是如果因为做生意而损坏了你的健康,那么我明天就把它永远关门。这样可不行。我们必须改变一下你的生活方式,并且要彻底改变。你坐在这儿黑暗里,如果待在起居室里就有充足的阳光。你每顿早餐都吃得很少,不好好增加营养。你坐在紧闭着的窗户旁,而新鲜空气对你来说是多么需要呀。不行,父亲!我要请个医生来,我们都遵照医嘱行事。我们要把房间换一换,你搬到我前面那个房间去,我搬到这儿来。你不会有什么不习惯的,你的全部东西都将一起搬过去。但是办这些事要有时间,现在你要上床睡一会儿,你非常需要休息。来吧,我帮助你脱衣服,你可以看到,我会做得很好的。或者你现在就愿意到前面房间去,你可以暂时睡在我的床上。这是再合适不过的了。”

格奥尔格紧挨着他父亲站着,他父亲白发蓬乱的头低垂到胸前。

“格奥尔格!”父亲轻声地说,身子一动也不动。

格奥尔格立刻在父亲身旁跪了下来,在父亲疲惫的脸上,他看到一对瞳孔从眼角直定定地望着他。

“你没有朋友在彼得堡。你总是一个爱开玩笑的人,连我也想愚弄。在那儿你怎么会有一个朋友呢!我根本就无法相信。”

格奥尔格是在同父亲“开玩笑”吗?是在“愚弄”父亲吗?在这里我们还看不到真

“你再好好想一想，父亲，”格奥尔格说，一面将他父亲从椅子上扶起来，一面趁他父亲虚弱地站着的时候替他脱掉了睡衣，“自从上次我的朋友来看我们，到现在已快三年了。我还记得，你不是很喜欢他。至少有两次我避免让你看到他，虽然他那时正坐在我的房间里。我非常清楚你为什么对他反感，我的朋友有些怪癖。可是后来你和他就相处得很好了。你听他谈话，点着头，还提问，当时我还感到很自豪呢。如果你想一想，你一定会回忆得起来的。他当时谈了一些关于俄国革命的令人难以置信的故事。譬如有一次，他为了营业上的事来到基辅，遇上群众骚动。他看到一个教士站在阳台上，往自己的手心里刻了一个粗粗的血淋淋的十字，还举起手来，向人群呼唤。后来你自己在某些场合还讲过这个故事呢。”

说话中间格奥尔格已经扶他父亲坐下，并且小心地替他脱掉穿在亚麻布衬裤外面的针织卫生裤，又脱掉了袜子。当看到父亲的不太清洁的内衣时，他责怪自己对父亲照顾不够。经常替父亲更换洁净的内衣，这是他应尽的责任。他还没有开口同未婚妻商量过，将来他们准备怎样安置父亲，因为他们心里早已有了这样的想法，父亲会独自留在老宅子里的。可是他现在迅速而明确地决定，要把父亲接进未来的新居。如果仔细考虑一下，搬进新居后再去照顾父亲，看来可能为时已经太晚了。

他把父亲抱到床上，当他向床前走这几步路的同时，他注意到父亲正在他怀里玩弄他的表链。于是产生了一种惊恐的感觉。他一时无法把父亲放到

实。但随着故事的不断展开，看到后面格奥尔格反抗中的情状时——喊出“你真是个滑稽演员”后，“立刻认识到他闯下了祸，并咬住舌头”；说出“一万倍”时，“本来是想嘲笑他父亲的，但是这话在他嘴里还没说出来时就变了语调，变得非常严肃认真”——我们是不是能感觉到格奥尔格的心虚？

“责怪自己对父亲照顾不够”是更直接、明白的自审心理。

父亲“玩弄他的表链”为何使他恐惧？除了暗示时间的贯通而唤醒他对父亲的种种

记忆，是不是还可以与“对父亲的照顾不够”相连？

床上，因为父亲紧紧地抓住表链不放。

但是等到父亲刚在床上躺好时，看来一切又恢复了正常。老人自己盖上被子。还把被子盖过了肩膀，他用并非不亲切的眼光仰望着格奥尔格。

“你已经想起他了，是不是?”格奥尔格问道，愉快地向他点点头。

“我现在已经盖严实了吗?”他父亲问，好像他自己无法看到，两只脚是否也盖住了。

“你躺在床上感到舒服些了吧。”格奥尔格一边说，一边把被子盖盖好。

“我已经盖严实了吗?”父亲又一次地问道，似乎特别急于要得到回答。

“盖”在德语中有“埋葬”的意思。父亲说了两次，还特别期待儿子的回答。儿子没有回避，竟直说了“你盖得很严实”，既同前面的“仍然是一个魁伟的人”相应，也同后文“几乎是心不在焉的格奥尔格奔向床前，准备忍受一切”相呼。

这一切，格奥尔格是不是在潜意识中有对“盖”父亲的自审？

“你放心好了，你盖得很严实。”

“不!”他父亲打断了他的答话喊道，并用力将被子掀开，一刹那间被子全飞开了，接着又直挺挺地站在床上。他只用一只手轻巧地撑在天花板上。“你要把我盖上，这我知道，我的好小子，不过我可还没有被完全盖上。即使这只是最后一点力气，但对付你是绰绰有余的。我当然认识你的朋友。他要是我的儿子倒合我的心意。因此这些年来你一直在欺骗他。难道不是这样吗？你以为我没有为他哭泣过吗？因此你把自己关在办公室里——经理有事，不得打扰——就是为了你可以往俄国写那些说谎的信件。但是幸亏父亲用不着别人教他，就可以看透儿子的为人。现在你认为，你已经把他征服了，可以一屁股坐在他的身上，而他则无法动弹，因为我的儿子大人已经决定结婚了!”

格奥尔格抬头望着他父亲这一副骇人的模样。

父亲突然之间如此了解这位身居彼得堡的朋友，而这位朋友的景况还从来没有像现在这样打动过格奥尔格。他看见他落魄在辽阔的俄罗斯。他看见他站在被抢劫一空的商店门前。他正站在破损的货架、捣碎的货品和坍塌的煤气管中间。他为什么非要到那么遥远的地方去呢！

“你看着我！”父亲喊道。几乎是心不在焉的格奥尔格奔向床前，准备忍受一切，但是在中途他又站住了。

“因为她撩起了裙子，”父亲开始用甜丝丝的声音说道，“因为她这样地撩起了裙子，这个讨厌的蠢丫头，”为了做出那种样子，他高高地撩起了他的衬衣，让人看到了战争年代留在他大腿上的伤疤，“因为她这样地、这样地、这样地撩起了裙子，你就和她接近，就这样你毫无妨碍地在她身上得到了满足，你可耻地糟蹋了我们对你母亲的怀念，你出卖了朋友，你把你父亲按倒在床上，不叫他动弹。可是他到底能动还是不能动呢？”

说完他放下撑着天花板的手站着，两只脚还踢来踢去。他由于自己能洞察一切而面露喜色。

格奥尔格站在一个角上，尽可能地离他父亲远一点。长久以来他就已下定决心，要非常仔细地观察一切，以免被任何一个从后面来的或从上面来的间接的打击而弄得惊慌失措。现在他又记起了这个早就忘记了的决定，随后他又忘记了它，就像一个人把一根很短的线穿过一个针眼似的。

显然，格奥尔格被“一个从后面来的或从上面来的间接的打击而弄得惊慌失措”了。

他无法自圆其说。露出的破绽使他即将崩溃。

“但是你的朋友毕竟没有被你出卖！”他的父亲喊道，一面摆动食指以加强语气，“我是他在这里的代表。”

“你真是个滑稽演员!”格奥尔格忍不住也喊了起来,但立刻认识到他闯下了祸,并咬住舌头,不过已经太晚了,他两眼发直,由于咬疼了舌头而弯下身来。

“是的,我当然是在演滑稽戏! 滑稽戏! 多好的说法! 一个老鳏夫还能有什么别的安慰呢? 你说——你只要马上回答我,你还是我的活着的儿子——除此以外我还剩下什么呢? 我住在背阴的房间里,已经老朽不堪,周围的一批职工又是那样的不忠实。而我的儿子却欢乐地走遍全世界,因为我已经作了准备,他就很容易把生意做成,兴高采烈,忘乎所以,俨然摆出一个高尚的人那种冰冷的面孔,走过他父亲的跟前! 你以为我不曾爱过你这个我亲生的儿子吗?”

格奥尔格想到了父亲“倒下来摔坏了怎么办”,但他并未向前去扶持父亲。是不是意识深处有让父亲倒下的念头?

“现在他的身子将往前弯曲了,”格奥尔格想道,“要是他倒下来摔坏了怎么办!”这句话在他的头脑中一闪而过。他父亲向前弯曲身子,不曾摔倒。他又伸直了身子,因为格奥尔格没有如他希望的走近他。

父亲替儿子作了回答:“只因为你不愿意过来才站在那里不动。”

按上面的逻辑,“不愿意过来”至少可以作两重解读:一是让父亲倒下;二是不认同、皈依“父亲——神”。

“站在你那里别动,我不需要你! 你在想,你还有力量走到我这里来,只因为你不愿意过来才站在那里不动。你别搞错了! 我还是要比你强得多。如果单靠我一个人也许我不得不退缩,但是你的母亲把她的力量给了我,我已经和你的朋友建立了良好的关系,你的顾客的名单也都在我的口袋里!”

“他甚至连衬衣也有口袋!”格奥尔格寻思道,并且相信,他如果把这些谈话公之于世,就会使父亲不再受人尊敬。他也只是在一刹那间想到这些，因为他不断地又把一切都忘记了。“挽着你的未婚妻走到我的跟前来吧！我会让你还不知道是怎么一回事，就将她从你的身边赶走的！”

格奥尔格做了一个鬼脸，仿佛他不相信这些。他父亲只是朝格奥尔格待着的角落点点头，表示他一定会说到做到的。“今天你真使我非常快活，你跑来问我，要不要把你订婚的消息写信告诉你的朋友。他什么都知道了，你这个傻小子，他什么都知道了！我一直在给他写信，因为你忘了拿走我的笔。因此他这几年就一直没有来我们这里，他什么都知道，比你自己还清楚一百倍呢，他左手拿着你的信，连读也不读就揉成了一团，右手则拿着我的信，读了又读！”

他兴奋得把手臂举过头顶来回挥动。“他什么都知道，比你清楚一千倍！”他喊道。

“一万倍！”格奥尔格说这话本来是想嘲笑他父亲的，但是这话在他嘴里还没说出来时就变了语调，变得非常严肃认真。

“这些年来我一直注意着，等你来问这个问题！你以为，我关心的是其他的事吗？你以为，我在看报纸吗？你瞧！”说着，他扔给格奥尔格一张报纸，这张报纸是他随便带上床的。这是一张旧报，它的名字格奥尔格是完全不知道的。

“你打定主意之前，犹豫的时间可真不短啊！先得等你母亲死了，不让她经历你的大喜日子；你的朋友在俄国快要完了，早在三年以前他就已经十分潦倒；至于我呢，也到了你现在眼见的这副样子。你不是有眼无珠，我是怎么个状况你是看得见的嘛！”

“这样说来你一直在暗中监视我！”格奥尔格喊道。他父亲替他遗憾地随口说道：“你可能早就想说这句话了。现在这么说可就完全不合适了。”

接着，他又大声地说：“现在你才明白，除了你以外世界上还有什么，直到如今你只知道你自己！你本来是一个无辜的孩子，可是说到底，你是一个没有人性的人！——所以你听着，我现在判你去投河淹死！”

格奥尔格觉得自己被赶出了房间，父亲在他身后倒在床上的声音还一直在他耳中回响。他急忙冲下楼梯，仿佛那不是一级级而是一块倾斜的平面。他出其不意地撞上了正走上楼来预备收拾房间的女佣人。“我主耶稣！”女佣人喊道，并用围裙遮住自己的脸，可是，格奥尔格已经走远了。他快步跃出大门，穿过马路，向河边跑去。他已经像饿极了的人抓住食物一样紧紧地抓住了桥上的栏杆。他悬空吊着，就像一名优秀体操运动员；在他年轻的时候，他父母曾因他有此特长而引为自豪。他那双越来越无力的手还抓着栏杆不放，他从栏杆中间看到驶来了一辆公共汽车，它的噪声可以很容易盖过他落水的声音。于是，他低声喊道：“亲爱的父母亲，我可一直是爱着你们的。”说完他就松手让自己落下水去。

这时候，正好有一长串车辆从桥上驶过。

（孙坤荣　译）

（选自《卡夫卡全集》第1卷）

对父亲的这些指证格奥尔格没有否定，而是间接承认了：“这样说来你一直在暗中监视我！”

“只知道自己！”“一个没有人性的人！”所以，应当“投河淹死”。这是父亲对儿子格奥尔格的判词。

至此我们似乎看明了，《判决》中的父亲其实是以父、母、朋友所代表的公共德行对自我中心主义的宣判。

卡夫卡曾说：“我们发现自身处于罪恶很深重的状态中。”正是这种深深的负罪感，使卡夫卡一直活在严格的自审中，沉重而焦虑。《判决》或许就是这种生活的表现？

在大教堂里

（节选自《诉讼》第九章）

K受命接待一位意大利同行。他是银行非常重要的顾客，首次访问该城，想参观几处名胜古迹。要在平时，K肯定会把这项差事看作一种荣誉，但现在，在他竭力维护他在银行里的表面声望的时候，他不愿按受这项任务。离开办公室的每一个钟头对他都是一种折磨。虽然他已不能像过去那样充分利用上班时间工作，而只是装模作样似乎在干正经事。可是，他如果不在办公室坐着就会更加忧心如焚。他仿佛看见副经理总在窥探他的秘密，隔一会儿便溜进他的办公室，在他的写字台边坐下，翻看他的文件，接待K多年来与之打交道并成了他的老朋友的那些顾客，把他们从他那儿抢走，或许还在他的工作中找碴儿。K心里明白，工作中的各种差错正在不断地威胁自己，而他再也无法防范了。因此，如果委派给他一件差事，哪怕是能大出风头的差事，需要他离开办公室或者作一次短途旅游，他就会猜疑他们是想把他支开，以便检查他的工作，至少是为了证明办公室缺了他并没有什么了不起。大部分差事他都可以轻而易举地推辞掉，但他不敢这么干，因为即使

《诉讼》又译作《审判》，是卡夫卡第二部长篇，是一部未竟之作，也是卡夫卡遗嘱中的焚毁之作。在卡夫卡逝世第二年，好友勃罗德整理出版了这部杰作。

小说写银行襄理约瑟夫·K 30岁生日那天在自己的寓所突然被捕。K自知无罪，想方设法为自己洗清罪名，但始终没有人知道他犯了什么罪。一年后，31岁生日的那天晚上，K被处以死刑。

《诉讼》与卡夫卡的其他小说一样，荒诞性的框架下有着惊人的细节真实。读者尽管常常是越读越读不明白，但常常又是越读越想读明白，于是小说的意义就众说纷纭，至今没有定论。萨特曾说："《诉讼》可能是关于犹太人的。就像小

他的担心完全没有根据，拒绝出差也会被认为是心里有鬼。正因为如此，他装出十分坦然的样子，每桩差使都接受下来。上一回，他正患着重感冒，别人却请他出两天差。他本来可以用秋天阴湿的天气可能加重他的病情为由推诿掉，然而，他却只字不提自己生病的事。等他带着剧烈的头痛回到银行时，却获悉别人已决定让他第二天去陪意大利客人。拒绝这一次任务的愿望十分强烈，尤其是他应该干的事与业务丝毫没有联系。这只是对一位外国同行应尽的社交义务而已。诚然，这项义务十分重要，但K觉得对自己无关大局。因为他知道，他只有在工作中做出成绩才能保住自己在银行里的位置，工作做不好，即使意大利人发现他是一位极其出色的陪同，也毫无意义。他一天也不愿离开自己的工作，害怕不会再让他回来，这种恐惧太强烈了，虽然他知道自己过虑了，但仍然无法摆脱。他找不到一个可以站住脚的理由推掉这项差事。他的意大利语固然并不精通，但应付一下还是行的，更重要的是，他早年学过艺术史，对艺术略知一二。这件事在银行里尽人皆知，并且被夸大到荒谬的程度，因为有段时间由于工作关系，K曾出任本市文物保护协会的会员，据说那个意大利人在这方面也是个行家，假如的确如此，那么挑选K陪同他便是自然而然的了。

……

在远处的主祭坛上，燃烧的蜡烛排成一个大三角形。K无法肯定，他以前是否见过主祭坛上燃着蜡烛，也许，它们是刚刚点燃的。教堂杂役出于职业习惯走路都是蹑手蹑脚的，人们根本听不到他们的

说的主人公K，犹太人陷入了一场漫长的审判。他不认识自己的法官，甚至从某种意义上来说不认识自己的律师。他不知道自己的罪名是什么，但他是被认为有罪的。审讯在被不断地拖延，他利用这段拖延不断地找人说情帮忙，但每一步都把他推向罪的深渊。他的外表虽然依然正常，但自出生一刻起他就陷入了审判。终于有一天他被告知被捕了，最后被处死。”萨特的解读可作为阅读《诉讼》的一种参照。

小说共十章，《在大教堂里》是第九章。第九章后半神父讲的“法门的故事”，卡夫卡生前将其抽出以《在法的门前》为题，于1916

动静。K偶然转过身,发现他身后不远处燃着一支又长又精的蜡烛。蜡烛插在廊柱上,形状很美,是用来照亮挂在两旁小祭坛里的圣像的,那些祭坛隐藏在黑暗中,微弱的烛光不仅没照亮它们,反而使它们更暗了。意大利人没有来,这虽然是失礼,但也是明智的,因为即使来了,他也看不见什么,顶多只能借助K手电筒的光零零碎碎地看到几尊圣像。为了证实这一猜想,K走进旁边的一个小礼拜堂,登上几级台阶,来到一排低矮的大理石栏杆前,掏出手电筒并探出身子,照了照祭坛上的塑像。祭坛前一盏长明灯飘忽不定的灯光仿佛使手电筒的光也晃动起来。K首先看到的——或者不如说是猜到的——是边上站着的一个身材魁梧、披着铠甲的骑士,他手握一柄剑,剑刃插在光秃秃的地上,骑士好像聚精会神地注视着发生在他眼前的事。然而令人惊奇的是,他只站在原地不动,而不走到出事地点去。也许他的职责是站岗。很长时间没有欣赏过艺术品的K久久地打量着这位骑士,虽然他觉得手电筒发绿的光有些刺眼,不得不眯缝起眼睛。当他移动手电光,照亮神坛其余部分时,才发现祭坛上表现的是基督入殓时的情景,同人们在别的教堂里见到的没有什么不同。此外,塑像似乎是新近才完成的。他收起手电筒,回到刚才坐过的地方。

年发表,后收入短篇集《乡村医生》中。可见卡夫卡对这个故事的重视。这里我们以《在大教堂里》(节选)的解读为基础,略说《诉讼》的几个基本问题。

看来用不着再等那个意大利人了。外面也许正下着瓢泼大雨,教堂里并不像K想象的那么冷,他于是决定,暂且先在这里待一会儿。他旁边就是神父布道的讲坛,小小的拱形坛顶上斜架着两个金色的十字架,顶部互相交叉。讲坛外沿的栏杆上以及将

"大教堂"竟然黑得让人辨不清路线,"黑暗似乎在这里被捉住,再也无法逃逸了"。整部小说用了许多笔墨表现令人窒息的生存环境:初审K在一

栏柱连接起来的部分，都雕有绿色的叶片，叶片间有许多小天使，有的显得活泼，有的恬静。K来到讲坛前，从各个角度仔细观察。石雕精美纤巧，叶片间和叶片后镂有许多深深的洞，黑暗似乎在这里被捉住，再也无法逃逸了。K把手指伸进一个深洞，小心地摸了摸石头洞壁。过去.他并不知道大教堂里有这样一个布道坛。蓦地，他发现身后最近一排长凳后站着一个教堂杂役，身穿一件宽大、垂地的黑色长袍，左手拿着一个鼻烟壶，正在打量着他。他在干什么？K想，看我可疑，还是想求我施舍？杂役看到K发现自己，便举起右手，朝某个方向指了指，指间还捏着一撮鼻烟。K不明白他究竟是什么意思，犹豫了一会儿，但那人仍一个劲地指着什么，一边还不停地点头，仿佛强调他的手势的重要。“他到底想干什么?”K小声问自己。在这个神圣的地方，他不敢大声说话。然后，他掏出钱包，沿着长凳间的空隙朝那人走去。但那人立即做出拒绝的姿势，耸耸肩，一瘸一拐地走了。K还是个小孩时，就常常像这个匆匆离去的跛子一样，模仿过骑马的动作。“一个像孩子一样的老人，”K想，“智力只够当个教堂仆役。我一停下来，他也不走了，但还充满期待地望着我，看我是否继续往前走。”他微笑地跟着老人穿过侧殿来到主祭坛前。老人仍然指着什么，但K故意不转过脸去，他的手势不会有什么目的，只不过想让K离开刚才那地方而已。K不再跟着他，一方面是不愿吓着他，另一方面是想，万一意大利人来了，看到这个场面也很尴尬。

……

栋贫民楼上，里面乌烟瘴气，听众衣着破烂，表情怪诞；阁楼上法院办公处“健康”的人到那里会生了病似的，而长年在那里的办事员又见不得新鲜空气；所出现的人几乎都不健全……

法律“是一小撮统治我们的贵族的秘密”。很显然，对黑暗的审判，是“诉讼”一个较明显的指向。

本章写到此，读者似乎能看到一个被捕人的生活是怎样有滋有味：在银行的地位使他享受到一种别样的尊重；到教堂的态度使他对教堂有一种丰盈的心理。是的，K虽然被捕了，但基本生活没有受到限制，依然在银行做襄理。这是否是小说有意要表现的生然而事实并非如此。神父凝视着那盏灯，甚至将它拧亮了一些，接着，他缓缓转过身来，双手扶住栏杆边缘，静默地站了一会儿，并朝四周看了看。K向后退了一大段距离，双肘撑在最前面一排长凳上，他觉得教堂杂役工静静地坐在一个他看不见的地方，驼着背缩成一团，仿佛已经完成了自己份内的工作。大教堂里此刻是多么寂静！但K要打破这种寂静，他不想在这儿再待下去。倘若这位神父的职责就是在任何一个时刻、任何一种环境下不管三七二十一地布道，那就随他的便好了。即使没有K在场，他也能办到，就算K在场，效果也不会好到哪儿去。于是，K慢慢地移动脚步，踮起脚尖沿着长凳往外走，一直走到两排长凳间的过道里。没有什么东西挡住他的去路，只有他的脚步在石头地面上发出轻微的响声，响声传到拱顶上反射回来，变成持久不断的、有规律的回声。K感到孤独，空无一人的长凳间只有他独自在行走。他觉得神父的目光一直追随着他，而教堂是那么大，大得令人无法忍受。他走到原先坐过的地方，没有停步便匆匆拿起长凳上的画册。当他快要走到两排长凳的尽头，踏上通往大门的一片空地时，突然听到神父的声音。那声音是如此洪亮而训练有素，在死一般寂静的教堂里久久回荡。但是，神父的声音并非针对众教徒，而是明白无误地针对K。“约瑟夫·K！”他喊道。

K吃惊地停住脚步，呆呆地看着眼前的地面。暂时他还是自由的，还可以继续向前走，穿过不远处那三扇黑色的小木门中的一扇走出教堂。这将意味着他没听懂这喊声，或者虽然听懂了但并不理会。

存悖论？整部小说中还有许多悖论：K莫名其妙地被捕，但始终没有谁明白他犯了什么罪；熟悉法庭内情的画家可以帮助K获得无罪判决，但只能是表面判决或永久延迟审判；法院的大门敞开着，但有人把守；看门人答应放乡下人进去，最终却没有放行；乡下人最终没有进门，门又是专门为他开设……人常常在诸如此类的悖论中生存而无可奈何。“诉讼”是否是对生存悖论的审判过程？

假若他转过身去，他将无法脱身，因为那就等于承认，他就是那个被喊的人，并且乐于听从神父的召唤。倘若神父再一次喊出他的名字，他也许会毫不犹豫地走掉，然而，尽管他站在那里等那声音再次响起，周围却静悄悄的。他忍不住稍稍转过头去，想看看神父在做什么。但神父仍站在讲坛上一动不动，显然已经注意到K头部的动作。假若K不完全转过身去，他们也许会像孩子们玩捉迷藏一样互相猜度对方的心思。但K这样做了，神父于是勾起一只手指叫他走近些。现在已经没有必要再回避了，K三步并做两步朝讲坛跑去，既是出于好奇，也是为了缩短在此逗留的时间。在最前面几排长凳边，他停了下来。但神父仍觉得他们间的距离太远。便伸出一只胳膊，食指做出命令的姿式，指着讲坛面前的某个地方。K照办了，在这儿，他必须仰起头才能看见神父。“你是约瑟夫·K?”神父抬起手，在石栏杆上做了个莫名其妙的手势。“是的，”K说。心中却想，过去他通报自己的姓名时是何等坦然，但一段时间以来，这却成了他的一大负担。而现在，连那些素不相识的人也都知道他叫什么了。他多么向往先作自我介绍，然后再相互认识的时光啊。“你是一名被告，”神父压低嗓门说。“不错，”K说，“有人这样告诉我。”“那么，你就是我要找的人，”神父说，“我是监狱神父。”“原来如此，”K说。“是我让人叫你到这儿来的，”神父说，“我要跟你谈一谈。”“我可不知道，”K说，“我上这儿来是想陪一个意大利人参观教堂。”“别打岔，”神父说，“你手里拿的是什么？是祈祷书么?”“不，”K答道，“是一本介绍本市名胜古迹的画

K本来约好10点与意大利人在大教堂碰面，陪同意大利人参观大教堂珍藏的艺术品，但实际上是法庭神父让人唤他到这里来的。神父让他丢掉手中的名胜古迹画册，也即扔掉对“法”的世俗理解。最后在神父所讲的法的故事中K基本明白了：“审判过程本身会逐渐变成判决。”

册。""那么,扔掉它,"神父说。K用力把画册扔出去,画册打开了,带着散乱的书页跌落在地上,并向前滑了一段距离。"你知道你的案子不太妙吗?"神父问。"我也这样觉得。"K说,"我作了各种各样的努力,但至今毫无成效。当然,我的申诉书还没写好。""你认为结果会怎么样?"神父又问。"过去我想,肯定会一切顺利," K说,"可现在我自己有时也怀疑起来了。我不知道会有什么结果,你知道吗?""不,"神父说,"不过我担心会很糟。他们认为你有罪,你的案子也许永远不会通过低级法庭这一关。至少,他们暂时认为你的罪行已被证实。""但我并没有罪," K说,"这是一个误会。一个人怎么会无缘无故地被判有罪呢?我们大家都是一样的人,彼此并没有区别。""这话不错,"神父说,"可是,有罪的人都这么说。""你对我也有偏见吗?" K问。"我对你并没有偏见。" 神父说。"那么,我得感谢你," K说,"然而,所有参与审理此案的人都对我有偏见。他们的看法甚至影响了与此案无关的人。我的处境越来越困难了。""你把事情理解错了,"神父说,"判决并不是突然作出的,审判过程本身会逐渐变成判决。""原来如此,"K低下了头。"下一步你准备怎么办?"神父问。"我想争取更多的帮助,"K抬起头说,想看看神父的反应,"有几种可能性我还没尝试过。""你过于依赖别人的帮助了,"神父不以为然地说,"尤其是女人的帮助。你不觉得这种帮助并没有用吗?""在大多数情况下,我可以同意你的看法,"K说,"但事情并非总是如此。女人的作用是很大的。倘若我能动员我所认识的女人一起为我出力,我就一定能打

这是否意味着"诉讼"是对"法无时不在,无处不有,无人不惑"的审判过程?

希腊文"罪"的原意是:你偏离了目标——当射箭的人偏离了目标,场上的校靶员高喊"罪"。《圣经》上说,世人都犯了罪。因为世人都偏离了人类的目标——神。所以在这部小说中,我们能读到"有罪的人都这么说"这样的判词——世俗人并不知道自己犯了什么罪,但神父知道,因为神父是神的代表,神认定世人都有罪。K与神父的对话,正是一种"诉讼"——对有罪推定的审判过程。

赢官司。特别是这个法庭的法官,几乎全是些好色之徒。预审法官只要远远瞧见一个女人,就会把审判桌和被告撇下,迫不及待地去追她。”神父将头伸过石栏杆,现在才感到低矮的讲坛对他的压迫。外面的天气一定糟透了,教堂里此刻完全黑下来,仿佛沉沉的夜幕已经降临。没有一丝光透过大窗户上的彩色玻璃,照亮黑暗的墙壁。而正在这时,教堂杂役开始把主祭坛上的蜡烛一支支熄灭。“你生我的气了吗?”K问神父,“你也许不知道,你为之服务的是一个什么样的法庭。”他没有得到回答。“这只是我的经验而已,”K说,上面仍然沉默着。“我不想使你难堪。”K又说。突然,讲坛上传来神父的喊声:“你难道不能看得远一些吗?”这既是愤怒的喊声,又好像是看到别人摔倒,情不自禁地发出的惊叫。

神父看不清K,因为他在黑暗中;K却能看清神父,因为有小灯的照耀。这是“自然”光线的真实境况,也是“神”情与“人”情的必然区分。“神”一直被光所照亮,“人”一直笼罩在黑暗中。所以“神”不见“人”,“人”却仰视“神”。“诉讼”是否是对这种“人”“神”境遇的审判过程?

两人久久地沉默着。在一片黑暗中,神父当然看不清站在下面的K,相反,在那盏小灯的照耀下,K却能看清神父。他为什么不走下讲坛?他没有布道,只告诉K一些消息。仔细想来,这些消息只会对K有害,而不会有什么帮助。不过,K觉得神父的本意无疑是好的。假如他走下讲坛,他们或许能达成一致,甚至他还可能从神父那儿得到某种决定性的忠告,比如怎样影响审判的进程,如何逃避审讯并逍遥于案件之外自由自在地生活等等。这些可能性并不是没有,K最近也常常考虑过。倘若神父知道,那么K恳求他,他也许就会把一切都透露给K,尽管他自己也是法院的人,尽管当K攻击法院时,他违背了自己温和的天性,对K大喊大叫起来。

“你不想下来吗?”K说,“你并没有布道,那就下来吧。""现在我可以下来了,"神父说,也许是对刚才的叫喊感到懊悔,他把灯从钩子上摘下来说,"我必须先隔着一段距离对你讲话,否则我就太容易受影响而忘掉我的职责。"

K在阶梯底下等着,神父还没有走到最下面一级便向K伸过手来。"你能抽出点时间同我谈谈吗?"K问。"你想谈多久就谈多久。"神父说,并把那盏小灯递给K,让K提着。即使他们靠得很近,神父也保留着庄严的神态。"你对我很友好。"当他们并肩在黑漆漆的中堂里来回踱步时,K说,"在所有替法院干事的人当中,你是个例外。相比之下,我对你比对他们任何人都信任,因为我太了解他们了。在你面前,我可以畅所欲言。""别欺骗自己。"神父说。"我干吗要欺骗自己呢?"K问。"在法院里,你可是一直在欺骗自己,"神父说,"在法律的序言中,是这样描述这种欺骗的:在法律的大门前有一个人在站岗。一个乡下人来到看门人面前,请求他让自己去见法。守门人对他说,现在还不能让他进去。乡下人考虑了一下问,那么他以后是不是可以进去呢?'也许可能吧,'守门人说,'但现在不行。'由于法律的大门始终开着,而守门人也走到一边去了,乡下人便探着身子向里张望。守门人发现后笑着对他说:'既然你这样好奇,那就试试在没有我的允许的情况下走进去。不过你得注意,我的权力很大,虽然是级别最低的守门人。里面每一道门都有一个人守着,权力一个比一个大。即使是第三道门的看守,我也不敢看一眼。'乡下人没有料到会遇到这样大的困难,他本来以为,法律应该是任何人在任何时候都可

在"大教堂"讲"法门的故事",是否意味着宗教与法律的合二为一?确实,在这部小说中,法具有控制一切的力量。所以,随着诉讼的展开,K的命运越来越受到官司的左右,无论他怎样挣扎和反抗,都难以摆脱,最后只能毫无反抗地接受了判决。"诉讼"是否是对"上帝即法,法即上帝"的审判过程?

以见的。于是，他仔细打量了一下这位身穿皮外套、长着一个又长又尖的鼻子，蓄着稀疏的黑色鞑靼胡子的守门人，决定还是等到获得他的允许再进去。守门人给他一张矮凳，让他在大门边坐着。他等了一天又一天，一年又一年，在此期间一再尝试获得进门的许可。他的恳求使守门人厌烦了，于是不时对他进行小小的询问，问他家乡的情况和别的事情，但提问的口气十分冷淡，就像大人物向小人物问话那样，而且最后总是说，他现在还不能让他进去。乡下人出门时带了许多东西，他倾其所有，无论多值钱的东西也不吝惜，希望能买通守门人。守门人虽然收下了一切，然而却说：‘我收下这些东西，只是为了使你不至于认为，你还有什么该做的事情没有做。’在漫长的岁月里，乡下人几乎不停地在观察守门人，他忘记了其他的守门人，以为这就是阻止他去见法的唯一障碍。开始几年，他大声诅咒自己的厄运，后来他渐渐老了，只能喃喃自语。他变得幼稚起来。由于多年的观察，他甚至同守门人皮衣领里的跳蚤都混熟了。他于是请求跳蚤们帮忙，说服守门人改变主意。最后他的视觉减退了，不知道周围的世界真的变暗了还是他的眼睛在欺骗他。然而，他却在黑暗中看到一束亮光从法律的大门里源源不断地射出来。他的生命快结束了。临死以前，他一生的经历在他头脑里凝聚成一个问题，这个问题在此以前他从未向守门人提出过。他招手请守门人到跟前来，因为他的身体已经僵硬，再也无法动弹了。守门人不得不低低地俯下身子，因为他们之间的高度已经有很大的差别，乡下人早已萎缩了。‘你现在还想知

“一天又一天，一年又一年”，人的生命就这样消耗了。这里具有浓烈的寓言味。人总是为“获得进门的许可”，而耗费生命。这个“乡下人”临终前还“在黑暗中看到一束亮光从法律的大门里源源不断地射出来”，也算“闻道”了；而更多的人则是穷其一生也无法获得“半缕光明”。这是“法”的残酷，这是“神”的残酷，这是“人生”的残酷。“诉讼”是否是对这种“残酷”的审判过程？

道什么?'守门人问,'你真是贪得无厌啊。''所有的人都想到达法,'乡下人说,'但这么多年,除了我以外,却没有一个人求见法,这是为什么呢?'守门人看出乡下人马上就要死了,为了在他死前让他听见,便在他耳边大喊道:'谁也不能得到走进这道门的允许,因为这道门是专为你而开的。现在我要去把它关上了。'"

"这样说来,守门人欺骗了那乡下人,"K被这故事深深吸引了,马上说。"先别忙,"神父说,"别不假思索就接受一种看法。我按照原文,一字一句地给你讲了这个故事。故事里并没有提到欺骗。""但这是显而易见的,"K说,"你的第一个解释完全正确。守门人是在那个使他获救的消息对乡下人再也无用的时候,才把它告诉他的。""乡下人在此以前并没有问过这个问题,"神父说,"另外,你得想想,他只是个守门人,作为守门人,他尽到了自己的职责。""为什么你认为他尽到了自己的职责呢?"K问。"他没有尽到职责,他的职责也许应当是把别人都赶走,而让这个人进去,因为门是为他而开的。""你不大忠实于原文,更改了故事情节,"神父说,"在故事中,关于是否可以进入法律的大门,守门人讲了两句重要的话,一句在开头,一句在结尾。第一句话是:他现在不能放他进去;另一句话是:大门是专为乡下人而开的。假如两句话有矛盾,那你的看法就对了,守门人就欺骗了乡下人。然而,这里并没有矛盾。相反,第一句话甚至对第二句话作出了暗示。几乎可以这样说:倘若守门人允诺他将来可能让乡下人进去,那他就越出了自己的职权范围。在那个时候,他的职责似

K所以作各种挣扎,是他没有"按照原文"理解,或者说"不大忠实于原文"。"原文"是什么?是"法律的序言"。它是上帝的代言,它规定好了一切,K必须"忠实"于它,所有"人"都必须"忠实"于它,不"忠实"于它而拼命挣扎都只能是得到自取其辱的结果。"诉讼"是否是对"法律的序言"的审判过程?

"守门人"就是因"门"的建立而存在的。因此,"守门"是"守门人"的"命"。"门"一旦失"守","守门人"就失了他的"命"。这个"守门人"是"有命"之人,是"认命"之人,是"守命"之人,是"全命"之人。一方面说,世界混乱是"守门人""失守"所致;另一方面也可以

说，世界混乱是“守门人”“全命”所致。前者是因为“世界的建立，即是‘门’的建立”；后者是因为“人世的阻隔，即是‘门’的阻隔”。“诉讼”是否是对“‘门’的阻隔”的审判过程？

联系卡夫卡的一生，我们可以看到，他的一切几乎都处在“阻隔”中——他的所有身份得不到认同：是儿子吗？与父母不能沟通；是男人吗？三次订婚三次退婚；是犹太人吗？他没有自己的母语；是作家吗？他对此一直存疑……所以人们说他“独自裸体地漂浮在这个冰冷的充满敌意的世界上”。

乎就是不让乡下人进去。事实上的确有许多人在解释这段序言时对守门人作出这种暗示表示惊讶，因为守门人看来办事认真，严守岗位，那么多年从未擅离过职守，直到最后才把门关上。他明白自己职务的重要，因为他说：‘我的权力很大。’他尊重上司，因为他说：‘我不过是级别最低的守门人。’他守口如瓶，因为这么多年来他只提过几个‘冷淡’的问题；他不会被收买，因为他在收礼时声明：‘我收下这些东西，只是使你不至于认为，你还有什么该做的事没有做。’他在履行自己的职责时既不为怜悯也不为愤怒所动，因为乡下人的恳求‘使他厌烦了’；最后，甚至他的外貌也说明他的性格迂腐守旧：一个又长又尖的鼻子，稀疏的黑色鞑靼胡子。有哪一个守门人比他更忠于职守呢？当然，守门人性格中也混杂着似乎对请求进入法律大门的人有利的因素，这也使人容易理解，他为什么会越出自己的职权范围，向乡下人作出将来可能放他进去的暗示。不可否认，他的确头脑有点简单，因此也有点自负。但即使他提起过自己的权力以及其他看门人的权力，甚至说过那些人的模样他连看一眼也不敢之类的话，我是说，即使他的这些话本身符合事实，那他说话的方式也表明，是头脑简单和自负给他的理解能力蒙上了一层阴影。解释者对此评论说：‘对一件事的正确理解和错误理解并不完全相互排斥。’无论如何我们应当承认，这种头脑简单和自负尽管表现得不很明显，但还是会妨碍他严密地守住大门，这恰恰是守门人性格中的缺陷。另外，守门人看上去天生是个和蔼可亲的人，并不总是摆出官方的架子。一开始他就开玩笑说，乡下人不妨在没有得到他的允许的情况下进去，后来不但不把乡下人赶走，而且还给他一张矮凳子让他坐在门边。这么多年来他耐着性子听乡下人苦苦哀求，问他一些简单的问题，收下他的礼物，宽宏大量地不去理会乡下人当着他的面大声诅咒自己的不幸遭遇。所有这一切都可以归结为他有怜悯心。并非每一个守门人都会像他一样。最后，他还按照乡下人的手势低低地俯下身去，给他提最后一个问题的机会。守门人只有一次表现出不耐烦，他知道一切即将结束，但还是说‘你真是贪得无厌’。有的人在解释这句话时走得更远，他们甚至认为，‘你真是贪得无厌’这句话表达了一种由衷的钦佩，尽管其中并非没有居高临下的成分。总而言之，守门人的形象与你解释的完全不同。”“对于这个故事，你知道得比我早，也比我详细。”K说，他们沉默了一会儿，K又说：“那么你认为，那个乡下人并未受骗啰？”“别误解我的意思。”神父说，“我只不过向你介绍一下各种不同的看法而已，你不必过分看重它们。写在纸上的东西是不会改变的。不同的看法往往反映的是人们的困惑。在这件事情上，甚至有人认为，真正受骗的是守门人。”“这种说法更进了一步，”K说，“理由是什么？”“理由是，”神父回答道，“守门人头脑简单。他们说，守门人并不了解法的内部，而只知道在大门外来回巡逻。他对法律大门内的想象是幼稚的。他用来吓唬乡下人的东西恰恰是他自己害怕的东西。是的，他比乡下人更加害怕，因为乡下人即使听说了大门里面那些令人生畏的守门人，仍一心一意要进入大门。而这个守门人却不想进去，至

“乡下人”呢？他的到来，证明了“门”的意义。所以故事说“大门是专为乡下人而开的”。这里的“乡下人”来自犹太语，本义是来自“乡下”的人，他脱离了土地，并意味着由此已经出现的过错。罗纳·德海曼在《卡夫卡传》中说：卡夫卡“熟悉这个概念，它的字面意思是‘乡下人’，宗教上没有教养的人，也就是与摩西法律无关的人”。

这个“乡下人”不正是生活中的卡夫卡吗？卡夫卡的“土地”是什么？是能表明他

少故事里没有提到。虽然有些人认为他肯定进去过，理由是法律既然雇佣他为自己服务，就必须叫他进去办理手续。这种说法很容易反驳，因为也许是大门里传出话来让他当守门人的。即使他进去过，也不会进得很深。他自己说，他连第三位守门人的模样也不敢看一眼。另外，故事里除了提到大门里的守门人，这么多年从未说起过他还透露过什么里面的情况。也许有命令禁止他这样做，但故事里并没有提到过这一禁令。从以上事实可以得出结论：他对里面的情况和重要性一无所知，因此始终被蒙在鼓里。甚至在那个乡下人面前，他也是个受骗者，因为他事实上是乡下人的附庸，自己都不知道，反而把乡下人当作比自己身份低的人来对待。关于这一点，有许多细节可以证明，你一定还记得。按照这种看法，守门人是乡下人的附庸同样是明白无误的，因为一个自由人总比一个被职责拴住的人要优越。那乡下人的确是自由的，他愿意上哪儿就可以上哪儿，只有法律的大门他进不去。也只有一个守门人禁止他走进去。他坐在大门外的一张矮凳上，在那一直等到死。那完全是出于自愿，故事里从未提起过有谁强迫他。那守门人则不然，他被自己的岗位拴在那里，不能擅自离开，同样也不能走进大门，即使他想这样做也不行。另外，虽然他受雇于法律，但为之服务的只是一道门，也就是说只为那乡下人服务，因为这道门是专为乡下人而开的。即使从这方面讲，他也是乡下人的附庸。可以想象，他这么多年来，差不多整整一辈子，所干的差事在某种意义上是浪费生命，因为有人曾对他说，他必须等一个人到来，即

身份的一切。作为儿子的身份，作为男人的身份，作为犹太人的身份，作为作家的身份……这些身份的丢失，正如“乡下人”脱离了土地一样，与之相随的是他的过错。

卡夫卡认为自己有哪些过错呢？同父亲的战斗，卡夫卡一直是“以严肃，以爱、抗拒、服从”在进行着，但“负罪感”始终挥之不去；卡夫卡两个弟弟的出生使他产生了排斥情绪，他甚至想通过魔法谋杀他们，不幸的是他的两个弟弟都夭折了，由此他的内心一直充满着犯罪感和恐怖感；卡夫卡同菲莉斯两次订婚又两次解除婚约，由此他感觉自己“活下去是耻辱”；卡夫卡作为犹太人，他却只能用德语写作，所以他感觉是“从摇篮里盗走了陌生人的婴儿”；作为唯一的信仰——写作，他有着深刻的危机意识：“我写的与我说的不同，我说的与我想的不同，我想的与我应该想的不同，如此这般，陷入最深的黑暗中。”因此，当卡夫卡如“乡下人”般明白了“谎言构成了世界的秩序”后，他真的一无所有了。

这样，卡夫卡就陷

等那人长大并来到他守卫的大前门。他必须长期等待，以便自己工作的目的得以实现，而这又取决于那人的意愿，因为只有他想来的时候才会来。此外，守门人职责的期限也是由那个人寿命的长短决定的，所以直至使命结束，他都是那个人的附庸。在故事中一再提到，守门人对这一切显然一无所知。这本身并不奇怪，因为根据这种看法，守门人受到的蒙蔽更加厉害，直接牵涉到他的使命。直到最后，他提到法律的大门时还说：'我现在得去把它关上了。'然而故事一开头却说，法律的大门始终是开着的，既然一直开着，就意味着不管乡下人是否活着，这扇为他而开的门都必须敞开着，守门人无权把它关上。关于这一点有几种不同的看法，一种认为守门人说要去关门，是想给乡下人一个答案；另一种认为这表明他忠于职守；第三种认为他想让乡下人死前感到懊丧和悲哀。不过，很多人在守门人无权把门关上这一点上倒是一致的。他们甚至认为，至少在故事的结尾，守门人在智力上不如乡下人，因为乡下人看见一束光从法律的大门内射出来，而守门人却由于履行职责背对着大门。何况故事里也没有说起他注意到了这种变化。""论证得很有道理，"K低声对自己重复了神父几点解释后说，"论据很充分，我也同意守门人是受骗者的结论。但这并不能改变我原来的看法，因为两种观点并不相互排斥。守门人究竟是了解内情还是受蒙蔽并不重要。我说过，乡下人是受骗者，如果守门人了解内情，那乡下人也许会起疑；但如果守门人自己都是受骗者，那么，乡下人肯定无法看穿这一骗局。那样一来，守门人虽然不是欺骗

入深深的自责中，所以他说："有时候我觉得，没有人比我更懂得原罪。""不管悔恨也好，还是弥补也好，都无法消除这种负罪感"。

因此，《诉讼》最后一句话——"他的耻辱应当留在人间"，是不是可以看作卡夫卡对自我的审判？

者也是个头脑极其简单的人，应当立即从他的岗位上被赶走。你应当注意到，守门人受了骗本人并不会损失什么，但会给乡下人带来非常严重的后果。”“这种看法遭到了一些人的驳斥。”神父说，“他们认为，故事本身并没有给人以评论守门人的权利。不管他给我们留下什么印象，他终究是法律的仆人，从属于法，因此对普通人的评价在他身上不合适。也正因为如此，说他是乡下人的附庸是不对的。即使他由于自己的职责不能离开法律的大门一步，那些自由自在生活在世界上的人也无法同他相比。乡下人要求见法，而他已经在法那儿了。他受雇于法律，怀疑他的尊严就是怀疑法律本身。”“我不同意这种看法，”K摇着头说，“因为，如果接受这种观点，那就必须把守门人说的每一句话都当成真理。这是荒唐的。你自己刚才也充分说明了这一点。”“不，”神父说，“用不着把他的每句话都看作真理，只要当成必须如此就行了。”“令人沮丧的结论，”K说，“谎言构成了世界的秩序。”

这是K说的最后一句话，但并非他最后的判断。他太疲倦了，无法仔细考虑从这个故事中引出的所有结论。他被引导到陌生的思路上去了，其中涉及的问题对他来说过于深奥，更加适宜于法官们来讨论。那简单的故事逐渐变得模糊了，他想摆脱掉它的缠绕。表情温和的神父注意到他情绪的变化，默默地听着他的评论，虽然这与他自己的看法完全不同。

无论从哪个角度说，K与神父最终都不可能“很近”。最重要

他们又默默无言地走了一段。K虽然同神父靠得很近，却不知自己身在何处。他手中的灯早已熄

灭了。几座镀银的圣像间或在他眼前闪烁了一下，接着又沉没在黑暗中。为了不过分依赖于神父，K问道：“我们离大门不远了吧？”“不，”神父说，“我们离它还远着哩。你想走了吗？”虽然K并没想到要走，但还是立即回答道：“当然，我该走了，我是一家银行的襄理，有人在等着我呢。我来是想陪一位外国客户参观大教堂。”“是这样，”神父说，并向K伸出手来，“那么走吧。”“我一个人在黑暗中找不到出去的路。”K说。“走到左面的墙边。”神父说，“然后顺着墙一直走，你会找到一扇门。”神父刚刚走出几步，K又大声说：“请等一下。”“我等着呢。”神父说。“你对我还有什么要求吗？”K问。“没有。”神父说。“你刚才对我很友好，”K说，“向我作了那么多解释，现在却让我离开，似乎对我并不关心。”“你该走了。”神父说。“那好吧，”K说，“你知道，我是身不由己。”“你首先应该知道我是谁。”神父说。“你是监狱神父。”K又走回到神父身旁，他并不急于马上回到银行。“我是属于法院的，”神父说，“为什么要向你提要求呢？法院是不会向你提要求的。你来，它就接待你；你去，它也不留你。”

（章国锋　译）

（选自《卡夫卡全集》第3卷）

的阻隔是：一个是审判者，一个是被审判者。

对法院而言，你来你去都无所谓，反正一切都属于“法”。“法”无所不在，无所不能。“法”门内外既壁垒森严，又边界模糊。一切都在“法”的审判中。“诉讼”是否也意味着对“反正一切都属于法”的审判过程？

往事一页

本篇是《中国长城建造时》中的一部分，原题为《一页来自中国的古老手稿》。确实，这篇小说具有较多的中国元素。

看来，我们祖国的防御工作似乎严重地被忽视了。迄今为止，我们对此漠不关心，只埋头于我们的工作；最近发生的事件却使我们忧心忡忡。

我在皇宫前的广场上开了一个鞋匠店。黎明时分，我刚推开店门，就看到武装的士兵占领了所有通向广场的胡同口。但这不是我们的士兵，而分明是来自北方的游牧民族。我不明白，首都与边疆相隔很远，他们怎么会一直推进到了首都。总之，他们已经到了这儿；看来，每天早晨，他们的人数还会增多。依照自己的习性，他们在露天下安营扎寨，因为他们讨厌住房。他们忙于磨剑，削尖箭矢，练习骑术。他们把这宁静、总是那么小心翼翼地保持着清洁的广场变成了一个货真价实的马厩。有时，我们从店里跑出来，试图至少把最令人恶心的垃圾清扫掉，可是这种情况越来越少了，因为这种努力是徒劳的，还会使我们遭受被野马踢伤或被皮鞭抽打的危险。

首先看到的是游牧民族与“我们”交流的不可能而造成的毁灭。这让读者想起中华大地历史上无数次的外族入侵。

和游牧民族交谈是不可能的。他们不懂我们的语言，他们甚至几乎没有自己的语言。他们像寒鸦一样互相表达自己的意思。我总是听到他们像寒鸦一样的聒噪声。我们的生活方式，我们的公共设施，他们同样无法理解，而且毫不在意。所以，他们也对任何的手势语表现出不屑一顾的态度。哪怕你扭伤了颌骨，把手旋转得脱了臼，他们仍旧不明白你的意思，而且永远也不会明白你的意思。他们常常扮鬼脸；随后又是翻白眼，又是吐唾沫，但是他们这样做，既不想说点什么，也不想吓唬人；他们之所以这样做，完全是一种习惯。他们需要什么，就拿什么。你还不能说他们采用了武力。他们动手抓取的时候，你只好走到一边，任凭他们为所欲为。

从我们的库存中，他们也拿去了不少好的鞋子。可是，每当我看到例如对门那位肉店老板的遭遇，我对自己的不幸不会感到抱怨。他刚刚运进一些货，就被一抢而空，被这些游牧民族吞食下肚。他们的马也吃肉；经常是一个骑兵躺在他的马旁边，双双共享同一块肉，各咬一端。这个屠夫胆小怕事，不敢停止供肉。我们可是明白他的处境，集资援助他。要是这些游牧民族得不到肉，天晓得他们会想出什么办法对付他；就算他们每天都得到肉，天晓得他们还会想出什么样的点子。前不久，肉店老板想，他至少可以免去屠宰时的辛苦，便于某天早上牵来了一头活的公牛。这事他不该再做了。大约一个小时的时间，我平躺在远离他店铺的我的作坊的地板上，把我所有的衣服、被单、垫褥一古脑儿堆在身上，只是为了不要听见那头公牛的吼叫声，原来那些游牧人从四面八方向它扑去，用牙齿一块一块地撕吃它那温热的肉。长时间的寂静之后，我才壮着胆子走了出去；他们像一群围着酒桶的酒徒，精疲力竭地躺倒在这头公牛的残骸周围。

就在那时，我以为自己看到了皇帝本人站在皇宫的一扇窗户后面；平时，他从不到宫殿的这些外部

其次我们看到了当时中国人形象的不堪——对国家大事漠不关心，对游牧民族的优越感，国家军队不堪一击，皇帝躲在深宫不理国政。

一般都认为这篇小说指向交流与误会。因交流的缺失，而造成误会，而造成毁灭。如小说最后所言："我们将毁于这个误会。"这

也是卡夫卡永远惴惴不安的恐慌。所以卡夫卡写的许多信也都是在向对方解释自己。

民族与民族之间，国家与国家之间，个体人之间，误会是不是常常造成最大的伤害？

的房间，他总是生活在最里面的花园中；然而这一次，至少我是这样感觉，他却站在一扇窗户旁边，正低头看着宫前发生的事情。

“这样下去会有什么结果？”我们大家不约而同地问道，“这种负担和折磨，我们还能忍耐多久？皇帝的宫殿招引了这些游牧人，但他却没有办法把他们赶走。宫门一直关闭着；往常总是壮观地进出宫门的卫队，眼下全都待在装了铁栅的窗户后边。拯救祖国的重任托付给了我们这些工匠和商人；这样的任务我们可是担当不起；我们从来也没有自夸能胜任这项任务。这是一种误会，我们将毁于这个误会。”

（洪天富　译）

（选自《卡夫卡全集》第1卷）

一份为某科学院写的报告

尊敬的科学院的先生们!

承蒙各位邀请我向贵院呈交一份关于我过去所经历的猴子生涯的报告,我感到十分荣幸。

遗憾的是,在这方面我无法满足诸位的要求。我脱离开猴子生涯已将近五年,从日历上测算,这也许是一段很短的时间,但要快马飞奔经历这段时间,就像我曾经所做的那样,却需要无限漫长的岁月,在我行经的路程上,段段都陪有优秀的人们、忠告、喝彩和管弦乐,然而从根本上看来我是孤独的,因为所有的随行人员,为了表明他们与我不同,总是远远地离开栅栏。要是我执著地坚持自己的出身,执著于青年时代的回忆,我是不可能取得这样的成就的。恰恰是放弃任何的固执,才是我给自己规定的最高准则;我,无拘无束的猴子,甘心接受这样的约束。但是这样一来,我对青年时代的回忆也就变得越来越模糊了。如果人们曾经愿意的话,我最初是完全可以穿越上天在地球上空筑起的那座大门,回复到原来的生活,可是与此同时,我那被鞭子抽打出来的向前发展的造化就会变得越来越低级和狭隘;我觉得自己在人类的世界里更加舒服,也更加受拘束;从我的过去向我身后吹来的那股狂风平息下来了;今天,它只是一股使我的脚踵凉快的气流;而远处的那

这篇小说是一只叫红彼德的猴子变成人后写的一份自述。这只猴子在非洲被捕,被关进笼子里运往欧洲,在路上忍受各种折磨,很快它明白,要想不受折磨,逃出囚笼,就要变成人。终于,经过努力,猴子的智力达到了中等欧洲人的水平。不过,晚上猴子回家还是要和半人半兽的黑猩猩做伴。

小说的主旨也历来众说纷纭。卡夫卡自己这样阐述:“人们很难对付自我。他们渴望与需要克服的那个阶段划清界线,于是不断产生言过其实的概念。因而一而再,再而三地产生新的假象……‘我’无非是由过去的事情构成的樊笼,四周爬满了经久不变的未来梦幻。”

个洞，即气流从中发出和我已往从中爬出的那个洞，已变得那么狭窄，即使我有足够的力量和意志想回到洞里，在穿越入口时也非落个遍体鳞伤不可。老实说，尽管我很喜欢用形象的语言来说明这些事情，老实说：您猴子般的生涯，先生们，只要您经历过这样的生涯，和您现在之间的距离，不见得比我过去与目前之间的距离大多少。可是人世间的任何一个走兽都有搔脚跟的癖好：上至伟大的阿喀里斯，下至小小的黑猩猩。

“阿喀里斯”是古希腊神话中的大力士。阿喀里斯在襁褓中时，母亲倒提着将他放进冥河，浸出一身铜皮铁骨。他的脚跟因为被母亲抓在手里，浸不到河水，所以成了他的死穴。小说将其与黑猩猩相提并论，是想表明无论是谁，不管是兽，还是人，还是神，都有其命根或者说本性。

然而，如果把话题限制在最小的范围之内，我也许完全能够回答诸位的询问，我甚至非常高兴为诸位效劳。我学会的第一件事便是握手；握手表示坦诚；但愿今天，当我达到自己事业的顶点的时候，除了和诸位初次握手以外，还能开诚布公地说上几句话。我要告诉贵院的事实上并没有什么新的内容，可能远远满足不了诸位的要求，的确是心有余而力不足——不过，尽管如此，我还是应该向诸位说明：一只过去的猴子通过什么样的方针，才能闯入人类的世界，并在那儿定居下来。但是，假如我对自己没有完全的把握，假如我的地位在文明世界的所有杂耍舞台上尚未得到磐石般的巩固，我是绝对不敢向诸位陈述下面这件微不足道的小事的：

我来自黄金海岸。关于我是如何被捕获的这件事，我只好引用别人所写的报告。哈根贝克公司派出的一个打猎探险队——顺便插一句，从那时以后，我与探险队的队长还一起干掉许多瓶上好的红葡萄酒呢——就埋伏在岸边的矮树丛里，恰巧我和一群同类的傍晚时分跑来喝水。他们向我们开枪；我是唯一被击中的;我挨了两枪。

头一枪打中我的面颊;这一枪很轻;可是留下了一个光秃秃的大红疤,它给我带来了一个讨厌的、完全不恰当的名字,即红彼得,这名字显然是由一只猴子捏造出来的,仿佛是为了把我跟那只早就死去的、远远闻名的和训练有素的猴子彼得区分开来,因为我跟他的唯一的不同就是我的脸上有个红斑。不过,此乃插话而已。

第二枪打中我的大腿。这伤势严重,直到今天我的腿还有点瘸。最近,我在报上看到一篇文章,是一万只灵猩中的某一只写的,这万只灵猩在报纸上对我大加议论,说我还没有完全克服住自己猴子的本性;证据是每逢参观者来访时,我总爱脱下裤子让他们看那颗子弹射入的地方。写这篇文章的那个小子,应该让子弹把他的手指一个一个地打断。至于我,只要我愿意,当然可以在任何人面前脱下我的裤子;人们在那儿不会发现什么别的东西,只会发现一张梳理很好的毛皮和一颗子弹——请允许我为了某种目的在这里选用某一个兴许不会引起误解的词儿——一颗罪恶的子弹所造成的伤疤。一切都是显而易见的;什么都不用隐瞒;每当涉及真理的时候,任何具有高尚节操的人都会抛弃各种极其文雅的举止。相反地,要是那位作者敢于在来访者面前脱下裤子,情况就会完全不同了,我以理智的名义担保,他是不会这样干的。既然如此,他也用不着拿他的体贴来纠缠我!

在挨了那两枪之后,我醒来时——我就是在这个时候逐渐开始恢复我自己的记忆的——发现自己

"灵猩"是一种身体细长、轻捷善跑的狗。这里用来比喻轻率的人。

被关在哈根贝克轮船统舱里的一只笼子里。这不是四面都是铁栅的那种笼子；而是钉在一只箱子上（箱子本身为一面），其余三面是铁栅的那种。整个笼子低得我站不直，窄得我坐不下去。因此，我只得弯着一刻不停地颤抖的膝盖蹲着，也就是说，由于我最初也许不愿见到任何人，只想待在黑暗当中，所以我总是把脸朝向箱子，以致笼子的铁条都嵌进了我背部的皮肉。人们认为，在捉到野兽后的最初阶段，用这种方法保藏野兽是会带来好处的，我今天根据自己的经验也无法否认，从人道的意义上说，这的确是唯一可行的办法。

此处的“人道的意义”有极强的反讽意味。

要让猴子变人，第一步就是要将猴子继续做猴子的路堵死，使它没有“出路”。只有没有了“猴子”的出路，才有“人”的出路。

可是当时我并没有想到这一点。我生平第一次没有了出路；至少是没有简捷的出路；我直接面对的是那只箱子，一块块木板紧紧地接在一起。这些木板之间虽然有一个贯通的空隙，当我最初发现它的时候，还无知地满怀喜悦地吼叫了一声对它表示欢迎呢，可是这个缝隙小得连尾巴都塞不进去，就是使出猴子的全身力气也休想把它撑大一些。

据说我发出的声音非常之小，这也是后来有人告诉我的，人们从我微弱的声音里得出这样的结论：要就是我很快就会死去，要就是假如我能成功地活过最初的危急时刻，就完全可以进行训练。我活过这危急的时刻。我低沉地啜泣，痛苦地捕捉跳蚤，厌倦地把一只椰子舐来舐去，不停地用脑袋叩打箱子的板条，逢到有人走近时就对他龇牙咧嘴，——这就是我在新生活中的最初活动。可是，尽管所有这一切，我只有一种感觉：没有出路。当然，我现在只能用人类的语言来描绘我当时像猴子似的感觉，并因此把它记录下来，但是，我虽然不再能够达到那原来的猴子的真实，我所作的描写至少在方向上最符合猴子的实情的，这点无须怀疑的。

到目前为止，我的确曾经有过许多解救的办法，可是现在不再有办法了。我身陷精神上的囹圄。就算我被钉死在一个地方，我的迁徙自由也不至于比现在更小些。这是什么原因呢？当我搔足趾间的肉的时候，我找不到这个原因。当我用背死命地顶铁条，直到身子几乎被铁条分成两半，我还是找不到这个原因。我没有出路，但是我必须为自己找到出路，否则我就活不下去。总是面对这箱子的板壁——总有一天我必然会悲惨地死去。可是在哈根贝克公司的轮船上，猴子们是要面对这箱子的板壁的——既然是这样，我只好不当猴子了。这真是一个明确而出色的思路，总之，我准是用肚子把它想出来的，因为猴子们是用肚子思考的。

要么做猴子悲惨地死去，要么不当猴子而活着。

我担心人们不会确切地理解我对出路的看法。我是就它最通俗也是最完整的意义上来用这个词的。我故意不说自由。我指的并不是这种在各方面都自由自在的伟大的感觉。作为猴子我也许知道这一点，我也结识了一些渴望这种自由的人。可是就我来说，不论过去或是现在，我都不要求得到自由。顺便说明一下：在人们中间，有人常常拿自由欺骗自己。如同自由被视为最崇高的感情之一一样，相应的欺骗也被视为一种最崇高的感情。好多次，在游乐场里，在我登台之前，我看到一对艺术家在紧挨天花板的吊架上做着空中飞人表演。他们在秋千上荡来荡去，然后向空中跳去，伸开双臂相互扑在一起，这一个用牙齿咬住那一个的头发。这时我就在想，“这种自负的动作居然也称得上是人类的自由”。这是对神圣的自然的莫大讽刺！要是猴子们看到这种表演，游乐场的整个建筑不给他们笑坍才怪呢。

不，我不要自由。我要的是一条出路；右边、左边，随便什么方向都成；我不提别的要求；即使这条出路只是一种欺骗，那也无妨；我的要求很低，欺骗因此也不会更大。前进，继续前进！再也不要举着胳臂静静地站着，再也不要把身子紧贴在箱子的一块板壁上。

今天我懂得了，没有内心深处的极大平静，我是永远也逃不出这牢笼的。事实上，我也许应该把我今天所获得的一切归功于船上头几天所感到的平静。而这种平静，我又该把它归功于船上的水手们。

不管怎么说，这是一些好人。直到今天，我还很高兴回忆他们那沉重的脚步声，这声音总是在我当时处于半睡半醒状态时发出回响。他们有这样一个习惯，不管干什么事，开始时总是慢吞吞的。比如说，一个人打算揉眼睛，他举手的时候就像是在举一副千斤的担子。他们的玩笑非常粗野，但却十分诚恳。他们的笑声总是夹杂着一种听起来很怕人但却无关紧要的咳嗽声。他们嘴里总有东西要吐出来，至于吐到什么地方他们是无所谓的。他们总是埋怨我把跳蚤传给他们；然而他们并不真的对我生气，因为他们知道，在我的毛皮里跳蚤容易生长，而跳蚤是跳跃动物，总是要跳的；所以，他们也只好容忍了。每当空闲的时候，他们中的某几个人往往围成半圆形坐在我周围；他们几乎不说话，而是相互叽里咕

水手们的种种恶习，是猴子最先感知到的。但猴子也从这些人当中得到了平静。

噜;伸展四肢躺在箱子上抽烟斗;只要我稍许动一动,他们就拍膝盖;时不时还有人拿根棍子来给我搔痒。要是今天有人邀请我随同这艘船作一次旅行,我肯定是会拒绝的,但是,同样肯定的是,我对那次在统舱里度过的日子的留恋的回忆倒也不全是可憎可厌的。

我在这些人当中得到了平静,这是我不想逃走的最主要原因。从今天的角度来看,我觉得我至少已经预感到,要是我想活下去,我必须找到一条出路,而这条出路靠逃跑是不可能实现的。我也不知道,是否有可能逃走,但我相信能够逃走;对一只猴子来说,逃走始终是可能的。今天,我用牙齿打开坚果时得多加小心,可是在那时,随着时间的推移,我准能用牙齿把门锁咬穿。可我并没有那样做。那会带来什么结果呢?我刚刚把头探出去,人们又会把我捉住,关进更加糟糕的笼子里去;或者我悄悄地跑到其他的动物,例如跑到我对面的蟒蛇那儿去,但它们会把我缠得闷死过去的;或者我偷偷地溜上甲板,跳出了船舷,然后在世界海洋上颠簸一阵子,接着就淹死在水里。这一切都是绝望的行动而已。我不会像人那样精打细算,但是在我周围环境的影响下,我的行为仿佛都是事先考虑好了似的。

我没有进行考虑,不过我倒是静静地进行观察。我看到这些人走来走去,老是这几张脸,老是这些动作,我常常觉得,这些都是同一个人。这个人或者这些人就这样不受阻挠地走着。一个崇高的目的渐渐在我心中升起。谁也没有向我许诺,假如我变得和他们一模一样,笼子上的铁条就可以撤走。人们是不会做出这种显然无法实现的许诺的。可是，如果人们履行自己的诺言，那么，这些诺言事后也只会在人们早先徒劳地寻求它们的地方出现。现在，我对这些人本身已经没有太大的兴趣。假如我是上面提到的那种自由的拥护者，我宁愿选择大洋，而不愿选择这些人的忧郁的目光为我指出的出路。总而言之，我在想到这些事情之前，就已经把这些人观察了很久，是啊，就是这些积累起来的观察，才迫使我走上这条明确的道路。

学做“人”并不难，猴子首先学会了吐唾沫。这是不是一个绝妙的讽刺？

模仿这些人，的确极其容易。就在最初几天，我就学会了吐唾沫。然后，我们就互相朝脸上吐唾沫；所不同的只是，事后我把脸舐干净，而人却不这样。很快，我抽起烟斗来就像个老头儿；尔后，每逢我用大拇指压压烟袋锅，统舱里的全体船员就发出欢呼声；只是在很长的一段时间里，我还分不清塞满烟丝的烟斗和空的烟斗。

最让我感到麻烦的是烧酒瓶。这气味就够我难受；我尽量强迫自己喝酒；但是，过了好几个星期，我才勉强克服了不适之感。说来也很奇怪，水手们对我的这种内心的思想斗争，比对我身上的其他任何现象都更关心。我在自己的记忆中也分不清这些水手，不过有个水手我一直还把他记住，这人老是上我这儿来，有时单独来，有时和伙伴们一起来，白天来，晚上也来，随时随刻都来；他手拿烧酒瓶站到我的面前，给我授课。他不了解我，他要猜出我生存的谜。他慢慢地拔去瓶塞，然后注视着我，目的是想考察我是否听懂了他的话；我承认，我总是怀着狂热的感情和急切的心情，聚精会神地听他讲话；整个世界上没

学得用心，就学得很快，对猴子来说，剥离本性也就越快。

有一个人类的老师能找到像我这样的人类的学生；瓶塞被拔去之后，他把酒瓶举到嘴边；我的目光一直盯到了他的咽喉；他点点头，表示对我满意，又把瓶子放到唇边；我由于逐渐理解他的动作而欣喜若狂，便一边尖叫，一边上下左右地乱搔乱挠；他欢叫起来，把瓶子凑近嘴喝了一口；我急躁而绝望地极力效法他，结果不仅我，而且笼子，都给洒下的酒弄脏了，这又使他大为满意；在此之后，他把酒瓶拿离开嘴，远远地伸向前面，随即又迅速地把它举到嘴边，做了一个夸张的有教育意义的动作，把身子往后一仰，一口气把酒喝干。我被他的严格要求弄得精疲力竭，再也无法跟他做下去，只是软绵绵地靠在铁栏上，而他呢，揉了揉肚子，狞笑了一下，以此结束了这堂理论课。

然后，才开始实际的练习。我不是已经被理论的知识弄得精疲力竭了吗？也许是这样，太精疲力竭了。这是我的命运。尽管这样，我还是尽可能地拿起别人递给我的瓶子；我用颤抖的手拔去瓶塞；这个成功的动作逐渐给我带来新的力量；我几乎像老师那样举起瓶子，放到唇边，然后——然后就厌恶地、非常厌恶地把它甩到地上，虽然瓶子是空的，里面只有酒的气味。这不仅使我老师感到伤心，而且使我感到更加伤心；我在扔掉瓶子之后，的确并没有忘记好好地抚摩一下我的肚子和咧嘴冷笑一下，但是，用这个办法，我无法使他和我自己感到满意。值得佩服的是，我的老师并没有生我的气；诚然，他有好几次把燃着的烟斗放到我的毛皮上，以致在几处我不易摸到的地方都开始冒烟了，但是他接着又用

自觉是学习的动力。师生合力，使效果倍增。效果越好，对猴子来说，剥离本性也就越多，离本性也就越远。

他那只慈爱的大手把火扑灭；他没有生我的气，他认识到，我们站在同一条战线上为反对猴子的本性而斗争，而我这方面的任务是更为艰巨的。

有一天晚上——大概在举行庆祝晚会，有架留声机在播放音乐，一个军官在人群里走来走去——我趁人不备，悄悄地抓起一瓶由于疏忽而留在我笼子跟前的烧酒，我在众目睽睽之下，严格按规定地拔去瓶塞，然后把酒瓶放到嘴上，毫不犹豫地、嘴也不歪地像个内行的酒徒那样喝起酒来，我把两只眼睛睁得滚圆滚圆的，不断地摇晃着喉咙，的的确确把酒一饮而尽；之后，我不再像绝望者那样，而是像艺术家那样把酒瓶扔掉；我虽然忘记了抚摩肚子；但却作为替代用人类的语言简短明确地发出了一声“哈罗”，因为我不会别的，因为我感到事情紧迫，因为我酩酊大醉、神志不清，随着这声叫唤，我跳入了人类社会。马上，传来了它的回音：“你们听，他说话了！”听到这一回音，我顿时感到我那整个汗淋淋的身子得到了一个亲吻。这对我的老师以及对我来说，是何等重大的胜利啊！

学会了人类的语言，就加入了人类的行列。以此类推，学会了某种语言，就可能融入某个族群。

我重复一遍：模仿人类对我来说并没有什么吸引力；我之所以模仿人类，唯一的原因只在于寻求一条出路。即使是我刚才所说的那种胜利，我也没有取得多少。很快，我又失去了人类的声音；几个月之后又才重新获得；对烧酒瓶的反感甚至比以前更加强烈。不过我所选择的方向倒是永远地定下来了。当我在汉堡被移交给第一个驯兽者的时候，我很快就认识到摆在我面前的两条出路：要么进动物园，要么进杂耍戏园子。我毫无犹豫。我对自己说：要想

再一次强调，被迫的改变是为了出路。

尽一切办法进杂耍戏园子；这就是出路；动物园只是一只有栅栏的笼子；一进到这只新的笼子，你就算完了。

因此，先生们，我正在学习。啊，当你不得不学的时候，你就得好好地学；如果你想找一条出路，你就得学习；毫无顾忌地学习。你甚至会用鞭子监督自己；只要你稍有反抗，就会被撕成粉碎。猴性翻着筋斗匆匆地离我而去，以致我的启蒙老师却险些自个儿变成了猴子，他不得不放弃教学而进了一家疯人院。幸亏不久他又出院了。

可是，我却累坏了许多老师，有几个甚至是同时给我累坏了。当我对自己的能力更加有把握，公众追赶我的进步，我的未来开始闪耀的时候，我就自己收容老师，让他们坐在五间相互连接的房间里，自己不间断地从这间跳到那间，同时接受他们的教诲。

我的进步真是一日千里！知识的光芒从四面八方渗入我那不断觉醒的脑子！我不否认：这使我很高兴。但是，我也承认：我没有过高地估计自己的进步，当时不曾，现在更是没有。我以世上从来没有过的努力，使自己达到了一个欧洲人的中等文化水平。这件事本身也许不值一提，然而正是它，帮助我走出了樊笼，为我创造了这条特殊的出路，这条人类的出路。有一句非常好的德国成语：溜之大吉；我正是这样做的，我已溜之大吉。我没有别的出路，其前提始终是：自由是无法选择的。

人类"知识的光芒"的渗入成为猴子变成人的最重要方式。

任何一种"知识"的渗入，都是对被渗入者的改变。

当我展望自己的发展及其到目前为止的目标，我既不抱怨，也不志得意满。我把双手插在裤袋里，桌子上放上一瓶葡萄酒，在摇椅上半躺半卧，望着窗最终，猴子还是没有完全变为人。这是卡夫卡小说的特征之一——意义的相互消解，使其无法获得确解。

但“变”还是“不变”，小说在这里留下了疑问，引人深思：

万物都有其本性，本性的改变，意味着自身的丧失。

人类几千年间，不同文化的相互影响，使不同文化受益，但当一种文化强制另一种文化改变，就是强制同化，文化就失去了文化的本义，变成了专制。

外。有客人来，我就接待他，恰如其分地接待他。我的舞台经理就坐在前堂里；我一按铃，他就进来听候我的吩咐。我几乎每晚都有演出，但演出效果总没有提高。每当我深夜从宴会、科学界的社交聚会以及愉快的聚会回家时，总有一只半驯服的小黑猩猩在等待着我，这时，我又像猴子那样，让自己从她那里得到无穷的快乐。在白天，我不愿见到她；因为在她的目光里，有一种被训练搞得晕头转向的动物所特有的疯狂；这种疯狂只有我能看出来，这是我无法忍受的。

不管怎样，总的来说，我还是达到了我想达到的目的。人们不会说，这事是不值得花费力气去做的。另外，我不需要任何人的评价，我只想传播知识，我只作报告，对诸位来说，尊敬的科学院院士们，我也仅仅是作了一个报告。

（洪天富　译）

（选自《卡夫卡全集》第1卷）

第三单元 救赎之路

DI SAN DAN YUAN

导语

“逐出天堂虽然已成定局，在尘世生活虽然无可避免。但尽管如此，过程的永恒性却使我们有可能不仅有一直期望留在天堂中的可能，而且有事实上一直留在那里的可能，不管我们在这里知道还是不知道这一点。”卡夫卡在箴言第 66 条中这样说。

是的，卡夫卡一直在提问，一直在自审，也一直在自救。他是在提问与自审中自救。本章从“自我救赎”的这一角度切入，体味卡夫卡“自救”的同时，我们是否也能找到“自救”之路呢。

司 炉

(节选自《失踪者》第一章)

十六岁的卡尔·罗斯曼受家里一个女仆的引诱,和她生了一个孩子,因而被他可怜的父母送往美国。当他乘坐的船只徐徐驶入纽约港时,他一眼就看见了那座久已受到注目的自由女神雕像,它矗立在突然强烈起来的阳光下,持剑的手臂仿佛刚刚伸出来一样,高高地伸向天空,阵阵自由之风在她的身躯周围轻轻吹拂。

"好高呀!"他暗自思忖,因为根本就没想到要下船,所以就让从他身旁经过的越来越膨胀的提着行李的人汇成的人流慢慢挤到了甲板上的栏杆旁。

一个与他在旅途中有过一面之交的年轻小伙子一边从他身旁走过一边说:"喂,您还不想下船?""我这就下船。"卡尔朝他笑笑说,说罢便顽皮地把箱子举到肩上,显出自己是个强壮的小伙子。可是正当他眼看着他的熟人轻轻挥动着木棍随同他人一道离去的时候,他惊恐地发现自己的雨伞落在下面船舱里了。他马上叫住那个熟人,求他照看一下自己的箱子,那人似乎并不怎么乐意。他察看着周围情况,熟悉一下回来的路,便匆匆离去。不巧,大概是为了

《失踪者》是卡夫卡的第一部长篇,又名《美国》、《生死不明的人》,创作于1912至1914年。小说描写16岁的德国少年卡尔·罗斯曼受家中女仆的引诱而致女仆怀孕,被父母赶出家门,放逐到美国的种种遭遇。

尽管卡夫卡声称这部作品是对狄更斯《大卫·科波菲尔》"不加掩饰的模仿",但人们还是从中读出了"卡夫卡式"小说的意味——表现梦幻般的内心生活,而并非真正的现实主义。因此也是一篇难以尽言的小说。

《司炉》是小说的第一章,1913年曾抽出来单独发表,可见卡夫卡对它的看重。它叙述了主人公卡尔抵达美国时在码头的经历。

小说的第一句让人们想起夏娃和亚当

受诱惑偷吃禁果被上帝逐出伊甸园的故事。卡夫卡是暗示小说要表现“自由与放逐”的人类命运吗？——人类为自由而放逐，因放逐而自由。

第一段将自由女神手中的火炬换成了剑。这是在暗示“自由”并不只是幸福，它还是痛苦？那么痛苦是什么？是像卡尔那样将自己“丢失”吗？

送客上岸的缘故，他发现底舱里那条本来可以使他少走不少路的过道头一次被堵死，便不得不穿过曲里拐弯的走廊，穿过一间只放着一张孤零零写字台的空落落的房间，费劲地寻找那一层又一层的楼梯，直至他确确实实完全迷失了方向，因为这条路他只走过一两次，而且都是跟着好多人一起走。在一筹莫展的情况下，而且由于他看不见一个人影，只听见头顶上成千人脚步擦地时发出的沙沙声和从远处传来机器终于停止运转时发出的好似一种喘息的声音，他便随着寻路脚步之所至，不假思索地对着随便一扇什么小门敲了起来。

“门开着呢。”屋里有人喊，卡尔舒了一口气打开门。“您为什么这样发疯似的敲门？”一个彪形大汉问，他几乎瞧都没瞧卡尔一眼。透过船舱里什么地方的一扇天窗，一束混浊的、被上面的烟雾和灰尘弄得昏暗不堪的光线落进这间凄凉的舱房。舱房内一张床、一个柜子、一把沙发椅和这汉子挨在一起站着，活像入库的物件。“我迷路了，”卡尔说，“乘船的时候我根本没注意，现在才知道这艘船大得了不得。”“可不是，您说得对。”大汉有些自豪地说，不停地摆弄着一只小箱子上的锁，他用双手一再关压那箱子，听锁簧扣入的声响。“您倒是进来呀！”大汉继续说，“您别站在门外嘛！”“我不打扰您吗？”卡尔问。“啊，看您说到哪里去了！”“您是德国人吗？”卡尔还试图确认一下，因为他听说过许多有关新来美国的人受坏人威胁，尤其是受爱尔兰人威胁的事。“是的，是的。”大汉说。卡尔仍还犹豫。于是，大汉猝然抓住门把手、就势把门这么一拉，迅速把门关上，将卡尔拉进房间，拉到自己身边。“我受不了别人在过道上往里瞧我。”大汉说，他又在鼓捣他的箱子，“每个人从旁边走过，都往这里面瞧一眼，鬼才受得了呢！”“可是过道里现在空空如也嘛。”卡尔说，他颇不舒服地挤在床杆旁边站着。“是呀，现在。”大汉说。“说的就是现在嘛，”卡尔心想，“这个人真难说话。”“您躺到床上去吧，还是床上地方大一点。”此人说。卡尔尽量小心翼翼爬上床去，边爬边大声嬉笑头一次企图一跃而上床的徒劳尝试。可是他刚一上床，他便叫喊：“天哪，我把我的箱子完全给忘记了！”“箱子在哪儿？”“上面甲板上，一个熟人在照看。可是他叫什么名字来着？”说着，他从他母亲为他这次旅行特意在上衣的衬里上缝制的暗口袋里掏出一张名片。“布特尔鲍姆，弗兰茨·布特尔鲍姆。”“您急需这只箱子吗？”“当然唉。”“噢，那您为什么把它交给一个陌生人呢？”“我把雨伞忘在下面了，就赶紧跑来取伞，可又不愿意随身扛着箱子。后来我竟然还在这儿迷了路。”“您独自一个人？没有个伴儿？”“嗯，一个人。”“或许我可以求这个人帮帮忙，”卡尔脑子里在转悠。“我到哪儿能马上找到一个更好的朋友呢？”“现在您把箱子也还给弄丢了。雨伞就更甭提了。”此人坐到沙发椅上，卡尔的事情似乎多少引起他关注了。“可是我相信，箱子还没有丢。”“我才不信呢，”大汉说，使劲搔他的那一头短而密的黑头发，“码头变了，船上的风尚也跟着变。在汉堡您的布特尔鲍姆也许会照看箱子，在这儿八成是两样都没影儿了。”“那我可得赶快上去看看。”卡尔说，一边环视四周，看他怎样才能出去。“您待着吧，”此人说，并

卡尔来到美国，首先丢了伞，然后丢了箱子。这是父母给的全部家当。“失踪者”开始了自我“丢失”。

为什么非来美国？而不是其他国家？很长时间里，在欧洲人的心中，美国就是一块“放逐”之地。卡夫卡动笔写《失踪者》前一年，德语作家埃尔温·罗森写了《德国捣蛋鬼在美国》，说：“每当一个流浪哥儿捣乱作恶……把这个败家子打发到美洲去，打发到美利坚合众国去。”

卡尔来到美国第一次感觉到自由——父母完全管不着了！同时这也是一次“丢失”。

用一只手朝他的胸脯简直是狠狠地一推，把他推回到床上。“为什么？”卡尔生气地问。“因为这样做毫无意义，”这人说，“过一会儿我也走，到时候我们一起走。箱子要么已被偷走，再找也无济于事。要么那人把它放在原地了，等旅客统统上岸后，我们很容易就能把它找到。您的雨伞也是这样。”“您熟悉这艘船？”卡尔怀疑地问，他觉得，在空船上最容易找到他的东西，这个想法在平时令人信服，如今却似乎隐伏着什么麻烦。“我是船上的司炉。”此人说。“您是船上的司炉？”卡尔高兴地叫了起来，简直是喜出望外了，并撑着双肘，仔细端详这个汉子。“我和那个斯洛伐克人同睡一个房间，就在那房间前面开了一个舱口，从那舱口我可以看到机房里面。”“不错，我就在那儿干活。”司炉说。“我一向对技术感兴趣，”卡尔顺着自己原有的思路说，“假如我不是必须来美国的话，今后我一定能成为一名工程师。”“那您为什么非来美国不可呢？”“噢，甭提了。”卡尔说，一挥手做了个轻蔑的不屑一谈的手势。与此同时，他面带微笑望着司炉，似乎是在请求对方谅解自己不便说出的苦衷。“事出有因嘛，”司炉说，不太清楚他这么说是要卡尔说出事因还是不要他说出。“现在我也可以当司炉了，”卡尔说，“我当什么，我父母现在完全管不着了。”“我的职务快要空下来了。”司炉说，充分意识到这一点似的将双手插进裤袋，皱巴巴铁灰色皮裤里的双腿一跃便上了床，想舒展舒展双腿。卡尔不得不朝墙边挪动一下身子。“您要离开这艘船？”“是的，我们今天开路。”“这究竟为什么呢？您不喜欢当司炉？”“噢，这要看具体情况，喜欢还是不喜欢，这并不总是起决定性的作用。不过，也让您说对了，我也是不喜欢。您大概不是真的想当司炉，可是这样却偏偏最容易就当上司炉。我坚决劝您别干这个。既然您曾想在欧洲上大学，为什么您不可以在这儿上大学呢？美国的大学比欧洲的强多了。”“这完全可能，”卡尔说，“可是我根本没有钱上大学。我虽然读到过有关一个人的事迹，这个人白天在一家店铺干活，晚上一直学习到深夜，后来成了博士，我想，还当上了市长呢，可是这需要很大的毅力，对不对？我怕，我没有这个毅力。另外，我上中学时功课并不特别好，离开学校时我心里确实没感到难过。这儿的学校也许更严。英语我几乎一点儿都不会。我看，这儿的人压根儿对外来人都有偏见。”“这您也领教过了？嗬，那就好嘛。那您就是我的人啦。您瞧，我们在一艘德国船上，它属于汉堡——美国航线，为什么这儿不全是我们德国人？为什么司炉长是个罗马尼亚人？他叫舒巴尔。这简直让人无法相信。而这狗娘养的居然在一艘德国船上欺压我们德国人！您别以为，”——他喘不过气来，他摇摇手——“我是为发牢骚而发牢骚。我知道，您没有什么势力，本身又是个穷小子。但这家伙欺人太甚！”说罢，他用拳头多次敲击桌子，敲打时目不转睛地盯着自己的拳头。“我在那么多的船上干过活，”——他像说一个词儿似的一口气接连举出二十条船名，把卡尔听得头昏脑胀——“干得很出色，受过嘉奖，是个合乎船长们口味的工人，我甚至在同一艘商船上连续干了好几年，”——他站起来，好像这是他一生的顶峰——“而这儿在这艘船上，一切都得循规蹈矩,用不着动半点儿脑筋,在这里我毫无用处,在这里我总是碍舒巴尔的事,是个懒汉,只配让人给撵出去,拿到的工资是别人的恩赐。您懂这个吗?我不懂。""您决不要容忍这样的事。"卡尔激动地说。他几乎已经失去了自己是在一艘船的不安全的甲板上、在一个陌生大陆的海岸上的感觉,在这里在司炉的床上他倒觉得就像在家里一样。"您找过船长了吗?您向他摆过您的理了吗?""啊,您走吧,您最好还是走开。我不希望您待在我这儿。您不注意听我说什么,却给我出主意。我怎么可以去找船长呢?"说罢,司炉又颓然坐下,两手捂住脸。

"像在家里一样"——"家"还是难以"丢失"的。

"我没法给他出更好的主意。"卡尔暗自思忖,他根本就觉得,他本来就应该去取自己的箱子的,不该在这里出什么主意,人家还认为这都是馊主意呢。当父亲把箱子永远交给他的时候,父亲曾开玩笑问他:"你能把它保存多久?"而现在这只珍贵的箱子也许当真已经丢失了。唯一的安慰是,即使父亲查询起来,也无从了解他现在的情况。他一直随船到达纽约,轮船公司能说的无非也就是这句话而已。可是令卡尔感到惋惜的是,箱子里的衣物他几乎都还没动用过,尽管他譬如早就应该换换衬衫了。这么说来,他是白节省了;现在,自己的生涯刚刚开始,正需要穿戴得干干净净的时候,他却不得不穿着这件肮脏的衬衫抛头露面。不然的话,丢失这只箱子也就没什么了不起的了,因为他身上穿着的这套西服比箱里的那套还好,箱里的那套本来只是临时应急穿的,就在动身前不久妈妈还不得不把它缝补了一下。现在他也回忆起,行李箱里还有一段意大利味罗那腊肠，那是他妈妈特意给他装进去的，旅途中毫无胃口，况且船舱里分发的汤也足够他吃的了，所以他只吃了其中最小的一节。可是现在他却巴不得手上能有这段腊肠，好把它孝敬给这位司炉。因为给这样的人随便塞点小玩意儿就能把他们争取过来，这一点卡尔是从他父亲那儿得知的，父亲就是用撒雪茄的办法而赢得那些跟他有业务关系的下级职员的支持。现在卡尔可以赠送的也就只有他随身带着的钱了，而这钱他暂时还不愿意动用，万一他真的把行李箱丢了呢。他的思绪又回到他的行李箱上，现在他确实无法理解，既然现在这只行李箱他这样轻易地就让人给拿走了，那么一路上他又何苦那样小心翼翼看守它，弄得自己晚上几乎都无法合眼呢。他回想起那五个夜晚，一个小个子斯洛伐克人睡在他左边离他两个床位的地方，他一直怀疑这个斯洛伐克人在打自己的行李箱的主意。这个斯洛伐克人一直在暗中窥伺，只要卡尔终于犯困打一小会儿盹儿，他就可以用那根白天一直拿在手里玩弄或练习看的长棒把行李箱够到他那边去。白天，这个斯洛伐克人看上去相当天真无邪，可是夜幕刚刚降临，他就不时地从自己的铺位上坐起来，忧伤地朝卡尔的行李箱这边望过来。这一切卡尔看得一清二楚，因为尽管船章明令禁止，时不时仍有人怀着移民的焦灼不安点燃一个小火，试图努力读懂移民管理处的难懂的移民须知。若近处有一个这样的火光，卡尔就可以稍稍闭闭眼，若火光在远处，或漆黑一团，那他就得睁大着眼睛。这个劳累的差使弄得他精疲力竭，现在看来他完全是白受这份劳累了。这个布特

“把他们争取过来”的方法来自父亲——要完全割断“本原”并不容易。

“斯洛伐克人一直在暗中窥伺”——是真的吗？是真是假不是最重要的，最重要的是从中看到了怕“丢失”。

尔鲍姆，别叫他在什么地方碰上他！

就在这时，从外面远处传来一阵阵短促的敲击声，打破了迄今为止的完全的寂静，这声音像从孩子的脚发出，越来越响，越来越近，最后变成男人们节奏均匀的脚步声。他们显然排成单行前进；这在这条狭窄的通道里是自然而然的事，人们听见了有如武器碰击的叮当声。正想在床上舒摊开四肢、摆脱掉箱子和斯洛伐克人带来的种种忧愁睡一睡的卡尔，吓了一跳，推了推司炉，提醒他务必注意，因为这队人的排头似乎已经到达门口了。“这是船上的乐队，”司炉说，“他们已在上面演奏过了，现在正去收拾行装。现在时机已到，我们可以走了。您来吧。”他抓住卡尔的手，在最后一刻还急忙从床头墙上取下一帧配上镜框的圣母像，将它塞进上衣胸前的里袋，拿起他的行李箱，带着卡尔匆匆离开了舱房。

“现在我到办公室里，我要向那些先生们摆摆我的看法。船上没旅客了，不必有什么顾忌。”这话司炉颠来倒去说了好几遍，行走中向旁边一脚，想踢死一只在脚跟前跑过的老鼠，但是他这一脚也只不过是把这只还算及时抵达洞口的老鼠更快地踢进洞里罢了。他压根儿就动作迟缓，虽说他长着一双长腿，可是这两条腿却太笨重。

……

这当儿，窗前继续呈现出港口繁忙活动的景象，一艘装着堆积如山的圆桶的平底货船从窗前驶过，几乎使舱室里变得一团漆黑，而那些圆桶一定码放得极好，它们竟然不会滚动起来；小摩托艇随着一位笔挺站着掌舵的男子的双手的颤动笔直呼啸而去，要是卡尔现在有时间的话，他真想仔细地瞧瞧这些小摩托艇！奇特的漂浮物体不时自己从翻腾的浪花中浮现出来，立刻又被淹没，在惊诧的目光下沉入水中；远洋轮船的小艇在水手们的奋力划动下向前行驶，载满了乘客，他们宛如被人塞进来似的，如今安静地、满怀期望地坐着，尽管有些人忍不住转动脑袋观看不断变幻着的景色。一种无休止的运动，一种骚动，由这不宁静的自然力传播给无依无靠的人类，感染着他们的行动！

“浮现出来，立刻又被淹没”——是不是“获得”与“丢失”总是相伴相随？

……

于是卡尔对司炉讲：“您必须把事情讲得简单点，讲得明白点，像您现在这种讲法，船长先生没法对事情作出正确的判断。难道他知道所有轮机长和勤杂工的名字或者甚至教名，您只要一说出一个这样的名字，他马上就会知道这是谁？您把您要申诉的事情理清楚，先拣最重要的说，然后再依次讲其他的，也许到后来大多数事情根本连提都不必提了。您给我讲可一直讲得清清楚楚的嘛！”“人家在美国既然可以偷箱子，我也不妨撒撒谎。”他自我解嘲地想。

……

而卡尔却感到浑身充满力量而且神志清醒，也许在家里时他还从来未曾有过这样的感觉。但愿他的父母能看到他怎样在异国他乡、在有名望的大人物面前维护好人的利益，尽管他还没有使好人获胜，但是已完全做好了最后夺取胜利的准备！他们会改变对他的看法吗？会容纳他、称赞他吗？会看一下、看一下这双对他们极其谦恭顺从的眼睛吗？尽是些

“从来未曾有过这样的感觉”——是“获得”，但并未“丢失”。不是所有的“获得”都会“丢失”。只有在相反的意义上才会“获得”与“丢失”同行。

没有把握的问题，而且提出这些问题的时机也不合适！

“我来，是因为我相信，司炉正在指控我不诚实。厨房里一位姑娘告诉我，说是她看见他上这儿来了。船长先生以及在座的诸位先生，我愿意用我的凭据，必要时用在门口站着的不带任何成见、没有任何偏见的证人的证词来驳斥对我的任何指控。”这就是舒巴尔讲的话。这就是一个男子汉简洁明了的讲话，就凭听的人的面部表情的变化人们也可以相信，经过长时间之后他们第一次听见了人的声音。他们自然没注意到，就连这一席漂亮的演说词也有漏洞。为什么他想起来的第一个具体的词儿是“不诚实行为”？也许一提指责就必定是这种事，而竟然不会是指责他有民族偏见？一个厨房里的姑娘看见司炉到办公室里来，而舒巴尔居然立刻就全明白了？不正是这种负疚感使他头脑敏锐吗？证人他立刻就带来了，而且还称他们是没有成见、不带偏见的？招摇撞骗，纯粹是招摇撞骗！而这些先生们竟容忍这种事，还把这尊之为正确的行为？为什么他毫无疑问地在厨房姑娘报信和他到达这里之间白白浪费掉了许多许多时间呢？没有别的目的，就是为了让司炉把先生们拖得疲惫不堪，使他们渐渐失去清醒的判断力，而最让舒巴尔感到担惊受怕的正是这种清醒的判断力。他，他肯定已经在门后站了很久，由于那位先生提了个无关紧要的问题，他便料定司炉输定了，不正是在这个时刻他才敲门的吗？

一切都清楚了，一切甚至也都是由舒巴尔违背自己本意这样揭示出来了，但是人们还得用另一种方式，用更简洁明了的方式向先生们指出事情的真相。他们需要清醒清醒头脑。那么，卡尔，赶快在证人出场并将一切淹没之前，这段时间你至少得充分利用！

……

“您刚才不是要向这个年轻人询问什么事情吗，雅各布先生?”在一片寂静中船长对持小竹手杖的先生说。

“当然是的。”此人说，微微一欠身表示感谢对他的关注。随后便再次问卡尔：“您究竟叫什么名字?”

卡尔以为，如果这个固执提问的意外事件马上得到解决，这对这件重大的正经事是有利的，便没有按他的习惯，先把护照找出来，然后再将它出示，作自我介绍，而是简短地回答说：“卡尔·罗斯曼。”

“哎呀！”被称作雅各布的人说，几乎不相信地微笑着先往后退了几步。船长、出纳课长、高级船员，甚至连仆役，也都在听到卡尔的名字时明显地表现出极度的惊讶。只有港务局的先生们和舒巴尔显出若无其事的神态。

“哎呀！”雅各布先生重复道，迈着有点僵硬的步子向卡尔走去，“那我就是你的舅舅雅各布，你就是我可爱的外甥啦。整个这段时间里我一直都有这个预感！”他对船长说。说罢便拥抱、亲吻卡尔，卡尔则对这一切默默听之任之。

雅各布先生是卡尔的舅舅。卡尔被父母放逐，舅舅收留了他。但随着生活的深入，卡尔又被舅舅逐出家门。这也是进一步获得“自由”的代价。

“您叫什么名字?”卡尔在觉得自己已经被放开之后问，虽然彬彬有礼，却很不动感情，并竭力想这个新情况对司炉会有什么后果，暂时还没有任何迹象表明，舒巴尔可以从这件事情上捞到什么便宜。

……

舅舅对卡尔的遭遇有着充分的理解与同情。为什么？除了亲情，是否还有舅舅的美国生存体验？舅舅开始也是一位被“放逐者”，但舅舅最终没有自觉认同，所以他说“逗留美国”。这表明他的意识中一直沉潜着反“本”意识。正是这种反“本”意识使他对卡尔的到来有了不自觉的激动。

“自从我逗留美国这许多年的漫长岁月以来——逗留这个字对于我这个全心全意的美国公民来说当然很不恰当——自从这许多年的漫长岁月以来，我一直与我欧洲的亲属完全没有来往。至于原因嘛，一则不适合在这个场合讲，再则，一讲起来，我真的会给弄得疲劳不堪的。我甚至害怕那个时刻的到来，到时候我也许将不得不把这些原因讲给我亲爱的外甥听，在讲述这些原因时很遗憾，有些话将不可避免地公开涉及他的父母以及他们的亲属。”

“毫无疑问，他是我的舅舅，”卡尔心想并仔细倾听，“也许他改了名字了。”

“我亲爱的外甥如今简直是被他的父母——让我们只用这个也确实说明事情本质的词儿吧——抛弃了，就像人们把一只惹人生气的猫扔到门外那样。我根本不想美化我外甥所干的事，不想掩饰他受到这样的惩罚，但是他的过错是这样一种性质的，只要把它一说出来，他就足以获得别人的谅解了。”

“这话中听，”卡尔想，“但是我不希望他把什么都讲出来。而且这事他也不会知道的呀。从哪儿知道呢？”

“原来，他被——”舅舅接茬儿说，略略俯身撑住顶在他跟前地上的那根小竹手杖，这样他果真成功地清除了这件事情上那种不必要的隆重的气氛，否则这种气氛是无论如何也避免不了的，“原来，他是被一个女仆，约翰娜·布鲁默尔，一个约莫三十五岁的女人引诱了。我丝毫也不想用‘引诱’这个词来伤害我的外甥，但是确实很难找到另外一个同样恰当的词儿。”卡尔已经走到离舅舅相当近的地方，这时他转过身来，想从在场的人的脸上看出对这番叙述的反应。没有人笑，大家都耐心地、神情严肃地倾听着，毕竟人们也不会有机会初次见面便讥笑一位参议员的外甥的嘛。人们倒不妨可以说，司炉倒是在向卡尔微笑呢，尽管只是略带一丝笑意，而这一丝笑意首先作为新的生命征象是可喜可贺的，其次也是可以原谅的，因为在舱房里卡尔曾想对这件现已为人所共知的事严加保密。“这个布鲁默尔，”舅舅继续说，“给我的外甥生了个孩子，一个健康的男孩，举行洗礼时得了个雅各布的名字，无疑是为了纪念鄙人，想必是鄙人，尽管我的外甥一定只是稍带提及我几句，给这个姑娘留下了深刻印象了吧。真是幸运啊，哎哟！因为这时候父母为了避免提供生活费用或是为了避免出现惯常的会涉及他们自身的那种丑闻——这里我必须强调指出，我既不了解那儿的法律，也不了解父母的其他情况——这就是说，为了避免提供生活费和避免出丑，他们就把他们的儿子，我的亲爱的外甥打发到美国来了，一如大家所见到的，只带了几件随身衣物，这样，这孩子若没有恰恰在美国还会出现的奇迹，孤苦无援，大概很快就会沦落在纽约港的街头，倘若不是那个女仆在一封给我的信里，一封几经周折前天我才收到的信里，向我叙述了这件事情的全部过程，还给我描述了我的外甥的外貌特征，并且还明智地也给我说了这艘船的名字的话。如果我存心想娱乐您们，诸位先生，我可以将那封信的几个段落”——说着他从口袋里掏出两大张写得密密麻麻的信纸摇晃了一下——“在这里

舅舅很明白，外甥卡尔是被“打发”到美国来的。他自己说不准也是同样的理由被“打发”过来的。

“奇迹”！“放逐”到美国的舅舅成为了参议员。“奇迹”？“放逐”到美国的卡尔的未来让读者期待！但卡尔的奇迹最终没有发生。这不是卡尔的问题，是卡夫卡的问题。如果像卡尔舅舅一样的“奇迹”发生了，“卡

尔"就不复存在了,《失踪者》就不复存在了。卡夫卡创作《失踪者》并不是狄更斯的现实主义的理想所驱使,而是卡夫卡内心的梦幻所驱使——寻找灵魂的安息地。所以,任何世俗意义的"奇迹"都与卡尔无关。

念给您们听一听。这封信一定会给诸位留下深刻印象,因为它是用一种有点朴素的、即使是始终怀着好意的精明并且怀着对孩子父亲的热爱写成的。可是我只想说明情况,既不想不必要地过多地来娱乐大家,也不想也许甚至,就在迎接他的时候就来伤害我外甥可能还怀有着的感情。我外甥如果愿意的话可以在已经为他准备好的房间里静静地读它,以接受教训的嘛。"

……

"我马上叫人给你们放只小艇。"船长说,卡尔感到不胜诧异,船长竟然对舅舅的话没有表示出哪怕是那么一丁点儿的异议,而舅舅的这几句话无疑是可以被看作是舅舅的一种自贬的。出纳课长急忙奔向写字台,用电话把船长的命令通知小艇艇长。"时间紧迫,"卡尔暗自思忖,"可是不得罪所有的人,我就什么事也干不成。舅舅好不容易才找到我,我现在当然不能离开他。船长虽然客客气气,但是也只是客气客气罢了。一涉及纪律问题他就丝毫不客气了,而舅舅则一定说出了船长心里想说的话。我不愿意和舒巴尔说话,我甚至后悔刚才和他握了手。这儿所有其余的人都是粃糠。"

他边转悠着这些念头边慢慢走到司炉身旁,将司炉的右手从裤带里拉出来,把它放在自己的手里抚弄着。

"你为什么什么话也不说?"他问,"你为什么忍受这一切?"司炉只是皱起眉头,仿佛他在为他要说的话找词儿似的。此外,他只低头看着卡尔的和他自己的手。

卡尔要为司炉讨回公道,因为"自由"、"公正"是卡尔的理想。卡夫卡生活的时代,美国在一部分德语人的心中是"放逐"之地,而

“这艘船上没有一个人像你这样受到不公正的待遇，这一点我完全清楚。”卡尔在司炉的手指之间来回移动自己的手指，而司炉则用闪闪发光的眼睛向四下里张望，仿佛他心头漾起一阵狂喜而又生怕别人会为此而嗔怪他似的。

在另一部分德语人尤其在犹太德语人心中则是“自由”、“公正”的象征。无疑，卡夫卡在卡尔身上深深烙下这两种印记。所以卡夫卡在给勃罗德的信中说：“这部小说非常庞大，仿佛铺写在整个天空。”

“可是你必须进行自卫呀，你必须明确表明你的立场，否则人家就不会知道事实真相，你必须答应我，你将听从我的劝告，因为我有许多理由担心，恐怕我自己今后再也帮不了你的忙了。”说着，卡尔哭了。他吻司炉的手，并拿起这只皲裂的、几乎毫无生气的手，将它贴在自己的面颊上，就好像这是一件人们不得不放弃的珍宝——可是这时参议员舅舅也已经到了他的身边，并把他——即使只是带着极轻微的强制——带走了。“司炉似乎把你给迷住了。”他说，并从卡尔头顶上朝船长投去会心的一瞥。

“你正感到自己很孤独的时候，你找到了这位司炉，现在你感激他，这是很值得称道的。可是就算是为了我的缘故吧，你也别做得太过分了嘛，你得学会理解你的身份。”

……

他们继续跟着水手走。离开办公室，拐进一个小过道，走了几步就走到一扇小门的门口，一道短短的楼梯从小门通向那艘为他们准备好了的小艇。水手长一个箭步往下跳入小艇，艇内的水手们起立敬礼。正当参议员提醒卡尔往下走时要小心谨慎，卡尔竟在最高一级梯级上号啕大哭起来。参议员将右手放到卡尔的下巴下面，将他搂紧在自己身上并用左手抚摩他。就这样，他仍慢慢地一级一级往下走，

卡尔“号啕大哭”是必然的。他感激司炉，同情司炉，更重要的是他没有能为司炉争取到公正。所以，他为司炉伤心，也为自己伤心。

紧紧依偎着走进小艇，参议员给卡尔找到了一个恰好在自己正对面的好位置。参议员一发信号，水手们便将小艇撑离大船并立刻全力划行起来。刚离开大船几米远，卡尔便意外地发现，他们正巧位于大船总会计室开着窗户的这一边，三扇窗户的窗口站满了舒巴尔的证人，他们友好地挥手致意，舅舅甚至挥手致谢，一个水手来了个绝招，他没有中止均匀划桨的动作便向大船上送去一个飞吻。这确实令人觉得，仿佛司炉已不复存在。卡尔的膝盖几乎碰着了舅舅的膝盖，他仔细盯着舅舅的眼睛，对于这个人是否能取代他的司炉，他心里顿生疑窦。舅舅也避开他的目光，朝着那在小艇四周翻腾滚动的波浪望去。

卡尔要抛弃司炉跟舅舅走了，“他心里顿生疑窦”。但命运已经安排好了，他必须面对，因为他的身上还负有作家更多的“内心梦幻”——他必须在更多的“丢失”中寻找“自由”。

（洪天富　译）

（选自《卡夫卡全集》第1卷）

俄克拉荷马露天剧场

(节选自《失踪者》第八章)

卡尔在一个街角上看见一张广告牌,上面写着:“今天从早晨六点至午夜在克莱顿赛马场为俄克拉荷马大剧场招聘职工!俄克拉荷马大剧场在呼唤你们!它只在今天呼唤,只呼唤一次!机不可失,时不再来!谁憧憬未来,谁就是我们的一员!每一个人都受欢迎!谁想当艺术家,请报名吧!我们剧院可以让每个人都有用武之地!谁选中了我们,我们当即在此向他祝贺!但须从速,赶在午夜前报到!十二点一切关闭,不再开启!谁不相信我们,谁就活该倒霉!到克莱顿来吧!”

广告牌前虽然站着许多人,但是它似乎没有引起人们多大的兴趣。有那么多的广告牌,广告牌没人信了。何况这张广告比一般的广告更令人难以置信。不过它主要是有一个大毛病,广告词中对报酬只字未提,哪怕报酬只要有那么一点儿值得一提,广告肯定就会提及的。它不会把最吸引人的东西忘掉的。艺术家没人愿意当,但是人人都愿意为自己所做的工作得到报酬。但是对于卡尔来说,这则广告却有一个很大的吸引力。“每一个人都受欢迎”广告

《俄克拉荷马露天剧场》是《失踪者》第八章,也是小说的结局。前七章写完后,卡夫卡搁置了两年才艰难写下这结尾一章。卡夫卡希望将“时代的烛照”和自己“心灵的微光”统一在人物身上,但他觉得无法“抓住”笔下的人物。

从整体上看,小说前七章有更多的现实主义成分,最后一章则寓意非常丰富,更具“卡夫卡式”小说特征。

说。每一个人，当然也包括卡尔。他迄今为止所做的一切都被忘却，没有人会因此而指责他什么。他可以申请找一份工作，这不是卑贱低下的工作，这是人家可以公开招聘的工作！人家也会接受他的，这也是同样公开允诺的嘛，他没有什么更高的要求，只想最终找到一个规矩正派的职业生涯的起点。而这里也许显示出了这个起点。哪怕广告上所有冠冕堂皇的话都是谎言，哪怕这俄克拉荷马大剧院可能是一个小流动马戏团，它想招聘人，这就足够了。卡尔没有第二遍读广告，却又一次把“每一个人都受欢迎”这句话寻找出来；起先，他想步行到克莱顿去，但是那就要吃力地行走三个小时。于是他也许恰好就赶上听到消息说别人已经占去了所有可提供的职位。诚然，按广告牌上所说，待聘者的数目不受限制，但是所有这类征聘广告都是这样撰写的。卡尔认识到，他要么放弃应聘，要么就坐车去。他大略计算了一下自己的钱，不乘这趟车，手头的钱够他花八天，他将那些小硬币放在掌心里推来移去。一位已经观察他良久的男士拍拍他的肩膀说：“愿您去克莱顿多多走运。”卡尔默默点头，继续盘算着。但是他很快便当机立断，划出乘车需用的钱，向地铁走去。当他在克莱顿下车时，他马上听见许多喇叭的嘈杂声，那是一片乱糟糟的嘈杂声，那些喇叭互相不配合，吹起来毫无顾忌。可是卡尔听来并不觉得心烦，这倒是向他证明了，俄克拉荷马剧院是一家大企业。但是当他走出站台，眺望眼前的整座设施时，他看到，一切都比他所能想象得出来的还要大，他不明白，一家企业怎么会仅仅为了招聘人员就花费这么

“每一个人都受欢迎”，现实是不可能的。这是一种理想，还是一种欺骗？

“一切都被忘却”意味着“以前的卡尔”已全部“丢失”了。

几乎是身无分文了。“历史”没有了，“现实”也非常渺茫。“失踪者”真的快失踪了。

大的开支。

赛马场入口处前搭了一个长而矮的平台，有几个妇女穿扮成天使模样，身上裹着白布背上插着大翅膀，在平台上吹着长长的、闪着金光的喇叭。可是她们并不是直接站在平台上，而是每人都站在一个脚踏上，而这个脚踏却是看不见的，因为天使服中那飘动的长袍把脚踏全裹住了。由于那些脚踏都很高，有的可能高达两米，妇女们的形态看上去十分魁伟。只是，她们的小脑袋和魁伟的身材显得有点不相称，她们那松散的头发披在肩上，在大翅膀之间显得太短而且几乎滑稽可笑。为了不致显得形式单调乏味，人们使用了高矮不一的脚踏。有很矮的女人，不比真人高出多少，但是她们身边的其他女人却耸立得很高很高，高得简直让人以为轻轻刮一阵风她们就有被吹倒的危险。所有这些女人都在吹喇叭。没有很多听众。在这些硕大的身形的映衬下，十来个小伙子在平台前小模小样地走来走去，仰脸望着那些妇女。他们相互指指这个女人或指指那个女人，可是他们似乎没有进去应聘的意思。只看见唯一的一个上了年纪的男子，他站得稍远些。他当即把他的妻子和童车里的一个孩子也带来了。那妇人用一只手扶住童车，她用另一只手搭在那男人的肩膀上。他们虽然欣赏这表演，但是人们看得出，他们感到失望，他们大概也期待着找到一个谋职的机会，可是他们对这样吹喇叭却感到迷惑不解。卡尔颇有同感，他走近到那男人的身旁，听了一会儿喇叭，然后说："这里就是俄克拉荷马剧场的接待处吧？"

"我也这么以为，"那男人说，"可是我们已经在

"吹喇叭"的盛大场景与前文"广告"的夸张语气相呼应，都给人不真实感，"令人难以置信"。在这样的氛围中，人被鼓动起来，被煽动起来，常常也就被蒙蔽起来。

当嘈杂的喇叭声掩盖一切时，人声一定隐退。这里已几乎没有了人声。

这里等候了几个小时。除了喇叭声外什么也没听见。哪儿也看不见广告牌，哪儿也不见有人来公布什么，哪儿也没有人提供什么信息。”卡尔说：“也许人们等着多来点人呢。这儿确实人还很少。”“可能是的。”那人说，他们又不吭声了。在嘈杂的喇叭声中听人说话，这也真难。可是后来妻子对她丈夫悄悄说了些什么，他点点头，于是她马上朝着卡尔喊道：“您不能到那边赛马场去问一问，招聘在哪儿进行呀？”

“能，”卡尔说，“可是我得越过平台，从天使们之间穿过去。”“这有那么困难吗？”那女人问。

她觉得这几步路对卡尔来说轻而易举，可是她却不愿意派她的丈夫去问。

“那好吧，”卡尔说，“我这就去问。”

……

“您想加入我们的队伍？”那人问，“我是这支招募队的人事科长，我欢迎您。”他不断像是出于礼貌似的微微向前弯下身子，一跳一蹦，虽然他没有离开原地，抚摩着自己的表链。

“谢谢，”卡尔说，“我读过贵公司的广告牌，如今按广告上的要求来报名。”

“非常正确。”那人赞许地说，“可惜这里并非每个人的态度都这么正确。”

卡尔想到，现在他可以提醒这个人注意，招募队的这些招人手段可能恰恰因其宏伟壮丽而失灵了。可是他没说。因为此人根本就不是招募队的头儿，况且，他根本还没被录用马上就提出什么改进工作的建议，这种做法不怎么可取。所以他只说：“还有一个人在外面等着呢，他也想报名，是他派我先来打听情况的。现在我可以去把他叫来吗？”

“当然可以，”那人说，“多多益善嘛。”

“多多益善”与前文的“每一个人都受欢迎”相呼应。

“他还带着一个妻子和一个童车里的小孩。也要他们来吗？”

“当然，”那人说，似乎在笑卡尔的多疑，“所有的人我们都用得着。”

“我马上就回来。”说着，卡尔又跑回到平台边上。他向那对夫妇招手并大声说，所有的人都可以来。他帮着把童车抬到平台上，于是他们便一起走。那群小伙子看到这情景，互相商量了几句，便双手插在裤兜里，直到最后一刻还犹豫不决地、慢慢登上平台，终于跟着卡尔和那一家人走去。这时，正好有新的乘客从地铁车站里出来，他们一见那天使平台惊讶地抬起了胳膊。不管怎么说，谋职申请活动似乎变得更加活跃起来了。卡尔非常高兴，他高兴自己也许是第一个来这儿的人，那对夫妇忧心忡忡，提出各种问题，询问是否会提出很高的要求。卡尔说，他还不了解任何具体情况，但是他确实有这么一个印象，好像每个人都会毫无例外地被录用，说是他相信，大家完全可以放心。人事科长已经在向他们迎面走来，很满意来了这么多的人，搓了搓手，向每个人都微微一鞠躬表示问好并将他们所有的人都排成一行。卡尔在排头，然后是那对夫妇，以后才是其余的人，当他们都排好队后——小伙子们起先挤成一团，乱过一阵后他们那儿才平静下来——喇叭声才停下，人事科长便说：“我以俄克拉荷马剧场的名义向诸位表示欢迎。你们来得早（可是明明已经快到中午了），报名的人还不很拥挤，所以录用你们的手续很快就会办妥的。你们大家当然都带了身份证了。”

小伙子们立刻从衣兜里掏出一些证件来，拿着它们朝人事科长摇晃。那位丈夫捅了一下他的妻子，妻子当即从童车的羽绒被褥下掏出一整捆证件来，卡尔却什么证件也没有。这会妨碍他被录用吗？不过，卡尔凭经验知道，只要有一点决心，这类规定还是容易绕过去的。这不是没有可能。人事科长审视全排人，查明大家都有证明，由于卡尔也将手，当然是只空手，举了起来，他便以为，卡尔也证件齐全。

卡尔任何“证件”也没有了，也即他的身份被取消了，也意味着他没有束缚了，也意味着他自由了。但，这是不是通常意义上的自由呢？是，也不是。因为他进入了真正的个体空间，所以说“是”；因为他失去了真正的社会空间，所以说“不是”。

“就这样吧，”人事科长然后说并向那些现在就想马上要他检查证件的小伙子们挥了挥手，“现在到招募办事处去检查证件。你们已经从我们的广告牌上看到，我们可以录用每一个人。可是我们当然必须知道他迄今干过什么工作，以便我们给他安排一个合适的差事，发挥他的专长。”

“这可是一座剧场呀。”卡尔疑惑地思忖着并仔细地倾听。

“所以我们，”人事科长继续说，“在赛马经纪人小屋里开设了招募办事处，每一个办事处分管一类职业。现在你们当中的每一个人都把各自的职业告诉我，家眷一般来说跟着丈夫的职业走。然后我领你们到办事处去，在那里先检查你们的证件，然后再考核你们的专业知识，这只不过是一场非常简短的考查，谁也不必害怕。你们会在那里立刻被录用并将得到进一步的指示。让我们开始吧。这儿，第一办事处，牌上写着呢，只限于招工程师。你们中间也

“假如我不是必须来美国的话，今后我一定能成为一名工程师。”这是卡尔在第一章回答司炉时说的话。

许有谁是工程师吗?”卡尔应声报名。他以为,正因为他没有证件,他就必须力争尽快办完一切手续,这小小的报名权他也是有的嘛,因为他是曾经想当工程师的呀。可是当那帮小伙子看到卡尔报名时,他们嫉妒了,也就都报了名;大家都报名。人事科长拉长了脸对小伙子们说:“你们是工程师?”这时他们才把手慢慢地放下来,而卡尔却不改初衷。人事科长虽然用怀疑的目光看着他,因为他觉得卡尔穿得太寒碜,也太年轻,不可能是工程师,但是他没说什么,也许是出于感激吧,因为至少在他看来是卡尔把这些应聘者领进来的。他仅仅是用邀请的手势向办事处那边指了指,卡尔当即走过去,人事科长则转过身去招呼其他人。

“曾经想当工程师的呀。”“做工程师”是卡尔最后一次“自由”选择,但失败了。失去了选择权,意味着自由已关上了大门。

在工程师招聘办事处,有两位先生坐在一张方桌的两侧,比较着两份摆在他们面前的大表册。一个朗读,另一个在他那份表册上划线标出已读过的名字。当卡尔边问候边向他们跟前走去时,他们立刻将表册放到一边,拿出另外的大登记簿来并将它们打开,显然只是记录员的那一个说:“请出示您的身份证。”

招聘能否成功,主要依据个人的身份和简历。“历史”是有记忆的,有意义的。对“现实”中的人而言,“历史”是其构成的基因,因此是不能丢弃的。那么,卡尔已丢弃了“历史”,基本上可以说已丢失了自己。

“可惜我没带在身上。”卡尔说。

“他没带身份证,”记录员对另一位先生说并立刻将这个回答登记在登记簿上。

“您是工程师?”然后另一个人问,此人似乎是办事处的领导。

“我现在还不是,”卡尔赶快说,“但是……”

“够了,”那先生出口更快,“那您就不属于我们这儿管。我请您注意标牌。”卡尔咬紧牙齿,那先生准是看出来了，因为他说："不必担心。所有的人我们都用得着。"说罢，他把栅栏之间无所事事地走来走去的仆人中的一个招呼过来，说："您领这位先生到技术人员招募处去。"

仆人按字面的意义理解这道命令，拉住了卡尔的手。他们穿行于许多小隔间之间，卡尔已经在一个隔间里看见了小伙子中的一个，他已经被录用，正在和那里的先生们握手向他们致谢。卡尔被领进一间招募处，在这间招募处里，正如卡尔已预料到的，事情的经过与第一间招募处的相类似。只是，由于人们听说他上过一所中学，人们就由此处把他送进曾上过中学者招募处。可是当卡尔在那儿说，他上过一所欧洲的中学，那儿的人也声明无权受理，让他到欧洲中学生招募处去。那是最靠边上的一个隔间，不仅比所有其他的都小，而且甚至还矮。把他领到了这儿来的那个仆人对这番长途跋涉和频频遭拒绝感到愤怒，他认为这全是卡尔一个人的过错。他不再等待提问，而是立刻扭头就走了，这个招募处大概也是最后的庇护所了。当卡尔一眼瞥见招募处主任时，他对此人酷似一个也许现在还在家乡一所中学教书的教授几乎感到大吃一惊。诚然，正如很快就表明的那样，只在个别部分存在容貌的相似之处；但是那副架在宽大鼻梁上的眼镜，那部金黄色的、像珍玩那样保养得很好的络腮胡子，那微微弯曲的后背以及那总是出其不意爆发出来的响亮的噪音使卡尔还惊讶不已了一些时光。幸好他也不必非常专心致志，因为这里办手续比在别的招募处简单多了。这里虽然也把他没有身份证登记在案，招募处主任称这是一种不可思议的疏忽，但是在这里占上风的记录员很快略过这一点，在主任提过几个简短的问题之后，正要提出一个比较重大的问题的时候就宣布卡尔已经被录用。主任张着嘴向记录员转过身去，记录员却作了一个最后总结性的手势，说了声"录用了"，并且也立即将这一决定登记入册。记录员显然是认为，是一名欧洲中学生，这已经就是某种十分可耻的事情了，所以谁声称自己是，旁人尽管可以放心地相信他的话。卡尔本人对此没什么好反对的，他向他走过去，想感谢他。但是当人们现在问他的名字时，他还迟疑了片刻。他没有马上回答，他羞于说出并让人登记上他的真实名字。只要他在这里哪怕只是得到最卑微的职位并圆满地履行职务，那时人们就可以知道他的名字，可是现在不行；既然他已经隐姓埋名这么久了，现在也大可不必泄露出真名来。由于他一时想不出别的名字来，所以他就说了个他在最近几个工作岗位上用的名字："内格罗。""内格罗？"主任问，摇摇头并做了一个鬼脸，仿佛卡尔现在已经达到了难以置信的顶点了，记录员也用审视的目光凝视了卡尔片刻，但是随后他重复了一遍"内格罗"，便将这名字登记上册。

……

卡尔鞠躬告退，然后他也想向另外那位先生告别，可是此人却仿佛自己的工作已经完全结束了似的，脸朝着天，已经在平台上来回踱起步来了。就在卡尔下去的当儿，梯级旁边的告示牌上升起告示："内格罗，技术工人。"

由于这里的一切进行得井然有序，所以倘若告

只有像"俄克拉荷马大剧场"这样的地方才会"录用"卡尔，因为这里"每一个人都受欢迎"，这里是这样"不真实"！这样"梦幻"！

作为一名"欧洲中学生"是卡尔的一个身份，但这个身份是"十分可耻的事情"。在"美国"看来，这正是卡尔被"放逐"的重要原因。

羞于说出并登记真名，然后给自己"内格罗"（黑人）的标注。这是将自己完全"丢失"以获得新生，或者说是将自己彻底"清洗"以"融入"另一个社会。

"融入"的前提是"丢失"，"丢失"得越完全，"融入"将会越全面深入。

如果"融入"是人类的"救赎"之路，那么哪一种"融入"才是真正的"救赎"？

示牌上亮出他的真名，卡尔也不会再对此表示多大遗憾的了。甚至一切都安排得极其认真细致，因为还在梯级下端卡尔就已经受到一个仆人的迎候，此人将一条臂章系在他的胳臂上。卡尔随后抬起胳臂，想看清臂章上写着什么，这时，他看到，那上面一字不差赫然印着“技术工人”的字样。

……

一位瘦削、矮小的先生爬上人事处长站立的那张条凳，他几乎都没有草草鞠一躬，而是立刻就神经质地伸出双手指点起来，他们大家应该怎样集合、整队和开拔……

……谁也没有带行李，唯一的一件行李就是那辆童车了，它在这支队伍的最前面，在父亲的驾驭下像悬浮着似的上下跳动着。何等可疑的无产者在这里汇集在一起并受到了如此好的款待和照管呀！那个带队人对他们简直是关怀备至。一会儿他亲自用一只手抓住童车的操纵杆并举起另一只手给大家鼓劲，一会儿他到最后一排人的后面督促，一会儿他沿着队伍两侧跑，瞅准了队伍中个别跑得慢的人，挥动着双臂试图向他们表明，他们必须怎样跑才对。

当他们到达车站时，火车已经作好出发的准备。火车站上的人对这批人指指点点，人们听到种种叫喊声，诸如：“这些人全都是俄克拉荷马剧场的！”这剧场的知名程度似乎大大超过了卡尔所估计的，当然他也从来没有关心过剧场的事。这支队伍包乘一整节车厢，带队人比乘务员更急切地催大家快上车。他先察看每一个隔间，不时安排些什么，然后他自己才上车。卡尔偶然得到一个靠窗的位置，把吉阿科

“谁也没有带行李”！卡尔从欧洲带来的伞和箱子，一抵达美国就“丢失”了。现在要“开拔”到一个新地方去，当然谁也不能带行李了！对卡尔而言，这是进一步的“丢失”！

但有一件行李——“童车”。这是否意味着这确实是人类的一个“新世界”？但它又是如此“不真实”！这是不是卡夫卡自己所说的“难以把握”？

随着火车的远去，已“一无所有”的卡尔真的“失踪”了！

火车要将卡尔载到哪里去？是一个怎样的“新世界”？

莫拉到自己身边。就这样，他们俩紧挨着坐在一起，打心眼里都对这趟旅行感到高兴。他们在美国还从未这样无忧无虑地旅行过。当火车启动时，他们从窗户向外挥动双手，而他们对面的小伙子们则互相推推搡搡觉得这滑稽可笑。

他们行驶了两天两夜……

头一天他们穿行过一座高山，暗蓝色的悬岩以其尖尖的楔子向列车逼近，人们从窗户向外探身，徒劳地寻找着峰顶，幽暗、狭窄、被撕裂的山谷张开着，人们用手指头指引着那些山谷渐渐隐去的方向，宽阔的山涧在连绵起伏的丘陵上像巨浪一样匆匆涌来，夹带着万千汹涌的泡沫浪花。它们从火车驶过的桥下奔腾而过，它们离人如此之近，以致它们那凉丝丝的气息让你的脸冷得打战。

（张荣昌　译）

（选自《卡夫卡全集》第2卷）

勃罗德说这篇小说是探索“个人进入社会”的可能性，同时也是“个人进入天国”的问题。这似乎是对“自由”理想的认同。

但小说最后的描写隐隐地透露着某种不祥的消息——“那凉丝丝的气息让你的脸冷得打战”。这又回到了卡夫卡小说的“自我解构”的迷宫。

有人说，“美国”就是卡夫卡逃离布拉格的策略。但卡夫卡终究没有可能逃离，他只是越陷越深，在各种人生的“纠结”中越陷越深。这也许正是卡夫卡这篇小说异常“痛苦”地“难产”的原因吧。

一条狗的研究(节选)

《一条狗的研究》约写于1922年春，题目系1931年发表时由勃罗德所加。这是卡夫卡很难“读通”的小说之一，解读者各持异见，此处不一一陈说。这里节选小说的前半部分，略作阐述。

小说的第一句话给了我们这样一个切入的角度——期待生活发生变化，但这种愿望没有得到满足。这是什么样的期待？到底有没有一些变化？怎样面对这样的生活？这些问题吸引我们往下读。

我的生活发生了多大的变化，其实，它根本就没有发生过什么样的变化！现在，每当我回首往事，回想起我作为狗的成员在狗类当中生活的岁月，分担过他们的各种忧虑，仔细一看，我终究发现，这里向来有点儿不正常，存在着一条小小的裂缝。在那些狗类举办的非常令人崇敬的活动中，我总有些不愉快的感觉。的确，有些时候，不，不是有些时候，而是经常，即使是在朋友的圈子里，我只要看到一只我喜欢的狗，只要一看到，尽管是用新的眼光看，我就会感到尴尬、惊慌、手足无措，甚至感到绝望。我做了些努力来劝慰自己，那些我曾向他们吐露自己心事的朋友，出于好心也来帮助我，于是，我又得以获得较为清静的时期，在这段时期里，虽然仍有那些使人惊异的事，迫使我能较为冷静地对待它们，较为沉着地把它们纳入我的生活，也许它们使我感到悲伤和厌倦，但是另一方面，尽管有着这些惊异的事，我从根本上说，仍然是一只正规的狗，尽管有些冷淡、矜持、谨小慎微和精打细算。没有这段休息时期，我怎么会达到我现在享有的年龄呢？没有这段休息时期，我怎么会获得安宁呢？有了这份安宁，我才能观察我青年时代的恐惧，忍受老年的惊吓。没有这段休息时期，我怎么会想到，从我的——我得承认——

此处进一步强调，“我”并没有本质上的变化，依然在同类中。

不幸的，或者说得更小心些，不很幸运的气质中得出结论，而且几乎完全按照它们去生活呢？我现在离群索居，孤家寡人，只从事一些毫无指望的但对我来说不可缺少的小小的研究。但是，我并没有因为研究而远离我的人民，看不到它的全貌，相反地，经常有消息传到我这儿来，我有时也给朋友们写信。人们尊敬我，不理解我的生活方式，但对它并不见怪。就连年轻的狗，新一代的狗——对它们的童年，我几乎只有一些模糊的记忆——当我有时在远处看到他们跑过的时候，也对我毕恭毕敬地敬礼问候。

可不要忘记，尽管我的行为显得古怪，但我毕竟并没有完全丧失狗的本性。每当我考虑这件事——我有时间，也有兴致和能力去考虑——我便觉得，我和狗类有着不可思议的关系。我们的周围，除了我们狗之外，还有各种各样的生物，可怜的、瘦小的、一言不发的、只会叫几声的生物。我们狗当中的许多狗研究这些生物，给他们取名字，试图帮助他们，教育他们，使他们变好，诸如此类等等。对我来说，只要他们不试图打扰我，我就无所谓，我把他们搞混淆了，也不去理会他们。但是，有一点非常突出，以致我必须加以指出，这就是说，和我们狗类相比，他们很少能团结在一起。他们相互走过的时候，总是像陌生人和哑巴一样，而且还带有几分敌意。只有那最共同的利益能将他们在表面上稍许联系在一起，而且从这一利益中甚至还会产生出仇恨和争吵。我们狗类则相反！也许可以这样说，我们大家简直生活在一个唯一的群体里，尽管几百年来有关种类划分的大量而深入的研究证明，我们大家实际上迥然

“我”的气质——“离群索居”、“孤家寡人”；从事“小小的研究”；也因此，同类尊敬“我”，但不理解“我”。尊敬是“我”的研究在他们之中（为他们减轻痛苦），不理解是“我”的特立独行。

“我”的研究使“我”有了许多发现。

除狗类之外，他类生物“可怜”、“瘦小”、“一言不发”、“只会叫几声”。因此狗类高高在上地总想着要“帮助”、“教育”他类。

不难看出，小说实际是以“狗”喻“人”。“狗类中心主义”实指“人类中心主义”。

对群居的渴望！“群居”是人类的渴望，更是犹太人的渴望。犹太人自从公元1至2世纪被罗马帝国赶出居住地巴勒斯坦地区后，直至1948年才建立以色列国。他们在一千多年的被驱赶、被杀害的悲惨境遇中，比其他任何民族都有着更强烈的“对温暖地聚集在一起的渴望”。

但期待“群居”，恰恰是因为“相互隔得很

远”，每个人都在自己世界中。这也正是人类的生存悖论。卡夫卡深陷其中，极力想突破，但突破又宿命地不可能。因此，只能在痛苦中煎熬。难道“煎熬”就是人类的救赎之路？

各异。大家都生活在一个群体里！我们相互挤在一起，什么都无法妨碍我们对这拥挤感到满足，我们所有的法律和公共设施——少数的我还知道，无数的我已经忘记——溯源于对那最大的、我们能够达到的幸福的渴望：对温暖地聚集在一起的渴望。但是，在这方面，也产生了对立面。据我所知，没有任何生物像我们狗这样如此分散地生活着，没有任何生物有这么多的、简直无法明了的等级、种类和职业的差别。我们总想团结在一起，而且在那些感情奔放的时刻，我们总能成功地聚集在一起，但是从另一方面说，恰恰是我们相互隔得很远，各自从事着自己特有的、旁的狗往往无法理解的职业，遵守着那些并非是我们狗类的规章制度；更确切地说，甚至反对我们狗的规章制度。这是些多么复杂的事情，宁肯不要去碰它们——我也理解这种观点，而且对它的理解胜过于我对自己看法的理解——然而，我却完全沉醉于它们。我为何不像其他狗那样去生活呢？我应该和我的人民和睦相处，默默地接受干扰这一和睦的言行，把它当作一次大计算中的小错而加以忽略，始终转向那使人民幸福地结合在一起的事物，而不转向那把我们从人民圈子里拉出来的事物，当然，后者一再发生，而且不可抗拒。

我想起了我青年时代发生的一件事情，我当时处在一种非常幸福却无法解释的兴奋状态之中，类似的兴奋状态，我还不止一次地经历过，而每个作为孩子的人或许正在经历这种种的兴奋状态。那时，我还是一只非常年轻的狗，我喜欢一切，一切都跟我有关系，我相信，在我的周围即将发生一些大的事

尽管“年轻”时“渴望”有大的变化——

情，我将是他们的首领，必须为他们摇旗呐喊；我还认为，有些东西，如果我不为他们去跑，不为他们晃动我的身躯，就必然悲惨地停留在地面上，现在看来，这一切不过是孩子们的幻想而已，随着岁月流逝，它们也将烟消云散。可是在当时，这种种想法却十分强烈，并把我完全迷住了，当然，后来也确实发生了一件异乎寻常的事，它似乎说明，我那些狂热的期待是对的。就其本身而言，那件事一点儿也不特别，在往后的日子里，我还碰到过许多类似的事情和比它们更加奇怪的事情，但是在当时，这件事情深深地刺痛了我，给我留下头一个强烈的、不可磨灭的、对许多后来的印象起决定性作用的印象。

“发生大的事情”，但最终一切“将烟消云散”。

因为我遇到一小群狗，更确切地说，我没有遇到他们，是他们朝我走来。我当时在黑暗里长时间地奔跑，预感到——预感当然容易迷惑人，因为我经常有预感——即将有大事发生，我长时间地在黑暗里奔跑，漫无目的地交叉来回，对一切置若罔闻，心里只有一个模糊不清的渴念。当我感觉到我已到了正确的地点的时候，我突然停住脚步，抬头一看，发现此时已是大白天，只有少许雾气，周围的一切充满了胡乱起伏和令人陶醉的气味，我向喧闹的早晨问候，这时，七条狗——仿佛我用咒语把他们召来似的——从某个黑暗的地方发出一声我还从未听到过的可怕的噪音，然后走到了有光亮的地方。要是我没有看清楚，这是一些狗，而且这噪音是他们自己带来的，虽然我无法认识到，他们是怎样发出这噪音的，那我早就跑开了，可是我并没有跑开，而是停了下来。当时，我对这只授予狗类的创造性的音乐天

“渴望”不可抑制。

上帝“只授予狗类的创造性的音乐天赋”在七条音乐狗身上得到了体现。七条音乐狗演奏的奇特表现，就是“我”期待“发生的大事情”。

小说是否想以此表现对普通“狗类”生活的否定？是否想以此来突破“狗类”被自己囚禁的生活？

这次“奇迹”的发生，使“我”的“狗生”改变——“我”开始了一生“奇迹”的研究：研究“飞狗”，实验以证实食物的起源，“绝食”进入到“自由”之境——最终，创造了自己的“奇

迹""狗生"。

小说是否以此传递着创造自我奇迹来救赎自我的主旨?

赋还几乎一无所知,由于至今我的观察力才慢慢发展起来,所以我自然没有注意到它,但是,这种音乐毕竟从我的婴儿时代起就在我的周围鸣响,我把它当作理所当然的和不可缺少的生活要素,丝毫也不把它跟我惯常的生活分开,人们根据孩子的智力水平,试图以各种暗示向我指明这一点,所以,当我看到那七位伟大的音乐艺术家的时候,感到更加意外,简直令我倾倒。他们不说,也不唱,几乎以一种大的强忍精神,普遍保持沉默,但是,从这空荡荡的场地里,他们像变戏法似的变出了音乐。一切都是音乐,他们脚的一起一落,头部的某些转动,他们的奔跑与止步,他们彼此采取的姿势;他们相互结合,形成轮舞那样的场面,例如,某个音乐家把他的前爪搭在另一个音乐家的背上,然后,他们依次这样做下去,以致头一个音乐家直挺挺地担负起所有其他音乐家的重量;或者他们用自己垫在地面上的身子构成各种相互交错的图形,而且绝不会出错;甚至最后那个音乐家也是如此,虽然他还不够熟练,老是不能立即与同伴连接上,有时在旋律响起时显得有些摇晃,但是,这种不稳只是与其他人的熟练相比较而言的,而且,即便是相当的不稳,甚至是完全的不稳,观众绝不会感到扫兴,因为其他的大师们牢牢地掌握着节奏。然而,人们又几乎看不到他们,的确,几乎看不到他们中的任何一个。他们刚才不知从哪里钻了出来,<u>人们是从心底里把他们当作狗来欢迎的</u>,虽然伴随他们而来的喧闹声曾把观众弄得头脑发昏,但是,他们毕竟是狗,像我和你一样的狗,我是出于习惯把他们当作像是路上遇到的狗而加以观察的,我想走

迷恋细节的卡夫卡将想象中的"狗类音乐会"表现得"惟妙惟肖"、精彩绝伦。

"从心底里"的欢迎,表明音乐狗的演奏奏出了大家的心声。

近他们，和他们互致问候，他们也离我很近，这是一群狗，岁数虽比我的大得多，也不是和我一样的毛茸茸的长毛狗，但是他们的个子与身材，我并不感到太陌生，相反地，还相当熟悉，这样的狗或类似的狗，我见过不少，可是，正当我还沉浸在这些思考之中的时候，音乐声已逐渐增大，全然把我抓住，并把我拖离开这几条真正的小狗，于是，我完全违反自己的意愿，全力进行反抗，像疼痛时那样大声号叫，此时，我所能听到的就只有音乐，那从各个方向，从高处、低处和四面八方传来的音乐，这音乐以这位听众为中心，铺天盖地地向他袭来，将他压倒在地上，他在快被消灭的时候，仍在近处——实际上已经在远处——隐隐约约地听到军号声。然后，它又放开了我，因为我被彻底击垮，精疲力竭，极度虚弱，根本无法再听下去。我获得了自由，可以观看这七条小狗的列队跳跃表演。尽管他们看上去很不乐意，我还是想祈求他们，向他们讨教，问问他们究竟在这里干些什么——当时我是个孩子，总以为可以向任何人提问——，但是，我刚一开口，好不容易才感到我与这七条狗之间友好、亲密和像狗一般盲从的关系的时候，他们的音乐又再次响了起来，把我弄得不知所措，我围着圈子打转，仿佛我也成了这些乐师中的一员，而实际上我不过是他们的牺牲品。不管我如何祈求宽恕，乐声总是把我抛来抛去，最后，他们把我推进了一片树丛，把我从他们自己的暴力中拯救出来。直到现在，我一直未发现这地区的周围长着这片丛林，现在，我被困在它的当中，沮丧地低着头，虽然这儿的旷野里还响着雷鸣般的音乐，但我终究可

音乐的力量之大，不可抗拒。为何有如此力量？“以这位听众为中心”，表明音乐是听众的真实心声。

有一种强大的力量选择了“音乐狗”，它们竭尽全力的表现并非自觉，而是“绝望”。

这是“卡夫卡式”的消解：“奇迹”是对生活的改变，但“奇迹”表

现者不能创造“奇迹”。因此，生活终将不能由自己的努力改变，只能对命运泰然处之。

这又是一种生存悖论。

以喘口气了。说真的，与其说我对这七条狗的艺术感到惊奇——我既不理解它，也和我的能力完全联系不上——不如说我对他们那种完全听凭其创造物摆布的勇气惊异不已，不仅如此，我还钦佩他们那种在困难面前百折不挠、对命运处之泰然的力量。当然，当我现在从自己的藏身处更加仔细地观察时，发现他们并不那么泰然，而是非常紧张，表面上看，他们腿的动作非常平稳，其实每走一步的时候，腿部不停地颤抖，可怕地抽搐。他们用近乎绝望的目光彼此凝视着，他们的舌头刚一收回到嘴里，马上又从嘴里耷拉下来。使他们如此激动的，不可能是由成功引起的害怕；谁要是敢于做出这种举动，不可能再感到害怕。——有什么可以害怕的呢？有谁强迫他们在这里做出这样的举动呢？我再也不能克制自己了，尤其是当我现在看到他们莫名其妙地需要我的帮助的时候，于是我用盖过所有喧闹声的嗓门，大声地喊出了自己的问题，并要求得到回答。然而——不可理解！不可理解！——他们并没有回答，仿佛我根本不存在似的。而一只狗要是对同类的呼唤拒不回答，无疑是违背良好的社会习俗的，这一点，无论是最小的狗，还是最大的狗，都是绝对不可原谅的。难道这些不是狗吗？他们怎么不是狗呢？我现在更加仔细地倾听，甚至听到了他们用轻声的呼唤相互激励，相互提醒对方注意各种困难，防止各种错误。我还看到那只走在最后的最小的狗——大多数的呼唤是针对他的——他不时地朝我偷看，仿佛很愿意回答我的问题，但又竭力忍住，因为回答是不允许的。可是为什么不允许呢？我们的法律总是无条

卡夫卡的作品一直在对同类（人类）的生活提出质疑——“不可理解！不可理解！”但直到他离开人世也没有多少人理睬他。这是“不可原谅”的社会原罪——社会永远如此“愚顽不化”，先知先觉者永远孤立无援。

件地要求人们回答问题，为什么这一次却不允许呢？我怒火中烧，几乎忘记了音乐。此地的这些狗触犯了法律。不管他们是多么了不起的魔术师，也应该遵守法律，这是我这个小孩子也很清楚的道理。从树丛里望出去，我还觉察到更多的东西。假如他们是出于负罪感而沉默，那么，他们的确有理由保持沉默。由于沉溺于音乐，我到此时才发现他们的所作所为，他们简直不知羞耻，这些卑鄙的家伙同时干着最可笑的和最不正经的事情，他们用两条后腿直立着行走。呸，见他的鬼去吧！他们脱光了衣服，赤条条地卖弄自己；他们对此扬扬得意，如果他们一时受良好的本能的驱使，把前腿放下，就会大吃一惊，仿佛天性是一种错误，于是又迅速地举起前腿，他们的目光似乎流露出请求观众原谅的神色，因为他们不得不暂时中断自己的罪孽。世界颠倒了吗？我到底在什么地方？到底发生了什么事？为了我自身的生存，我不能再犹豫了。我摆脱了将我团团围住的树丛，一跃身从中跳了出来，打算朝那几条狗跑去，我这个小学生必须成为教师，必须让他们明白，他们究竟干了些什么，必须劝阻他们不要继续去干伤天害理的事。“这么大年纪的狗，这么大年纪的狗了”我接连重复着说。然而，就在我刚刚获得自由，离这些狗只有两三跳远的时候，喧闹声又响起来了，而且铺天盖地地向我袭来。要不是另外一种清晰、严厉、始终不变的声音，以其所有的洪亮——这洪亮是可怕的，但也许毕竟是可以克服的——从老远的地方向我传来——也许这声音就是喧闹声的内在旋律——迫使我屈服，也许，我加以努力，是会受得住这种我

这是一个颠倒的世界！狗类竟然“用两条后腿直立行走”！但这种“颠倒”的“内在旋律——迫使我屈服”，最终将“我”完全征服。

“音乐狗”事件，隐藏着作家内心的犹疑、惭愧以及对自身生存方式的忏悔，明示着对“奇迹”般生活的渴望。

早已熟悉的喧闹声的。哎,这些狗制造出来的音乐,具有多么大的诱惑力啊!我无计可施,再也不想教训他们,就让他们继续叉开双腿犯罪作孽去吧!就让他们诱使别的狗犯下袖手旁观的罪孽去吧!我不过是一只微不足道的小狗,谁能要求我承担起如此艰巨的任务呢?我使自己变得更加渺小,我开始哀鸣起来,如果此时那些狗为此征求我的意见,我也许会承认他们做得对。顺便提一下,过不了多久,他们就带着所有的喧闹声和亮光,重新消失在黑暗中。

"奇迹"不可能一直存在,否则就是"庸常"了。因此,"音乐狗"不久"消失在黑暗中"是必然。这也就注定了"我"的追求也会"消失在黑暗中"。这又是"卡夫卡式"的消解:"喧闹声"与"安静"、"亮光"与"黑暗"相伴相随,相生相克。

……

那时,我开始研究一些最简单的问题,我并不缺乏材料,恰恰相反,正是由于材料过多,使我在那些黑暗的日子里陷入了绝望。我开始研究,狗类是以什么为食物的。这当然不是一个简单的问题。自远古以来,我们一直在研究它,它是我们思考的主要对象。在这个领域里,充满了无数的观察、实验和观点,它已成为一门科学,其规模之宏大,不仅超越了个别狗的理解力,而且超越了所有学者的理解力,只有整个的狗类联合起来,才能承担起研究这门学问的重任,但是,即使是整个的狗类,也只是唉声叹气地勉强承担起这一重任。在那古老而且早就被人占用的庄园里,石灰老是从墙上剥落下来,得费很大的劲才能把它补上,至于我在研究中遇到的种种困难,以及种种几乎无法实现的条件,那就更不用提了。对于这一切,人们无须进行辩驳,任何普通的狗,包括我在内,都知道这一切。我并没有想到要干预这门真正的学问,我理所当然地对它怀有十分尊敬的心情,但是我无法充实它,因为我缺乏知识、勤奋、宁

"音乐狗"事件引发了"我"对"狗类"生存的本质问题的研究——"以什么为食物"?说白了,就是——"人类凭什么活着"?或者说,"人活着的意义何在?"

这是人类的本原性问题。

静和胃口，后者在最近几年尤其缺乏。我狼吞虎咽地吞下食物，但事先压根儿不想对农业进行最起码的有条理的研究。在这方面，我觉得一切科学的提要，即母亲让婴儿断奶，使之步入生活时所说的“尽你的可能，把一切弄湿”这条小小的规则，就已经足够了。这条规则岂不是几乎包含了一切？从我们的祖先起就已开始的研究，又能增添多少举足轻重的内容？细节、细节，一切是多么的靠不住！而只要我们仍然是狗，这条规则就将永远存在。它涉及我们的主食。诚然，我们还有其他的辅助手段，但在紧急情况下，或者在年岁不太大的时候，我们可以靠这主食过活，我们在地上找到这种主食，而土地需要我们的水，以它为食物，只有我们付出这一代价，土地才会给我们提供食物。当然，我们可以通过某些咒语、歌唱和动作，加速食物的出现。在我看来，这就是全部的内容；从这方面来说，根本无须再提这件事。在这一点上，我和大多数的狗是一致的，任何与此相违背的异端邪说，我都严加拒绝。说实在的，我觉得这与癖性无关，也谈不上什么刚愎自用，如果我能和同胞们看法一致，我定会感到高兴，在这个问题上正是这样。然而，我的行动却采取了另外的方向。从表面现象看来，如果按照科学的规则对土地进行浇灌和耕作，它就会给我们提供食物，而且在质量、数量、方式、地点和时间上符合于完全地或部分地被科学确证的规律。这一点我也接受，但我要问的是：“土地是从何处弄到这食物的？”对这个问题，人们往往假装作没听懂，至多这样回答我：“你要是不够吃，我们可以把我们的食物分给你一点。”我重视这个回

以“主食”过活。尽力为土地浇水，土地便长出食物，“狗类”便以此为生。

这也是值得研究吗？值。“我”在研究中发现：“狗类”所能做的只是如何使食物生长，并不能真正证明“何处弄到这食物”。

这个问题不能解决，还能期待“我”的研究有本质性的解决吗？

这与小说的开头有了内在的呼应。

答。我知道：把我们在某次弄到的食物拿去平分，这不是我们狗类的长处。生活是艰难的，土地是龟裂的，科学富于知识，但是实际的成果却少得可怜。因此，谁有食物，就留着自己享用。这不是自私自利，相反地，这是狗的法则，是人民一致作出的决定，它源于克服自私的愿望，因为拥有食物的人毕竟是少数。所以，"你要是不够吃，我们可以把我们的食物分给你一点"这句回答，只是一句常用的成语，一句玩笑话，一种戏弄。我并没有忘记这一点。但在当时，当我带着自己的问题周游世界的时候，人们并没有嘲笑我，这对我来说，意义就更加重大了；尽管人们从来也不给我东西吃——你叫他们到哪儿去取食物呢——即使他们刚巧有食物，也自然会因为饿得发狂而不考虑我的需要，但他们的诚意是不用怀疑的。有的时候，要是我抢得快，也的确能得到一点小东西。我不明白，他们干吗待我这样特别，这样爱护，这样优待？是因为我是条瘦弱、营养不良的狗呢，还是因为我很少为食物操心？但营养不良的狗比比皆是，而且到处乱跑，甚至他们那少得可怜的食物，也被别的狗从嘴边抢走，这往往不是出于贪欲，而是出于原则。不，他们是偏爱我，我虽然拿不出具体的证据，但的确有这样的印象。是不是他们对我的问题感到高兴，觉得它们很聪明呢？也不是，他们并不高兴，而且认为我所有的问题都很愚蠢。总之，引起他们注意的，只可能是我所提的那些问题。看样子，他们宁肯作出巨大的牺牲，用食物堵住我的嘴——他们没有这样做，但有这种意图——也不愿容忍我的提问。要是这样的话，他们就会更加巧妙

"留着自己享用"是"法则"。这是以"自私"的方式克服"自私"。这又是一种生存悖论。这一悖论彰显的是人类自私不可改变的本质。

消除提问者提问的最有效的方式是用食物"堵嘴"，但对"我"无效。"我"具有不可

地把我赶走,禁止我提出问题。不,他们不想这样做,他们虽然不愿听我的问题,但是恰恰因为我的这些问题而不想把我赶走。虽然他们对我百般嘲弄把我作为一头愚蠢的小动物来对待。把我推来推去,然而,那段时间却是我声望的鼎盛时期,后来再没有出现过类似的情形。那时,我到处都可以进入,谁也没有阻拦我,人们找借口粗暴地对待我,实际上却百般地奉承我。人们之所以这样做,完全是因为我的问题、我的急躁和我的研究欲。是不是他们想以此麻痹我,不以暴力,而是以近乎爱的方式,使我离开一条错误的道路,而这条道路的谬误显然还没有到达允许他们使用暴力的程度?——一定的尊敬和畏惧也能防止暴力的使用。那时我已有这样的感觉,现在则是一清二楚,而且比当时持这种看法的人知道得更加清楚。的确,他们当时想把我诱离开我的道路。他们没有成功,而且适得其反,我的注意力更为集中。我甚至发现,想诱惑别人的其实是我,而且我的诱惑的确取得了一定的成功。多亏狗类的帮助,我才开始明白自己的问题。例如,当我问"土地是从何处弄到这食物的"时候,是否有迹象表明,我在关心土地,关心土地的忧愁呢?根本不是这么回事。不久我就认识到,土地和我毫无关系,我只关心狗,别的什么也不关心。因为除了狗以外还有什么呢?在这广阔而杳无人烟的世界里,除了狗我们还能呼唤谁呢?一切知识,所有问题和答案的总和,均已包含在狗的身上。要是能使这些知识发挥作用,把它们揭示出来,该多好啊!要是他们知道的东西不比他们承认的和他们对自己承认的要多得多,那

战胜的坚韧性、坚定性。

在被"堵嘴"的过程中,"我"的声望反而达到鼎盛。这也是人类的那些特立独行者常有的"待遇"。

"我"的所有努力都与"狗"有关,都只与"狗"有关。"我"所做的一切都为了"狗"!但"狗"们沉默着,麻木不仁!"我"越努力,越陷入孤立无援中。

卡夫卡因为与社会的距离而痛苦、孤独,又因为对社会深情"研究"而获得解救,争得自由。

卡夫卡对自己的人生深感失败。他说:失败"不是因为人的生命太短暂,而是因为它是人类的生命"、"无论

该多好啊！就连最健谈的狗也比通常放最好的食物的地方更难于接近。你蹑手蹑脚地围着你的同类打转，垂涎欲滴，用自己的尾巴痛打自己，提问、恳求、吠叫、撕咬，得到你不费吹灰之力也可以获得的东西：深情的倾听，友好的触摸，光荣的嗅闻，热烈的拥抱，我的号叫和你的号叫混合成为一体，一切都是为了这个目标，一种迷醉、忘却和发现。但是，你首先想达到的目标，即承认知识，却始终没有达到。如果你把诱惑推向极端，那么对这个请求——不论是无声的还是大声的——回答，至多也不过是麻木的表情、乜斜的目光，以及低垂而无神的眼睛。这跟我在那时看到的情形相差无几，当时我还是个孩子，我大声招呼那七条演奏音乐的狗的时候，他们却沉默不语。

……

（洪天富　译）

（选自《卡夫卡全集》第1卷）

我走向何方，都有黑浪迎面扑来”。但卡夫卡所言“失败”不是个体人生普通意义上的失败，而是人类整体性意义上的不可超越性。他也正是以这种自我否定的方式逼进人生深处，抵达人性真理，寻求救赎之路。

约瑟芬，女歌手或耗子的民族（节选）

我们的女歌手名叫约瑟芬。没有听过她歌唱的人，是不会知道她歌唱的力量的。没有人不被她的歌声所吸引，这一点，由于我们这代人总的说来不喜欢音乐，所以更加值得赞誉。我们最喜爱的音乐是宁静的和平；我们的生活艰难，即使我们有朝一日设法摆脱了日常生活的忧虑，我们也不可能使自己升华，获得类似音乐这种远离我们惯常生活的东西。但是，我们并不因此而深感悲痛；我们压根儿不可能发展到这种地步；我们认为，我们最大的优点是某种实用的狡猾，当然，我们也非常迫切需要这种狡猾，不论遇到什么事，我们总习惯于用狡猾的一笑来安慰自己，即使我们有一天感到，应该要求得到也许来自音乐的幸福，但我们并没有这样做。唯独约瑟芬是个例外：她热爱音乐，也懂得介绍音乐；她是唯一的一个；要是她死了，音乐也会随之从我们的生活中消失，天知道会消失多长时间。

我常常思考，对这种音乐到底应该采取什么样的态度。我们毕竟对音乐一窍不通；我们理解约瑟芬的歌唱，或者由于约瑟芬否认我们的理解能力，以为至少能理解她的歌唱，这怎么可能呢？最简单的回答也许是：她的歌唱的确太美了，就连最迟钝的感

本篇写于1924年3月，是卡夫卡创作的最后一篇小说。这里节选小说的前半部分，略作阐述。关于小说的意旨尽管也有许多说法，但多数人认为，这是卡夫卡一生的艺术思考与创作的总结。这样，小说中的耗子王国可理解为犹太王国，歌手约瑟芬就是卡夫卡自己了。

与《一条狗的研究》一样，本篇的开头也提供了读者一个进入小说的角度——约瑟芬的歌声怎样吸引她的听者。

她是“唯一的一个”热爱音乐、懂得介绍音乐的人。请注意：“热爱”与“懂得”缺一不可。两者的结合，才会产生震撼人心的艺术力量。小说基本上从这两个角度表现约瑟芬歌声的力量之源。

卡夫卡对小说的热爱到了可以拒绝包括婚姻在内一切影响

它纯净的因素的地步；他对小说的理解高度与纯度，在许多方面让后人至今还不能完全破解。

官也无法抗拒它，不过这种回答并不能使人满意。假如果真如此，那么，我们在听到这种歌唱的时候，想必最初会觉得它不同凡响，而且始终会有这样的感觉，仿佛从她的喉咙里发出的声音是我们以往从未听到过的，我们甚至也没有能力听这歌声，只有这个约瑟芬才能使我们听懂它，而任何旁人却是无能为力的。然而在我看来，这种看法一点儿也不合乎实际情况，我就没有这种感觉，也没有发觉其他的人有类似的感觉。在知心朋友的范围内，我们相互坦率地承认，约瑟芬的歌唱，作为一种歌唱来说，一点儿也不特别。

这究竟是不是歌唱呢？我们尽管缺乏音乐天赋，但却有歌咏的传统；在我们这个民族的古代就有歌唱；传说里就曾讲到过这点，甚至歌曲还保存了下来，当然，在今天，谁也不会再去唱这些歌曲。所以说，对什么是歌唱，我们毕竟有一种先觉，而约瑟芬的艺术本来就不符合我们的预感的。那么，约瑟芬的歌唱到底是不是一种歌唱？会不会只是在吹口哨？吹口哨我们大家当然都很熟悉，这是我们民族固有的艺术技巧，或者更确切地说，根本不是技艺，而是一种独特的生活表现形式。我们大家都会吹口哨，但是谁也不会想到把它冒充为艺术，我们吹口哨时，并没有注意到这一点，甚至没有觉察到这一点，我们当中的许多人甚至不知道吹口哨是我们民族的特点之一。倘若约瑟芬真的不是歌唱，而只不过是吹口哨，也许，至少像我所觉得的那样，她几乎没有越出一般吹口哨的范围——她也许连一般吹口哨的气力都没有，而一个普通的挖土工人倒能一边干活，

约瑟芬的歌声是民族“独特的生活表现形式”。但一个民族全族人都在自己民族的独特生活中，为何只有约瑟芬的歌声吸引人？

一边毫不费劲地吹上一整天的口哨——倘若一切当真如此，那么，约瑟芬的所谓的艺术家气质虽然会被驳倒，但是这样一来，人们更需解开她为何具有巨大影响这个谜。

可是，她发出的声音恰恰不只是口哨声。倘若你站在离她很远的地方侧耳倾听，或者采取更好的办法考察一下自己在这方面的能力，比方让约瑟芬在其他的歌手中间歌唱，你自己的任务在于从这些声音当中把她的声音辨认出来，这时你能听出来的，肯定只是一种平常的、顶多由于纤细或柔弱而稍显突出的口哨声。但是，如果你站在她的面前，这就不仅仅是一种口哨声了；总之，要了解她的艺术，不仅需要听她唱，而且还要看她唱。即便这只是我们日常吹出的口哨，但在这里它却首先给人一种奇特的印象，即某人装出一副郑重其事的样子，但他所做的无非是一件极为普通的事情。敲开一个核桃确实算不上是一种艺术，因此也没有哪个敢于召集观众，在他们面前敲核桃，以此来为他们解闷。要是有人居然这么做了，而且如愿以偿，那么这就不能仅仅看作为单纯地敲核桃了。或者就算是敲核桃吧，但结果只会证明我们忽视了这门艺术，因为我们毫不费劲就掌握了这门艺术，同时还证明，正是这位敲核桃的新手第一次使我们看到了敲核桃的真正诀窍，假如他敲核桃不如我们中的大多数人那样熟炼，那效果反倒会更好呢。

关键在于她“懂得”！——让大家看到了这种生活的“真正诀窍”，或者说生活的真正秘密。

伯尔格·那格尔说：“犹太民族的遗产是卡夫卡的命运。”卡夫卡的作品尽管从未提及“犹太”二字，但他的作品以独特的艺术形式，让后人读出了犹太民族的全部秘密。

也许敲核桃的事与约瑟芬的歌唱有某些类似之处；我们欣赏她身上的某一特长，而这一特长若是在我们自己身上，我们是不会去欣赏的；顺便提一下，在后面这一点上，她和我们的看法完全一致。有一次我正巧在场，不知哪个提醒她——这自然是会经常发生的——注意全民族都在吹口哨，这只不过是一桩小事，可是约瑟芬却感到受不了。像她当时流露出的那种狂妄自大的微笑，我还没有见到过呢。她，一个外表生来就十分娇柔的女子，即使是在我们这个不乏这类女性的民族里，她的娇柔也是足够突出的，但是在当时，她却显得格外卑鄙；顺便提一下，生性非常敏感的约瑟芬，也许立即觉察到了自己的不是，便镇静了下来。总之，她矢口否认自己的艺术和吹口哨之间有任何的关联。对于持相反看法的人，她只抱以蔑视的态度，还可能怀恨在心。这不是一般的虚荣心，因为跟她作对的这一派人（我也一半属于这一派）和群众一样，同样钦佩她，但是约瑟芬不仅仅要大家钦佩，而且要求大家严格按照她所规定的方式钦佩她，对她来说，单单钦佩是一钱不值的。总之，如果你坐在她面前，你就会理解她；只有在你远离她的时候，你才会反对她；当你坐在她面前时，你就会明白；她在这儿用口哨吹出的东西，并不是吹口哨。

“钦佩”是一回事，用“她所规定的方式钦佩”是另一回事。普通意义上的“钦佩”未必真正懂得她，可能只是一种“膜拜”；只有用“她所规定的方式钦佩”，才算真正懂得她，才算真正尊重她，才算真正尊重艺术。而要做到这一点，只有一个方法——“坐在她面前”——真正走近她，走进她。这也是钦佩一切艺术的方式。

由于吹口哨是我们的一种心不在焉的习惯，所以你也许会认为，约瑟芬的听众里也会有哪个吹起口哨来；她的艺术会给我们带来愉快，而当我们快活的时候，就会吹口哨；但她的听众并不吹口哨，而是像耗子一样一声不响，仿佛我们分享到盼望已久的和平，而这种和平，单靠我们自己吹口哨，至少是无法获得的，我们沉默着。使我们心醉神迷的，是她的歌唱呢，还是她那细弱的噪音周围的肃穆的宁静呢？

作为艺术家的“口哨声”和作为普通人的“口哨声”有着重大的区别。前者营造的是整个艺术的境界，后者只是一种随心所欲的自我释放。因此，前者有一次发生过这么一件事：正当约瑟芬歌唱的时候，有个傻乎乎的小姑娘也天真烂漫地吹起了口哨。怎么，这竟然与我们听到的约瑟芬的歌声一模一样；那里，在前面，是那尽管很熟练，但却始终是怯生生的口哨声，而在这里，在观众中，则是那个出神的女孩子的口哨声；要把两者加以区别，简直是不可能的事；不过我们立即向这个捣乱的女孩发出一片嘘声和唿哨声，尽管这样做压根儿没有必要，因为当约瑟芬洋洋得意地吹起口哨、忘乎所以地张开双臂、把脖子伸得不能再长的时候，这个小女孩肯定会感到害怕和羞愧而溜走的。

再者，约瑟芬总是本性难移，每件小事，每一偶然事件，每一种违抗行为，比方正厅前排座位里发出的咔嚓声，咬牙切齿声，照明干扰，她都认为有助于提高她演唱的效果；在她看来，她毕竟是在为聋子演唱；尽管听众并不缺乏热情，常为她的演唱鼓掌喝彩，可她认为，她早就不指望会有什么知音了。她因此觉得有种种干扰反倒更好；一切外来的、与她的歌唱的纯洁性相对立的干扰，只需稍加斗争，甚至不经过斗争，仅仅用对阵就能加以战胜，这种种的干扰有助于唤醒大众，虽然不能教会他们理解，却也能使他们学会肃然起敬。

小事尚且能助她一臂之力，大事就更不用说了。我们的生活很不安定，每天都带来使人惊异的事，使人惶恐不安，每天都带来希望和恐惧，要是有人每时每刻，不管是白天还是黑夜，得不到同伴的支持，他是不可能忍受这一切的；但是，要得到同伴们的支持，往往相当困难；有的时候，本该由一个人去承担

令人“心神醉迷”，后者在前者面前“会感到害怕和羞愧”。

这是艺术家的信念：艺术一定能征服非艺术，启发非艺术，赢得非艺术的敬重。

这也是卡夫卡的信念。卡夫卡说：“小说选择了一位天才小说家来完成小说的使命。”尽管他常常对自己的创作不满意，但这正是他具有“小说的使命”的表现。

她事实上是以“弱不禁风”之身躯，自觉地承担全体的重托。哪怕不为许多人所理解，也要全力以赴，全力以赴。

卡夫卡在经历了排拒到认同自己犹太人身份的艰难心路历程后，他完全认同了这样的想法：解救犹太人的唯一办法，是在自己的土地上用自己的语言建立一个犹太国家。于是，他投入希伯来语的学习，在病重中依然坚持。他期待自己能尽快掌握自己的母语，并用它来写作，但未能如愿就去世了。

的重担，却把上千个人的肩膀压得颤颤巍巍的。这时，约瑟芬认为她的良机到了。她早已站在这里，这个弱不禁风的女人，胸脯以下抖动得尤其厉害，看了使人害怕，仿佛她把全身的力气都凝聚在歌唱上，仿佛她身上不直接服务于歌唱的一切，诸如每一分力量，几乎是每一滴生机，都被夺走，仿佛她被剥夺了一切，被人抛弃，唯有善良的神灵保护着她，当她如此付出整个身心、忘情地歌唱的时候，仿佛一丝冷风吹过就能将她杀死似的。但是，恰恰在目睹此情此景的时候，我们这些所谓的敌人却习惯于对自己说："她连吹口哨都不会呢；她不得不付出极大的努力，却不是为了歌唱——我们别谈歌唱吧——而是为了勉强吹出几声流行全国的口哨声来。"我们就是这样看的，然而，如上所说，这是一种虽说不可避免但又转瞬即逝的印象。我们很快也就沉浸在大众的感情里，他们身子挨着身子，热情洋溢地屏息谛听。

我们的耗子般的听众几乎一直处在运动之中，他们往往为了不怎么明确的目的而到处乱串，为了把这批听众聚集到自己周围来，约瑟芬多半只有一个办法，那就是后仰着小脑袋，半张着嘴巴，眼睛向上瞧，摆出一副即将歌唱的姿势。她随时随地都可以这样做，不一定要在某个老远就被人看见的地方，任何一个偏僻的、一时高兴选中的角落，同样可以很好地派上用场。她要唱歌的消息马上就会传开，紧接着，大批大批的听众就会蜂拥而来。但有时也会发生故障，约瑟芬喜欢在动荡不安的时刻歌唱，因为在这样的时刻，各种各样的忧虑和困难迫使我们选择各式各样的道路，即使大家都非常愿意去听，也很难像约瑟芬所希望的那样迅速地集合到一起。但是这一次，她只好摆出一副大架子站在那儿，也许过了好久，听众的数目依然不足——这下她当然大为恼火，使劲跺脚，破口大骂，完全不像个少女，她甚至咬牙切齿。但是，就连这样的行为也无损于她的名声；人们非但不想遏制一下她那些过分的要求，反而极力迎合她；人们派出了信差，以便把听众接来；这可是瞒着她干的；于是人们看到周围的道路上布置了岗哨，这些岗哨向来者招手示意，让他们加快步子；这一切不断地进行着，直到最后凑齐了相当数量的听众。

歌手约瑟芬与听众之间的关系是召唤与听命的关系。但这种关系的实现并非坦途，常常伴有险阻甚至牺牲。正如希伯来先知耶米利与犹太人的关系，正如《圣经》中的释梦人约瑟夫与听众的关系。

究竟是什么促使这耗子般的民族为约瑟芬如此卖命呢？比起约瑟芬的歌唱到底算不算歌唱那个问题来，这个问题不见得更加容易回答。假如断言这个民族正是由于约瑟芬的歌唱才无条件地顺从她，那就可以取消这个问题，把它跟第二个问题合并。但情况恰恰与此相反；我们这个民族几乎不知道什么叫无条件的顺从；这个民族遇事总喜欢要点无恶意的小聪明，像儿童那样地交头接耳地说话，扯些仅仅用以活动嘴皮子的、因而自然是无害的闲话，这样的一种民族无论如何是不会无条件地顺从的，约瑟芬恐怕也感觉到了这一点。所以，她尽量提高她那微弱的声音与之作斗争。

“不知道什么叫无条件顺从”正是犹太民族的一个重要特征。罗素曾说：“犹太民族与其他古代民族突出不同之点是他们顽强的民族自尊心。其他民族，在一旦遭受征服后，都曾表里一致地屈服于战胜者。只有犹太人保持了他们那种唯我独尊的信仰，并确信他们的不幸是上帝的愤怒，因为他们没能保住信仰与教义的纯洁。”

当然，人们在作这种泛泛的评论的时候，不可走得太远，这个民族毕竟顺从了约瑟芬，只不过不是无条件地顺从罢了。比如，他们没有能力嘲笑约瑟芬。人们可以向自己承认：约瑟芬身上有些引人发笑的东西；本来，笑一向与我们有缘；尽管我们生活中有种种不幸，但我们几乎总是善于微微一笑；但是我们

卡夫卡身上的那种强烈的排他性与对自我品性的顽强坚守，

也正是犹太人品性的“DNA”。

不嘲笑约瑟芬。有时候,我有这样的印象,这个民族是这样理解它与约瑟芬的关系的:她,这个脆弱的、需要别人爱护的、总之是杰出的、在她本人看来是由于她的歌唱而出类拔萃的女人,已经把自己托付给了这个民族,因此,它必须照料她;至于原因是什么,谁也不清楚,只有事实看来是肯定了的。既然她被托付给了自己,就不能嘲笑她;若是嘲笑她,就等于是玩忽职守;要是我们当中的最恶毒的人偶尔说:“看见约瑟芬,我们就笑不起来了。”这可算作是对约瑟芬的最恶毒的攻击了。

总而言之,这个民族像父亲照顾孩子那样照顾着约瑟芬,孩子向父亲伸出小手——谁也说不清,这是请求呢还是要求。也会有这样的意见,认为我们这个民族不适宜于履行这种父亲的义务,但实际上它履行着这样的义务,至少在照顾约瑟芬上堪称楷模;在这方面,作为整体的民族所能做到的,任何个别人是不可能做到的。当然,民族和个人之间的力量的差别是巨大的,只要这个民族把被保护者拉到自己身边,给予他以温暖,而他也受到了充分保护,这就够了。当然,对约瑟芬,大家还不敢讲这些事情。“我才不在乎你们的保护呢。”她会说。“对,对,你不在乎。”我们心里这样想。此外,要是她反抗,这并不意味着她真的要反驳,毋宁说是一派孩子气和孩子式的感谢罢了,而父亲的态度是不要把她的造反放在心上。

可是,随之而来的还有另外一个问题,对这个问题,更难用这个民族同约瑟芬的关系来加以解释。这就是说,约瑟芬持有相反的看法,她认为是她在保护这个民族。据她说，她的歌唱能把我们从恶劣的政治或经济处境里解救出来，它的作用就在于此，她的歌唱即使不能消除不幸，但至少也能赋予我们力量去承受不幸。她并没有这样讲出来，也没有用另外的方式表达出来，她一般很少说话，在喋喋不休的人群当中，她是沉默寡言的，但是她那闪烁的目光却表达了出来，从她紧闭的嘴上——在我们这儿，只有少数几个人能闭嘴缄默，她却可以闭嘴——可以看出她的这种想法。每当坏消息传来——在有些日子里，这种消息接二连三传来，其中有假的和半真半假的——她会立刻一跃而起，而往常她总是懒洋洋地往地上躺；这次她一跃而起，伸长脖子，像暴风雨来临前的牧人那样，用目光四处搜寻她的人群。诚然，孩子们也会以他们那种粗野和冲动的方式提出类似的要求，但是约瑟芬提出要求时，有根有据，不像孩子们那样没有道理，当然啦，她拯救不了我们，也给不了我们力量，装扮成这个民族的救星是件容易的事，因为这个民族吃惯了苦，毫不爱惜自己，当机立断，视死如归，由于长期生活在蛮勇的气氛当中，只是表面上显得怯懦罢了，此外，这个民族不仅繁殖力强，而且喜欢冒险——我是说，事后以这个民族的救星自居，是件容易的事，这个民族始终还在设法自救，尽管要作出牺牲，而大量的牺牲，准会使历史研究者——总的看来，我们完全忽视历史研究——吓得发愣。然而，我们恰恰在危急时刻比平时更加专心地倾听约瑟芬的声音，这也是事实。即将临头的种种威胁使我们变得更安静、更谦恭、更顺从约瑟芬的指挥；我们喜欢聚会，喜欢相互挤在一起，特别是

她的歌声，她的歌唱行为，她赋予歌唱的品性，成为了这个民族的精神。这种精神是一个民族的凝聚力之源，是一个民族战胜苦难的动力之源。

此处约瑟芬与民族的关系构成，是犹太文化悖论的体现：一方面，犹太人的生活方式受制于犹太教，但犹太人并不将此看成宗教，而是看成与上帝订约而遵守训诫；另一方面，这种上帝崇拜在许多情形下可能导致无神论。也因此，“这个民族始终还在设法自救”，“毫不爱惜自己，当机立断，视死如归”。

因为有某种机缘的时候。而这机缘与折磨着我们的大事完全无关；仿佛我们在战斗前夕还必须抓紧时间——不错，必须抓紧时间，可惜约瑟芬经常忘记这一点——共饮一杯和平之酒。这与其说是歌唱演出，不如说是一次群众集会，更确切地说，是一次集会，在这个集会上，除了前面轻轻的口哨声之外，四下里一片沉寂；这一时刻非常严峻，以致谁也不希望用聊天的方式白白地把它度过。

……

而约瑟芬的情况必然每况愈下。过不了多久，她将吹出最后一声口哨，然后便永远沉默了。她不过是我们民族永恒的历史中的一段小小的插曲，而这个民族终将弥补这个损失。当然，这对我们来说并非是件容易的事；集会怎么会变得鸦雀无声的呢？当然啦，有约瑟芬在场的集会不也是鸦雀无声的吗？难道她吹出的口哨声确实要比对它的回忆更响、更生动、更值得一提吗？难道她在世时吹出的口哨声仅仅是一种回忆吗？难道约瑟芬的歌唱不正是由于它具有永恒的价值而被这个民族以其聪明智慧捧上了天吗？

歌手约瑟芬在为耗子王国“吹出最后一声口哨，然后便永远沉默了”。卡夫卡创作完本篇三个月后便离开了人世，本篇成了卡夫卡的“最后一声口哨”——绝笔。

正像约瑟芬赐予耗子民族一样，卡夫卡赐予这个世界许多许多。尽管他未能实现移居巴勒斯坦的愿望，没有办法成为一个“真正的犹太人”，但他以自己不绝的歌声将自己从苦难中解救出来，并安妥其中。张志扬说：“思想史上，真正使语言成为家的，即让语言担当起虚无使命的，大概数不出几个来，卡夫卡算一个吧。”

因此，我们往后也许根本用不着这么许多东西，而约瑟芬呢，她已摆脱了尘世的烦恼，在她看来，凡是出类拔萃的人都得经受这种尘世的烦恼，她将愉快地消失在我们民族数不清的英雄的行列里；由于我们并不推动历史，因此她不久就将像她所有的兄弟一样，升华解脱，并被遗忘。

（洪天富　译）

（选自《卡夫卡全集》第1卷）

第四单元 灵魂城堡

DI SI DAN YUAN

导语

“无论转向何方，总有黑浪向我扑来。”卡夫卡如此感叹自己的命运。

这与鲁迅所感叹的贾宝玉的命运何其相似：“悲凉之雾，遍被华林，然呼吸而领会之者，独宝玉而已。”

在同这种黑浪猛扑、浓雾笼罩的命运抗争中，抗争者往往会形成自己独特的抗争方式，造就自己不可动摇的灵魂城堡。

城堡(节选)

《城堡》是卡夫卡最重要的长篇,完成于1922年。它写一个叫K的人,半夜踏雪来到一个城堡下面的村庄,准备第二天进城堡。但K想尽了各种办法,最终也没能进入城堡。

小说要表达什么?历来众说纷纭。有一种说法是“追寻”,永不可抵达的“追寻”。我们沿着这一说法,对节选的部分略作阐释。

第一章

K到达时,已经入夜了。村子被厚厚的积雪覆盖着。城堡连影子也不见,浓雾和黑暗包围着它,也没有丝毫光亮让人能约略猜出那巨大城堡的方位。K久久伫立在从大路通往村子的木桥上,举目凝视着眼前似乎是空荡荡的一片。

然后他去找过夜的地方;酒店里人们还都没有睡,店老板虽然无房出租,但在对这位晚客的突然到来感到极度惊讶和惶乱之余,还是愿意让他在店堂里一个装稻草的口袋上睡觉,K也同意这一安排。有几个农民还在喝啤酒,但他无意同任何人交谈,便自己去阁楼上把草袋搬下来,在炉子附近躺下了。屋里很暖和,那几个农民说话声音很低,他用困倦的双眼打量了他们一番便倒头睡去。

小说开头对城堡的描写,即暗示城堡的不可抵达——“眼前似乎是空荡荡的一片”,连“方位”都猜不到。

然而没有多久他便被吵醒了。这时只见一个城里人装束、长着一副演员似的面孔、浓眉细眼的年轻人同店老板一起站在他身边。那些农民也都还没有走,其中几个把椅子转过来对着他们,以便看得更清、听得更真些。年轻人为吵醒了K而十分客气地向他道歉,自我介绍说是城堡主事的儿子,然后说道:"这村子是城堡的产业,凡是在这里居住或过夜的,从某种意义上讲也算是在城堡居住或过夜,没有伯爵大人的许可,谁也不能在此居留。可是您并没有得到这样的许可,至少您并没有出示这样的证明嘛。"

"迷路"是小说叙述目标不可抵达的必然策略,如果不迷路,就有可能抵达了。

卡夫卡有名言:"目的确有一个,道路却无一条;我们谓之路者,乃踌躇也。"

两者可以相互诠释。

卡夫卡另一句名言也可参照:"无论我转向何方,总有黑浪向我扑来。"

是的,卡夫卡的一生,就是寻找出路的一生,但却永远找不到出路。

K 半坐起身子,捋了捋头发,仰头看着众人说道:"我迷了路,这是摸到哪个村子来了?这里是有一座城堡吗?"

"那还用问,"年轻人慢条斯理地说,这时店堂各处都有人大惑不解地冲着 K 摇头。"这里是伯爵大人威斯特威斯的城堡。"

"一定要得到许可才能在这儿过夜吗?"K 问道,似乎想弄清刚才他听到的那些话是不是在做梦。

答话是:"是必须得到许可才行,"紧接着这个年轻人伸出胳臂,向店老板和酒客们问道:"难道竟有什么人可以不必得到许可吗?"那话音和神态里,包含着对 K 的强烈嘲笑。

"那么我只好现在去讨要许可了。"K 打着哈欠说,一面推开被子,似乎想站起来。"向谁去讨要?"年轻人问。

"向伯爵大人,"K 答道,"恐怕没有什么别的法子了吧。"

"现在,半夜三更去向伯爵大人讨要许可?"年轻人叫道,后退了一步。

"这不行吗?"K 神色泰然地说:"那么您为什么叫醒我?"

必须得到"许可",否则"必须立即离开"。这种逻辑在生活中处

这时年轻人憋不住火了。"真是死皮赖脸的流浪汉作风!"他喊叫起来:"伯爵衙门的尊严必须维

护！我叫醒您是想告诉您：您必须立即离开伯爵领地！”

“好了，戏做够了吧。”K用异常轻的声音说，接着又躺下去，拉过被子盖在身上。“年轻人，您太过分了点，我明天还要再考虑考虑您今天的表现的。如果一定要见证的话，酒店老板和这里的各位先生就可以作证。现在请您听清楚：我是伯爵招聘来的土地测量员，明天我的几个助手就要带着各种器件乘车随后跟来。我因为不想失去这个踏雪觅途的好机会，所以步行前来，可惜几次迷路，才到得这样晚。现在到城堡去报到时间已经太迟，这一点我自己很清楚，用不着您来赐教。正因为这样我才勉强在这草袋上凑合过夜，而您竟然——客气点说吧——举止失礼，打搅我休息。好了，我的话说完了，晚安，诸位先生！”说到这里K翻了一个身，转向炉子去了。“土地测量员？”他听见背后有人将信将疑地问，过后又无人作声。然而不久那位年轻人便克制住自己，用压低了的——低到可以看作是为了照顾K的睡眠——然而又大到能让他听清楚的声音对老板说道：“我现在就打电话去问一下。”怎么，在这个乡村小酒店里居然还有电话？唔，设备还真够齐全的。这些事，一件一件地听来也使K感到惊奇，不过总起来却又在他的意料之中。他发现，电话差不多正好摆在他的头顶上方，刚才他睡眼惺忪，没有注意到。现在，如果年轻人一定要打电话，那么他无论如何不能不打搅K的睡眠，问题只在于K让不让他打这个电话？K决定还是让他打。可是这样一来，在底下装睡便没有什么意思了，于是K又恢复了仰卧的姿势。

处存在。于是就有了各种各样的“证件”。没有“证件”就没有前行的可能。

犹太民族在卡夫卡时代还是一个没有“证件”的民族。卡夫卡在这里是否有所指？至少，这样的生活已投射到小说之中了。

K为何能“心安理得”？因为他是被“聘来”的！

“聘来”？终极而言，每个人都是被某种力量“聘来”的；每个人做某件事都有一种力量在“聘”他。但正像K最终不被那个永远见着面的伯爵大人承认一样，每个人最终都可能不被自己生命中的“伯爵大人”承认。K暂时还没有明白这些，所以“心安理得”啊！

他看见农民们怯怯地聚到一起，嘁嘁喳喳议论，看来土地测量员的到来不是一件小事。这时厨房的门早已打开，膀大腰圆的老板娘站在那里几乎把门框塞满，店老板踮着脚尖走到她跟前去告诉她刚才发生的一切。现在，电话接通，开始通话了，听得出，城堡主事已经就寝，然而一位副主事——为数不多的副主事当中某位名叫弗里茨的老爷——在那边接电话。年轻人自报姓名，说是叫施瓦尔策，接着便说他发现有一个名叫K的三十多岁的男子，衣冠不整，心安理得地在酒店里一个草袋上睡觉，这人枕着一个小得可怜的背囊，手边放着一根拐杖。他施瓦尔策自然觉得此人形迹可疑，而因为店主在这件事上显然失职，他施瓦尔策当然就责无旁贷地要过问此事，进行查询了。对于被叫醒盘问，对于他施瓦尔策按职责惯例作出的要将K逐出伯爵领地的警告，K的反应是很不耐烦，总之看起来火气不小，然而也许不无道理，因为他自称是伯爵大人聘来的土地测量员。在这种情况下，当然至少从例行手续上看有必要对他的话进行核实，因此，他施瓦尔策恳请弗里茨老爷在城堡总办公厅询问一下是否确有这样一位土地测量员应聘前来，并请将答复电话告知。

电话打完便安静下来，弗里茨在那边询问，这边在等着回话。K的神态一如既往，连头也不回，看样子一点也不急于知道结果如何，两眼茫然直视前方。施瓦尔策对事情的描述是一种不怀好意和谨小慎微的混合物，这番话给了K一种印象：城堡里连施瓦尔策这样的小人物也能很容易得到可说是外交手腕方面的训练。另外，看起来那里的人也决不偷懒；你看，总办公厅有人上夜班呢。而且显然很快就作出回答，因为这时弗里茨打电话来了。不过，好像这个回话太简短，因为施瓦尔策马上又气呼呼地把听筒挂上。“我早就说了嘛！”他大声叫道：“土地测量员，连影子也没有！这人真是个卑鄙的、信口雌黄的流浪汉，说不定还更坏呢！”此时K脑子里闪过一个念头，他想：所有的人，就是施瓦尔策、那个农民，还有店老板、老板娘和其他人，眼看就要向他猛扑过来。为了至少避一避这个凶猛的势头，他从头到脚，整个儿蜷缩到被窝里面去了。这时电话铃又响起来，而且，K觉得声音特别急促响亮。于是他又把头从被子里慢慢伸出来。虽然电话几乎不可能仍是涉及K的事情，但所有的人还是一下子突然肃静下来，施瓦尔策则回到电话机旁去。他站在那儿耐心地听完了一番较长的解释之后，低声说道：“那么是弄错了？我实在是太难为情。办公室主任亲自打来了电话？真是怪事，真是怪事。我该怎么向土地测量员先生解释才好呢？”

K身份的确定，一波三折，细节极逼真。卡夫卡小说都有着这样的特征——荒诞的外表下，是真实的生活情境，真实的生活细节。

生活越实，象征越富；细节愈真，寓意愈丰。

这也是卡夫卡制造小说难解之谜的重要策略。

K听了这些话精神为之一振。这么说，城堡已经任命他为土地测量员了。这个情况一方面对他不利，因为它表明，城堡已经了解他的底细，在反复掂量了双方的力量对比之后，决定成竹在胸地开始同他较量。可是另一方面，情况又对他有利，因为在他看来这同时也证明对方低估了他，他兴许将会有比他自己起初敢于希冀的还要更多的一些自由。并且，如果以为通过这从心理战来看不能不说是高明的一着，即公开承认他的土地测量员身份，就能使他经常处于诚惶诚恐、心惊胆战的状态的话，那他们就

心理力量，或曰意志力量，是K能够坚持的最重要的力量。《城堡》中的K来自哪里？有怎样的前世今生？为何他要受聘于城堡来做土地测量员？土地测量员的身份又意味着什么？这些惯常非常重要的生命信息，在K身上都不重要，或者说都已被卡夫卡剥离掉。卡夫卡只要K能充当他去“追寻”的使者即可。于是，卡夫

卡赋予了 K 最强大的生命力量——意志力。

也许，这真的是人类把握“追寻”命运的最重要的力量。

错了；这一官方认可使他吃了一惊，但也就仅此而已。

对于羞怯地向他走来的施瓦尔策，K 摆手示意他不必过来了；他只接受了老板递给他的一杯催眠饮料，又从老板娘手里接过一盆水、肥皂和毛巾。现在，根本用不着他开口叫人离开店堂，原来这时所有的人都把脸背过去使劲往外挤，可能是怕明天被他认出来吧。关灯之后，他终于可以休息了。他睡得很香，除了一两次被跑过的老鼠惊醒之外，一直睡到第二天早晨。

早饭后——这顿早餐以及他的全部膳食，据老板说都将由城堡支付——他想马上到村里去。但由于老板带着乞求的目光不断围着他转——想到他昨天的表现，K 到目前为止只同这位老板说了几句非说不可的话——他觉得这人挺可怜的，就让他在自己身边小坐一会儿。

“我还不认识伯爵，”K 说道，“据说他对于工作好的人给的报酬是很高的，对吗？谁要是像我这样扔下妻子儿女远走他乡，总是想带点什么东西回去的吧。”

“在这方面，大人可以不必担心，这里还没有听到谁抱怨报酬低呢。”——“唔，”K 说，“我这个人可不是那种胆小怕事的，就是对一位伯爵，我也有什么说什么，不过同这里的老爷们当然还是心平气和地打交道要好得多。”

像老板一样的可怜的变色龙，生活中比比皆是。

老板坐在 K 对面窗台的边沿上，他不敢坐舒服些，这段时间一直瞪大他那双褐色的眼睛战战兢兢地紧盯住 K，先前他是唯恐挤不到 K 的身边，现在呢，看来恨不得马上就溜之大吉。他是害怕被详细诘问关于伯爵的情况呢，还是怕他心目中的“大人”K靠不住？K必须给他打打岔。他看了看钟说道：“我的助手们很快就要到了，你这里有地方给他们住吗？”

“当然有，大人，”他说，“可是他们不跟你一块儿住在城堡里吗？”

难道他就是这么轻松愉快地放弃顾客，特别是放弃K，非要提醒他到城堡里去住不成？

“这还不一定，”K说，“首先我得弄清给我安排什么工作。万一需要我在这下面工作，那么住在下面也更明智些。另外我担心，我可能不适应上面城堡里的生活，我想永远自由自在的。”

“你不了解城堡。”老板轻声说。

“当然，”K说，“不能过早下断语。目前，我对城堡所知道的只有一点，就是那里的人善于挑选一个合适的土地测量员。或许那里还有另外一些优点吧。”说到这里他站起身，以便解脱那个不知所措地一个劲咬嘴唇的老板。要赢得这个人的信任是颇为不易的呵。

离开酒店时，墙上一个深色相框里的一幅黑乎乎的肖像画引起了K的注意。早先他从睡觉的地方就已经看见它，可是因为距离太远，看不清细部，便以为原来框中的画像已被拿走，眼前见到的只是一层黑色的衬板而已，但现在看上去那确是一张画像，是一个五十岁左右的男子的半身像。他的头向前胸低低垂下，使人几乎看不到他的眼睛，他所以低头，主要原因似乎是那高高突出的过于沉重的前额和那

根据“主事”画像的描述，可以读到卡夫卡出色的肖像描写能力。这是现实的，却是想象中的现实。因此，“无法把头撑起来”就寄托了作家的深意——“主”命运托付之事可，“主”自身命运则不可，因为命运不是命运托付之事，而是命运本身。而命运本身

是由命运之外的一种更大的力量支配的，人自身只是命运的承载者，不是命运的主宰者。

又长又大的鹰钩鼻子。他的大胡子由于头的姿势而被下巴压扁了，往下就向两旁铺开去。左手扶着头，手指叉开伸进厚实的头发里，但已无法把头撑起来。“这是谁？”K问道。“是伯爵吗？”K站在画像前，根本不回头看老板一眼。“不是，”老板说，“这是主事。”——“城堡里真是有一位相貌堂堂的主事呢，”K说，“可惜他的儿子太不争气了。”——“不是的，”老板说，一面将K拉到自己身边把嘴凑到他耳边悄悄说：“施瓦尔策昨天是高抬自己了，他父亲只是副主事，而且还是好多个副主事中末几个里面的。”此刻K觉得老板像个孩子。“这个混账东西！”K笑着说，然而老板并不跟着笑，却一本正经地说：“不过他的父亲也很厉害，能呼风唤雨呢。”——“去你的吧！”K说：“在你眼里谁都能呼风唤雨，都很厉害，也包括我吧？”——“你，”他有些胆怯而又很严肃地说，“我并不觉得你厉害。”——“看起来你还挺会看人，”K说：“因为，对你说句心里话：我的确不是个厉害人。所以我在那些呼风唤雨的厉害人面前感到的诚惶诚恐大概不亚于你。只是我没有你那么老实，有时候不愿意承认这一点罢了。”为了安慰老板并表现得亲切一些，K轻轻拍了拍他的脸。现在老板总算有点笑意了。他真还是个孩子，圆乎乎的脸上没有几根胡子。真不明白，他是怎么和那个相当老的大块头女人结为夫妻的？——这时候可以从一个门镜里看见她在隔壁厨房里甩开膀子大干呢。但K不想再追问他什么，免得把好不容易才引出来的微笑又吓回去。所以他只是用手示意老板把门打开，然后就走了出去，进入冬日一片美丽的晨曦之中。

命运似乎出现了转机。城堡的轮廓清晰可见。这正是“追此刻,他在明澈的空气中看清了城堡的轮廓,且由于那层山上处处皆是的薄薄的积雪把任何物体的形状都勾勒出来,形状益发明晰可辨了。山上的积雪看来比村里少得多。K此时在村里踏雪前进,并不比昨天在大路上省力。这里的积雪一直堆到与那些简陋小屋的窗户齐高,稍往上一点,低矮的屋顶上也沉甸甸地堆满了雪,而山上的那些建筑物,却都那么自由自在、轻松愉快地挺立着,至少从这里看上去的印象是如此吧。

寻”的重要特征——远景目标常以真切的形态现身,诱惑着追寻者为之奋斗。

站在这里,从远处看去,城堡的外观大体与K的预料相符。它既不是一座古老的骑士城堡,也不是一座新式的豪华建筑,而是一座宽阔的宫苑,其中两层楼房为数不多,倒是有许许多多鳞次栉比的低矮建筑;如果事先不知道这是一座城堡,那么可能会以为它不过是一个小城镇。K只看见一座塔,它究竟是属于一所住宅还是属于一所教堂,就无法看清了。一群群乌鸦在围着它盘旋。

K心里什么别的都不想,两眼看准城堡继续朝前走。但是愈走近城堡,他就愈觉失望,那的确不过是一个相当寒酸的、看去全是一色普通村舍的小城镇,只有一个优点,就是或许所有的房子全是石结构的;但是墙上的灰泥早已掉光,砌墙的石块看来也开始剥落了。K蓦地想起了自己的家乡小镇;它同这座所谓的城堡相比几乎毫无逊色。如果K的目的只是观光,那么长途跋涉来到此地便太不值得,倒不如重访自己多年未归的故里更明智些呢。于是他在心中将家乡那座教堂的塔同眼前山上的塔作了一番比较。家乡那座塔从低到高、由粗而细笔直伸向天空,

“追寻”的途中,希望与失望常相伴。许多东西没有得到时,觉得它是那么的美;一旦得到,常有“不过如此”的感叹。这是无数事实的忠告——追寻不可得,可得非追寻。

“塔”常常具有标志性意义。城堡山上的塔具有怎样的标志性意义呢?

塔顶较宽,红瓦覆盖,诚然仍是一座不能超凡脱俗的建筑——我们凡人还能盖出什么别的样式来呢?——但它比周围大片低矮房屋有着更崇高的目标,比人间那晦暗的终日劳碌,具有更明朗的意态。然而这里山上这座塔呢——这是此处唯一可见的塔——现在已能看清是一所住宅的塔,说不定就是城堡主楼的塔,它是一座单调的圆形建筑,部分常春藤垂青加以覆盖,塔身有不少小窗子,此时在阳光下发出刺眼的反光——这使人觉得有些荒唐——塔顶类似阁楼,其雉堞瑟瑟缩缩、杂乱无章、残颓破败地戳向蓝天,就好像是一个害怕画错或是很不认真的孩子信手涂鸦胡乱画上去似的。面对这景象,人有一种感觉,仿佛这楼中有一个忧心忡忡的居民,按理本应老老实实地把自己关在楼中最偏僻的角落向隅而泣,现在居然冲破楼顶,探出身来向全世界亮相了。

用K现有的理解力是无法找到城堡山上那座塔的标志性意义的,他只有进入了城堡,并拥有了城堡文化,他才可能明白。因此,这座塔在K的眼里现在只能是"荒唐"之象。想一想,倘若城堡山上的这座塔K一望即可知,他就没有必要进入城堡了。正是不可知,才有了"追寻"的意义。

K再次停下步来,似乎停下步子能增加他对眼前景象的判断能力。然而这时他受到了干扰。他站住的地方离村教堂(其实这不过是个小礼拜堂而已,只是像仓库似地扩建了一下,以便能容纳全村的教民)不远,教堂后面就是村子的小学。这学校是一座长长的低矮楼房,给人一种既是临时又非常古老的、奇特的混合印象,楼前有一座围了铁栏杆、眼下是一片白雪覆盖着的花园。这时孩子们正好同老师一起从楼里走出来。一大群孩子把老师团团围住,每双眼睛都盯着他,从四面八方对他哇啦哇啦地唠叨个不住,K一点听不清他们那连珠炮似的话。这位老师是个年轻人,小个子,窄肩膀,不过样子并不可笑,身子直挺挺的，他从老远处一眼就看到了K，当然，除了他和他的一群学生之外，K是这方圆数里内目力所及唯一可见的人。K作为一个外乡人，首先打招呼问好，更何况是向这个在这里享有相当权威的小个子男人呢。“你好，老师！”他说。这话一出口，孩子们一下子就鸦雀无声，这突然的肃静作为他开口说话的先导，看样子使这位老师颇为得意。“您在观看城堡吗？”他问这问题时的态度，比K预料的要和蔼些，然而那语气似乎不赞同K这样做。“是的，”K说，“我不是本地人，是昨天晚上才到村里的。”——“您不喜欢这城堡吗？”教师很快又问。“什么？”K反问一句，有点震惊，然后用比较温和的语气重复那个问题：“我不喜欢这城堡吗？为什么您要猜想我不喜欢它呢？”——“没有一个外乡人喜欢它。”教师说。为了避免在这里说出一些不中听的话，K改变话题问：“您大概认识伯爵吧？”——“不认识。”教师说着便准备扭头走开。然而K并不罢休，他追问道：“什么？您不认识伯爵？”——“我怎么会认识他？”教师低声说，然后便用法语大声补充道：“请您考虑一下这里有这么些天真无知的孩子在旁边。”K听到这话便抓住时机问道：“老师，我可以拜访拜访您吗？我打算在这里待较长时间，可我现在就感到有点孤单了；我既不是农民中的一员，大概也不能算是城堡中的一员吧。”——“农民和城堡没有太大的区别。”教师说。“也许是这样，”K说，“可这丝毫改变不了我的处境。我可以拜访拜访您吗？”——“我住在天鹅巷肉铺。”虽然这话听起来只像是在说出住址，而不是发出邀请，K仍然说道：“好的，我一定

教师角色的设置很有意味，他在烘托K的“追寻”。教师作为一个不去“追寻”城堡的人，城堡对他的意义就不存在了。

来。”教师点点头，就同这时突然又大吵大嚷起来的孩子们一起继续走他的路了。不久，他们便消失在一条地势陡然下降的小巷里。

然而K现在却有些心神不宁，这次谈话使他心中颇感不快。自从到达此地以来，他现在第一次感到真正的疲倦了。到这里来的这一段很远的路，本来好像并不使他感觉吃力，这些天来，他是怎样日复一日、从容不迫、一步一步地走过来的呵！——可是现在呢，过度紧张的后果到底还是显现出来了，无疑，来得真不是时候。他感到一种不可抗拒的强烈冲动，希望在这里尽量多结识一些人，但是每认识一个人都增添他一分倦意。他想，在他今天这种竞技状态下，如果能咬牙坚持这次步行，至少走到城堡大门，那就已经是了不起的成绩了。

这正是《城堡》关于“追寻”意义所在——永不可抵达，于是永可“追寻”。对“追寻”永无止境的“追寻”，就使得“追寻”有了意义——不在抵达目标，而在抵达的过程。

于是他又继续前行，但是路仍然很长。走着走着他发现，这条同时是村子主要街道的大路并不是通到城堡所在的山上去的，它只通到城堡近处，虽然眼看快到山脚下了，却像故意作弄人似的在那里拐了弯，然后，尽管沿他走下去并不会离城堡越来越远，却怎么也无法再接近它一步。K一直在期待着这条大路最终总会拐进城堡里去，也仅仅因为他抱有这一期望，他才不住地往前走；显然由于他感觉疲劳，才没有毅然决然离开它，另外，这个其长无比的村子也使他惊诧不已，它没有尽头，大路两边老是出现同样的小房子、冻了冰的窗户、厚厚的积雪，一个人影都不见——最后他终于还是下决心离开这条缠人磨人的大路，转进一条狭窄的小巷，这里雪更厚，把陷进雪里的脚拔出来艰巨异常，累得他满身大汗，突然间他站住了，再也走不动了。

“再也走不动了”，是人们常有的状态。人在一次次“走不动”中倒下，也在一次次“走不动”中前行，于是在一次次“走不动”中不断地接近目标。

细想起来，他倒也并不完全孤单，左右两旁不都是农舍吗？于是他捏了一个雪球，向一扇窗户掷去，门应声开了——这是他在村子里走了这大半天第一道打开的门——一个老农，身穿棕色皮夹克，头歪向一边，和蔼可亲地、颤巍巍地站在那里。“我可以到您屋里歇一会儿吗?”K说，“我太累了。”他完全没有听清老头说些什么，只是感激地接受了老者的好心：给他推过来一块木板，这木板当即把深陷雪中难以自拔的他救了出来，只跨过了三五步，他就进了老农屋里。

屋子挺大，笼罩在一片朦胧的光线中。刚从外面进来的K一时什么也看不见。他趔趄几步，快撞到一个洗衣盆时，一只女人的手拉住了他。从屋子的一角传来好几个孩子的叫嚷声。从另一个角落则涌出滚滚烟雾，使本来就半明半暗的屋子变成一片漆黑。K如置身云雾中。“他喝醉了。”有人说。“您是谁?”另一个声音厉声喝问，然后大概是冲着老头问:“你为什么把他放进来？难道可以把大街小巷里东溜西窜的什么乱七八糟的人都放进来吗?”——“我是伯爵的土地测量员。”K说，试图用这话在那些直到现在仍唯闻其声不见其人的主人面前为自己辩护一下。“哦，原来是土地测量员。”这时响起的是一个女声，继之而来的是全然的寂静。“你们听说过我?”K问道。“当然。”同一个声音简短地答道。人家听说过他，这好像不是在抬举他吧。

浓烟终于稍稍散去了一些，K渐渐可以辨认四周了。看来今天是个大洗涤的日子。离门不远处有

又一次可以“辨认”了。也就预示着将又一次不可“辨认”。

人在洗衣服，但雾气是来自屋子另一角，那里放着一个很大的木澡盆，K还从未见过这么大的澡盆——约有两张床那么大——两个男人泡在热气腾腾的水里洗澡。然而更加令人惊奇、可又弄不清究竟是什么东西使人惊奇的，是屋子右边那个角落。屋子后墙上有一个大缺口，通过这后墙上唯一的开口处，兴许是从院子里吧，射进来一道煞白的雪光，使一个坐在角落处一把高高的靠椅里、面带倦容的女人身上穿的衣服发出一种类乎丝绸的光亮。这女人怀里抱着一个婴儿，她四周有几个孩子在玩耍，显然都是农家孩子，但她似乎同他们并不属于一类人，当然，疾病和疲倦，甚至也能使农民变得高雅起来的。

"您请坐吧。"两个男人中的一个说，这人一脸络腮胡外加两髭向上翘起的小胡子，不断张着嘴喘气，他从水里伸出手，越过盆边——那付样子颇为滑稽——向一个大木箱指去，甩了K一脸热水。木箱上已经坐着一个人，正是那个把K放进来的老头，在那里发愣。对自己终于可以坐下来，K心里很是感激。现在没有人再理睬他了。在洗衣盆旁边的那个女人头发金黄，青春焕发，边洗边轻声哼着小曲，澡盆里的男人则不停地蹬腿翻身，孩子们想到他们跟前去，但一再被盆里溅出的大量洗澡水打退，K也未能幸免，靠椅里的女人泥塑木雕似的靠在椅背上，甚至连胸前的孩子她也不低头看上一眼，而只是视而不见地仰望空中。

K盯着她——这幅凝滞不动的、美丽、忧郁的雕像——大概看了好久，然后他一定是睡着了，因为当他听见有人大声叫他而猛可惊醒时，他的头是枕在

"靠椅里的女人"是神来之笔。卡夫卡作品永远有这种出神入化之笔。

这就是"存在性"描述。她在那天"视而不见地仰望空中"。她到底在干什么？她到底在想什么？这到底

他身旁的老者肩上的。这时两个男人早已洗完澡，穿好衣服站在K面前，澡盆里现在是孩子们在金发女人的看管下扑腾了。现在看来，两个男人中那个大嗓门的大胡子是地位低一些的。另一个的个头不比大胡子高，胡须也少得多，是个少言寡语、从容思考的人，他身材矮胖，长着一张宽脸，老是低着头。“土地测量员先生，”他说，“您不可以老待在这里，请原谅我的失礼。”——“我也不打算在这里待下去，”K说，“只是想稍稍休息一下。现在已经休息过了，我这就走。”——“您大概奇怪我们这里不太殷勤好客吧，”那人说，“我们这里可没有殷勤好客的习惯，我们是不需要客人的。”K小寐以后觉得精神稍好，注意力也比先前容易集中一些，听到这些直率的话很高兴。他行动不那么拘谨了，用手杖一会儿拄拄这，一会儿拄拄那，然后向靠椅里的女人走了过去。他也是这屋里个子最高的。

“不错，”K说，“你们要客人干什么呢。不过恐怕间或也会需要个把人的，比如我，土地测量员。”——“这个我不知道，”男人慢吞吞地说，“既然叫您来，那么大概是需要您，这可能是个例外，可我们呢，我们这些小老百姓，我们是按常规办事，这一点您不能怪我们。”——“哪里，哪里，”K说，“我对您只有感谢，对您和这里所有的人。”这时，出乎众人的意料，K突然嗖地一跳转过身去，站在那女人面前了。她用失神的蓝眼睛看着K，一块透明的真丝头巾一直盖到她前额正中，婴儿已在她怀里睡着了。“你是谁？”K问道。她拂袖——究竟这一轻蔑的表示是针对K的还是针对她自己的回答，弄不清

是怎么回事？恐怕用惯常的理性思维难以得到答案。但作为一种“存在”她是那样具体而真实，甚至可以说那样美丽。这就够了！这就像人不可能每时每刻都能说清楚自己一样。

从“城堡来的少女”这回答中，K又获得了关于城堡的更确

蕾的信息,自己似乎又离城堡近了一步。

楚——答道:“一个从城堡来的少女。”

这一切只是一瞬间的事。现在K发现自己已经一左一右夹在两个男人中间并被——好像根本没有别的交流思想的办法——一声不响地但却是用尽全力地拽到门边来。老头儿这时不知在乐什么,高兴得拍手。洗衣女人也在突然拼命吵嚷起来的孩子们旁边格格笑了。

可是K呢,不久后又站在门外小巷里,那两个男人站在门坎上紧盯着他。又下起了雪;尽管如此天似乎比原先明亮了一点。大胡子不耐烦地叫道:“您要上哪儿?这边通城堡,这边通村里。”K不回答他,却冲着另外那个,虽然地位优于头一个、但给K的印象比他更随和的男人问道:“您是谁?我应该感谢谁让我在这儿待了一阵呢?”——“我是鞣皮匠拉塞曼,”他答道,“可是您用不着感谢谁。”——“好吧,”K说,“也许我们还会再见面的。”——“我看不会了,”那人说。这时大胡子突然举起手叫道:“你好,阿图尔,你好,耶里米亚!”K回头看,原来在这个村里街上毕竟还是能见到人的!从城堡方向走来两个中等个子的年轻人,两人都是瘦溜身材,衣服紧绷在身上,样子长得也非常相像。两人的脸均呈深棕色,但黝黑的山羊胡子仍与脸色形成强烈的反差。就目前的路面条件而言,他们走路的速度快得惊人,细长的腿有节奏地嚓嚓地踏雪前进。“你们有什么事?”大胡子叫道。同他们交谈只能大声嚷嚷,因为他们走得飞快,又不停步。“公事!”他们笑着回头叫道。“到哪儿去?”——“酒店。”——“我也去那儿!”K突然用比别人更大的嗓门大喊,他迫切希望这两人带他一起去；虽说认识这两个人他觉得对他并没有太多的好处，但他们显然可以成为消除路途寂寞的好伙伴。两人听见了K的话，但并不停下，只是点了点头就快步从他身边走过去了。

K始终还站在雪地里，他现在没有这个雅兴把腿从雪里使劲拔出来，然后又让它在前面一小步远的地方重新深深陷进去；鞣皮匠和他的同伴呢，由于最后总算是把K扫地出门而露出满意之色，这时一面不断回头看K，一面慢慢地从那仅开着一条缝的门轻轻缩回屋去，于是，K又是孤身一人站在漫天飞舞的雪片包围之中了。“如果我不是有目的地到这里来，而是意外地发现自己站在这个地方的话，”他蓦地寻思，“那真有点山穷水尽的味道呢。”

“又是孤身一人”！“又”很重要。先前是孤身一人，现在是孤身一人，未来还是孤身一个。尽管不时会掺杂一些热闹，但最终只可能是孤身一人。因为每个人要抵达的“城堡”并不在同一个地方。起点已不同，终点更不同，怎么可能有同路人？

这时，他左手边一座简陋小房的一扇很小的窗子开了；关闭时，也许是由于雪的反光吧，这窗子呈深蓝色，它极小，以致现在打开时也不能看到那个往外窥视的人的整个脸庞，而只能瞥见他的一双眼睛，一双褐色的老人眼睛。“他站在那儿呢。”K听到一个颤抖的女声在说。“那是土地测量员。”一个男声说道。然后，男人便走到窗前向外问话了，那语气并非不友好，然而却让人明白觉出他对于保证在他房前的街上不出任何差错是很重视的：“您在等什么人？”——“等着来一辆雪橇让我搭车走。”K说。“这里不会有雪橇来，”那男人说，“这里没有什么车辆来往。”——“那不是通向城堡的大路吗？”K提出异议了。“是又怎么样，不是又怎么样，”男人话音里有一种铁面无情的味道，“这里没有什么车辆来往。”然后两人都沉默了。但那男人显然还在考虑什么，因为

蛮不讲理中讲出了大理——对你有意义的东西，在别人那里未必有意义；或者你自以为很有意义，但在别人看来，有意义和无意

义都一个样。这里进一步暗示“城堡”是“空荡荡的一片”。

他始终没有关上窗子——窗里现在冒出了烟。“这路很不好走啊。”K又说一句，为的是促使他的考虑快些得出结果。

可那人只说了句：“是呵，确实很不好走。”

但是过了一小会儿他终究还是又开口了：“如果您愿意，我就用我的雪橇送您吧。”——“那太好了，”K喜不自胜地说，“您要多少钱?”——“不收钱。”那人说。K惊讶不已。“您是土地测量员呵，”那人解释道，“是城堡的人嘛。您要上哪儿去?”——“到城堡里去。”K应声立即答道。“那我就不去了。”男人马上说。“我不是城堡的人嘛。”K重复那人自己说过的话。“是也不去，”男人还是拒绝。“那么您送我去酒店吧，”K说。“好的，”那人说，“我去套了雪橇马上就来。”这场谈话给人的印象不是特别友好、助人为乐，而是对方抱着一种自私的目的，谨小慎微、挖空心思、千方百计，不把K从他门前这块地方弄走决不罢休。

院门开处，一辆什么座位都没有的平板轻便载重雪橇，由一匹瘦弱的小马拉着出来了，那男人紧随在后，躬腰，虚弱，一瘸一拐地走着，那张瘦脸冻得通红，又看得出在患鼻伤风，一条毛围巾把头和脖子紧紧裹住，使这张脸显得特别小。这个人显然有病，仅仅为了能把K赶快送走而勉为其难地出门。K谈起这一点时，那人摆摆手叫他别说了，K从他口里摸到的情况只有：他叫盖尔斯泰克，是个赶车的，另外就是他所以套这辆不方便乘坐的雪橇，是因为它正好放在那里没人用，而如果要去拉另一辆出来就太费时间了。“您坐下吧。”他用鞭子指着雪橇后部说。

"我要坐在您旁边。"K说。"我走路。"盖尔斯泰克说。"为什么呀?"K问。"我走路。"盖尔斯泰克重复说那句话,说完突然大声咳嗽起来,震得他只好两腿叉开支在雪地里,双手紧紧扶住雪橇的边沿。K不再说什么,坐到雪橇后部,咳嗽渐渐平息下去,他们上路了。

山上的城堡这时已奇怪地暗下来,K本来希望在今天之内到达那里,现在它又越来越远了。但是,仿佛要向他作出一个暂时告别的表示,那里响起了钟声,欢快、急速的钟声,这钟声至少使他的心有一刹那的悸动,似乎在警告——因为它也使他听着揪心——他,他心中那朦胧的渴望就要变成现实降临到他头上!但不久之后,这大钟便悄然止息,接替它的是微弱而单调的铃声,这铃声也许来自山上,也许就是从村里传来的。这丁丁零零的声音自然与他们缓慢的雪地行进更为协调,也与那个可怜兮兮但却铁面无情的车夫显得更合拍些。

情境——知其不可为而为之。但这种"为"又与传统意义上的知其不可为而为之有很大区别。传统意义上的"为"具有鲜明的理想主义色彩,但K"为"的却是"连影子也不见的""空荡荡的一片"。因此,K是追求"虚无"的追求。如果说他的追求有意义,就是以追求"虚无"为意义。它如卡夫卡自己所认为的一种"独特性的绝望"一样,是一种"独特性的悲剧"——以"永远无法抵达"为抵达的目的悲剧。

"喂,"K突然叫道——这时他们已经到了村教堂附近,离酒店已没有多少路,K没有必要再缩手缩脚了——"我非常奇怪,你为什么胆敢冒险自作主张让我乘着雪橇到处跑,难道上头准许你这样做吗?"盖尔斯泰克对此不予理会,心安理得地继续在小马旁边走着。"嗨!"K又一次叫他,同时从雪橇上抓了一把雪攒成一团向盖尔斯泰克扔去,正中他的耳朵。现在他站住了,回过身来;但是,当K从近处细看他时——因为雪橇又向前滑行了一小段——当他看到这个躬腰驼背,可以说是备受折磨的人,看到他冻红了的、疲惫不堪的瘦脸上似乎不对称的、一边平一边凹的两颊，看到他大张着呼哧呼哧喘气的嘴，以及嘴里仅有的七零八落的几颗牙齿时，他不得不把刚才气头上说的话又用同情的语调重复一遍，即问盖尔斯泰克，是否会因为送了K而受到处罚。“您想要什么”？盖尔斯泰克问，他根本没听懂K的问题，但也不等他再作解释，就吆喝牲口，继续驱车前行了。

（赵蓉恒　译）

（选自《卡夫卡全集》第4卷）

《城堡》被誉为“灵魂的城堡”，因它有着太多的解释，但又没有哪一种解释是完全解释，都只能是从某一个角度切入而获得的部分解释。

有论者指出，“城堡并不具备‘肯定’的意义或‘否定’的意义；它是一个被抽取了内容的永远漂浮的符号，它的全部价值、全部功能在于，这是为避免彻底绝望而设置的希望，也就是说，K所欲求的只是‘想要’这一欲求本身”，却没有想要的具体内容。因此，《城堡》对每个读者都是敞开的，每个读者都可能填充进自己“想要”的具体内容。

饥饿艺术家

近几十年来，人们对饥饿表演的兴趣大为淡薄了。从前自行举办这类名堂的大型表演收入是相当可观的，今天则完全不可能了。那是另一种时代。当时，饥饿艺术家风靡全城；饥饿表演一天接着一天，人们的热情与日俱增；每人每天至少要观看一次；表演期临近届满时，有些买了长期票的人，成天守望在小小的铁栅笼子前；就是夜间也有人来观看，在火把照耀下，别有情趣；天气晴朗的时候，就把笼子搬到露天场地，这样做主要是让孩子们来看看饥饿艺术家，他们对此有特殊兴趣；至于成年人来看他，不过是取个乐，赶个时髦而已；可孩子们一见到饥饿艺术家，就惊讶得目瞪口呆。为了安全起见，他们互相手牵着手，惊奇地看着这位身穿黑色紧身衣、脸色异常苍白、全身瘦骨嶙峋的饥饿艺术家。这位艺术家甚至连椅子都不屑去坐，只是席地坐在铺在笼子里的干草上，时而有礼貌地向大家点头致意，时而强作笑容回答大家的问题，他还把胳臂伸出栅栏，让人亲手摸一摸，看他多么消瘦，而后却又完全陷入沉思，对谁也不去理会，连对他来说如此重要的钟鸣(笼子里的唯一陈设就是时钟)他也充耳不闻，而只是呆呆地望着前方出神，双眼几乎紧闭。有时端起一只很小的杯子，稍稍啜一点儿水，润一润嘴唇。

《饥饿艺术家》是卡夫卡自己最珍爱的小说之一。小说写于1922年，同年10月发表。1924年，卡夫卡将他喜欢的几个小说集结为《饥饿艺术家》。当年6月2日，卡夫卡逝世前一天，他还在校对这部小说集。

同卡夫卡的其他小说一样，这篇小说也有许多不同的阐释。不过一般认为，这篇小说是卡夫卡“敞开心扉直至超越极限”的一次心灵历险。

小说写了一位饥饿艺术家的饥饿表演，原定表演40天，但饥饿艺术家出于对饥饿艺术的热爱，不愿在饥饿艺术处于最佳状态时中断艺术。最后饥饿艺术家表示，因为“找不到适合自己胃口的食物”，所以绝食，成就了最高境界的艺术人生。

许多论者认为，这篇小说就是卡夫卡自己的写照。

饥饿艺术家以饥饿为目的；卡夫卡作为作家以写作为目的，他说：“我写作，所以我存在。”

饥饿艺术家为饥饿而死；卡夫卡为写作而耗尽自己的生命。

临死前，卡夫卡穿上衣服体重也不足100英镑。

饥饿艺术家献身艺术并不为人们所理解；卡夫卡生前也并不为人们所认识。

当然，《饥饿艺术家》是小说，不是传记。小说中的饥饿艺术家可以说是所有为艺术而献身的艺术家的写照，自然包括卡夫卡在内。

观众来来去去，川流不息，除他们以外，还有几个由公众推选出来的固定的看守人员。说来也怪，这些人一般都是屠夫。他们始终三人一班，任务是日夜看住这位饥饿艺术家，绝不让他有任何偷偷进食的机会。不过这仅仅是安慰观众的一种形式而已。因为内行的人大概都知道，饥饿艺术家在饥饿表演期间，不论在什么情况下都是点食不进的，你就是强迫他吃他都是不吃的。他的艺术的荣誉感禁止他吃东西。当然，并非每个看守的人都能明白这一点的，有时就有这样的夜班看守，他们看得很松，故意远远地聚在一个角落里，专心致志地打起牌来。很明显，他们是有意要留给他一个空隙，让他得以稍稍吃点儿东西；他们以为他会从某个秘密的地方拿出贮藏的食物来。这样的看守是最使饥饿艺术家痛苦的了。他们使他变得忧郁消沉；使他的饥饿表演异常困难；有时他强打精神，尽其体力之所能，就在他们值班期间，不断地唱着歌，以便向这些人表明，他们怀疑他偷吃东西是多么冤枉。但这无济于事；他这样做反而使他们一味赞叹他的技艺高超，竟能一边唱歌，一边吃东西。另一些看守人员使饥饿艺术家甚是满意，他们紧挨着笼子坐下来，嫌厅堂里的灯光昏暗，还用演出经理发给他们使用的手电筒照射着他。刺眼的光线对他毫无影响，入睡固然不可能，稍稍打个盹儿他一向是做得到的，不管在什么光线下，在什么时候，也不管大厅里人山人海，喧闹不已。他非常愿意彻夜不睡，同这样的看守共度通宵；他愿意跟他们逗趣戏谑，给他们讲他漂泊生涯的故事，然后又悉心倾听他们的趣闻，目的只有一个：使他们保持清醒，以便让他们始终看清，他在笼子里什么吃的东西也没有；让他们知道，他们之中谁也比不上他的忍饿本领。然而他感到最幸福的是，当天亮以后，他掏腰包让人给他们送来丰盛的早餐，看着这些壮汉们在熬了一个通宵以后，以健康人的旺盛食欲狼吞虎咽。诚然，也有人对此举不以为然，他们把这种早餐当作饥饿艺术家贿赂看守以利自己偷吃的手段。这就未免太离奇了。当你问他们自己愿不愿意一心为了事业，值一通宵的夜班而不吃早饭，他们就会溜之乎也，尽管他们的怀疑并没有消除。

人们对饥饿艺术家的这种怀疑却也难于避免。作为看守，谁都不可能日以继夜、一刻不停地看着饥饿艺术家，因而谁也无法根据亲眼目睹的事实证明他是否真的持续不断地忍着饥饿，一点漏洞也没有；这只有饥饿艺术家自己才能知道，因此只有他自己才是对他能够如此忍饥耐饿感到百分之百满意的观众。然而他本人却由于另一个原因又是从未满意过的；也许他压根儿就不是因为饥饿，而是由于对自己不满而变得如此消瘦不堪，以致有些人出于对他的怜悯，不忍心见到他那副形状而不愿来观看表演。除了他自己之外，即使行家也没有人知道，饥饿表演是一件如此容易的事，这实在是世界上最轻而易举的事了。他自己对此也从不讳言，但是没有人相信。从好的方面想，人们以为这是他出于谦虚，可人们多半认为他是在自我吹嘘，或者干脆把他当作一个江湖骗子，断绝饮食对他当然不难，因为他有一套使饥饿轻松好受的秘诀，而他又是那么厚颜无耻，居然遮遮掩掩地说出断绝饮食易如反掌的实情。这一切流

自己做自己满意的观众，自己又对自己不满足。前者是对自己的肯定，后者是对自己的否定。肯定是对自己的鞭策；否定是永远前进的动力。

每一次表演结束，就是一件艺术品的完成。对艺术追求的执著与永不满足，正是艺术家永远向前的不竭原动力。

言蜚语他都忍受下去，经年累月他也已经习惯了。但在他的内心里这种不满始终折磨着他。每逢饥饿表演期满，他没有一次是自觉自愿地离开笼子的，这一点我们得为他作证。经理规定的饥饿表演的最高期限是四十天，超过这个期限他决不让他继续饿下去，即使在世界有名的大城市也不例外，其中道理是很好理解的。经验证明，大凡在四十天里，人们可以通过逐步升级的广告招徕不断激发全城人的兴趣，再往后观众就疲了，表演场就会门庭冷落。在这一点上，城市和乡村当然是略有区别的。但是四十天是最高期限，这条常规是各地都适用的。所以到了第四十天，插满鲜花的笼子的门就开了，观众兴高采烈，挤满了半圆形的露天大剧场，军乐队高奏乐曲，两位医生走进笼子，对饥饿艺术家进行必要的检查、测量，接着通过扩音器当众宣布结果。最后上来两位年轻的女士，为自己有幸被选中侍候饥饿艺术家而喜气洋洋，她们要扶着艺术家从笼子里出来，走下那几级台阶，阶前有张小桌，上面摆好了精心选做的病号饭。在这种时刻，饥饿艺术家总是加以拒绝。当两位女士欠着身子向他伸过手来准备帮忙的时候，他虽是自愿地把他皮包骨头的手臂递给了她们，但他却不肯站起来。现在刚到四十天，为什么就要停止表演呢？他本来还可以坚持得更长久，无限长久地坚持下去，为什么在他的饥饿表演正要达到最出色的程度(唉，还从来没有让他的表演达到过最出色的程度呢)的时候停止呢？只要让他继续表演下去，他不仅能成为空前伟大的饥饿艺术家——这一步看来他已经实现了——而且还要超越这一步而达

艺术没有止境。被常人认为空前伟大是一境，“达到常人难以理解的高峰”是更高的一境。前者可能只会热闹一时，后者才会永垂不朽。卡夫卡是真真切切的后者。

到常人难以理解的高峰呢(因为他觉得自己的饥饿能力是没有止境的),为什么要剥夺他达到这一境界的荣誉呢?为什么这群看起来如此赞赏他的人,却对他如此缺乏耐心呢?他自己尚且还能继续饿下去,为什么他们却不愿忍耐着看下去呢?而且他已经很疲乏,满可以坐在草堆上好好休息休息,可现在他得支立起自己又高又细的身躯,走过去吃饭,而对于吃,他只要一想到就要恶心,只是碍于两位女士的份上,他才好不容易勉强忍住。他仰头看了看表面上如此和蔼,其实是如此残酷的两位女士的眼睛,摇了摇那过分沉重地压在他细弱的脖子上的脑袋。但接着,一如往常,演出经理出场。经理默默无言(由于音乐他无法讲话),双手举到饥饿艺术家的头上,好像他在邀请上苍看一看他这草堆上的作品,这值得怜悯的殉道者(饥饿艺术家确实是个殉道者,只是完全从另一种意义上讲罢了);演出经理两手箍住饥饿艺术家的细腰,动作非常小心翼翼,以便让人感到他抱住的是一件极易损坏的物品;这时,经理很可能暗中将他微微一撼,以致饥饿艺术家的双腿和上身不由自主地摆荡起来;接着就把他交给那两位此时吓得脸色煞白的女士。于是饥饿艺术家只得听任一切摆布;他的脑袋耷拉在胸前,就好像它一滚到了那个地方,就莫名其妙地停住不动了;他的身体已经掏空;双膝出于自卫的本能互相夹得紧紧,但两脚却擦着地面,好像那不是真实的地面,它们似乎在寻找真正可以着落的地面;他的身子的全部重量(虽然非常轻)都落在其中一个女士的身上,她气喘吁吁,四顾求援(真想不到这件光荣差事竟是这样的),她先是

“另一种意义”是一种怎样的意义?是指向饥饿,还是指向对饥饿的不满足?两者不能截然分开,但作为一个永不满足的艺术家,饥饿艺术家所殉之道恐怕更多地指向了不满于现时的饥饿境界。因此,饥饿艺术家“总是他一个人不满意”,并不为人们所理解,甚至有深深的误解:认为他的不满意和暴怒等等“反常”行为,都是因为饥饿引起的。

尽量伸长脖子，这样至少可以使饥饿艺术家碰不到她的花容。但这点她并没有做到，而她的那位较为幸运的女伴却不来帮忙，只肯战战兢兢地执著饥饿艺术家的一只手——其实只是一小把骨头——举着往前走，在哄堂大笑声中那位倒霉的女士不禁哇的一声哭了起来，只得由一个早就站着待命的仆人接替了她。接着开始就餐，经理在饥饿艺术家近乎昏厥的半眠状态中给他灌了点流汁，同时说些开心的闲话，以便分散大家对饥饿艺术家身体状况的注意力，然后，据说饥饿艺术家对经理耳语了一下，经理就提议为观众干杯；乐队起劲地奏乐助兴。随后大家各自散去。谁能对所见到的一切不满意呢，没有一个人。只有饥饿艺术家不满意，总是他一个人不满意。

每表演一次，便稍稍休息一下，他就这样度过了许多个岁月，表面上光彩照人，扬名四海。尽管如此，他的心情通常是阴郁的，而且有增无已，因为没有一个人能够认真体察他的心情。人们该怎样安慰他呢？他还有什么可企求的呢？如果一旦有个好心肠的人对他表示怜悯，并想向他说明他的悲哀可能是由于饥饿造成的。这时，他就会——尤其是在经过了一个时期的饥饿表演之后——用暴怒来回答，那简直像只野兽似的猛烈地摇撼着栅栏，真是可怕之极。但对于这种状况，演出经理自有一种他喜欢采用的惩治办法。他当众为饥饿艺术家的反常表现开脱说：饥饿艺术家的行为可以原谅，因为他的易怒性完全是由饥饿引起的，而对于吃饱了的人并不是一下就能理解的。接着他话锋一转就讲起饥饿艺术家的一种需要加以解释的说法，即他能够断食的时

因果倒置是常见的误解。因为必须提前收场，打断了饥饿艺

间比他现在所作的饥饿表演要长得多。经理夸奖他的勃勃雄心、善良愿望与伟大的自我克制精神，这些无疑也包括在他的说法之中；但是接着经理就用出示照片（它们也供出售）的办法，轻而易举地把艺术家的那种说法驳得体无完肤。因为在这些照片上，人们看到饥饿艺术家在第四十天的时候，躺在床上，虚弱得奄奄一息。这种对于饥饿艺术家虽然司空见惯却不断使他伤心丧气的歪曲真相的做法，实在使他难以忍受。这明明是饥饿表演提前收场的结果，大家却把它解释为饥饿表演之所以结束的原因！反对这种愚昧行为，反对这个愚昧的世界是不可能的。在经理说话的时候，他总还能真心诚意地抓着栅栏如饥似渴地倾听着，但每当他看见相片出现的时候，他的手就松开栅栏，叹着气坐回到草堆里去，于是刚刚受到抚慰的观众重又走过来观看他。

几年后，当这一场面的目击者们回顾这件往事的时候，他们往往连自己都弄不清是怎么一回事了。因为在这期间发生了那个已被提及的剧变；它几乎是突如其来的；也许有更深刻的缘由，但有谁去管它呢；总之，有一天这位备受观众喝彩的饥饿艺术家发现他被那群爱热闹的人们抛弃了，他们宁愿纷纷涌向别的演出场所。经理带着他又一次跑遍半个欧洲，以便看看是否还有什么地方仍然保留着昔日的爱好；一切徒然；到处都可以发现人们像根据一项默契似地形成一种厌弃饥饿表演的倾向。当然，冰冻三尺非一日之寒，现在回想起来，当时就有一些苗头，由于人们被成绩所陶醉，没有引起足够的重视，没有切实加以防止，事到如今要采取什么对策却为

术家的表演，也即中断了饥饿艺术家的艺术，所以饥饿艺术家“虚弱得奄奄一息”；但“大家”却把这种“奄奄一息”解释为饥饿表演之所以结束的原因。

对执著追求的艺术家而言，痛苦的不是“空乏其身”，而是被迫中止其追求。

读到此，我们已理解了卡夫卡为什么那样珍爱这篇小说了：它非常清晰地传达了艺术家的艺术追求不可废止而又不可为常人理解的真实。

这里表现了饥饿艺术家的对艺术的绝对信念。“卡夫卡热”在卡夫卡死后逐步形成，也是这种绝对信念的一个证明。

时已晚了。诚然，饥饿表演重新风行的时代肯定是会到来的，但这对于活着的人们却不是安慰。那么，饥饿艺术家现在该怎么办呢？这位被成千人簇拥着欢呼过的人，总不能屈尊到小集市的陋堂俗台去演出吧，而要改行干别的职业呢，则饥饿艺术家不仅显得年岁太大，而且主要是他对于饥饿表演这一行爱得发狂，岂肯放弃。于是他终于告别了经理——这位生活道路上无与伦比的同志，让一个大马戏团招聘了去；为了保护自己的自尊心，他对合同条件连看也不屑看一眼。

马戏团很庞大，它有无数的人、动物、器械，它们经常需要淘汰和补充。不论什么人才，马戏团随时都需要，连饥饿表演者也要，当然所提条件必须适当，不能太苛求。而像这位被聘用的饥饿艺术家则属于一种特殊情况，他的受聘，不仅仅在于他这个人的本身，还在于他那当年的鼎鼎大名。这项艺术的特点是表演者的技艺并不随着年龄的递增而减色。根据这一特点，人家就不能说：一个不再站在他的技艺顶峰的老朽的艺术家想躲避到一个马戏团的安静闲适的岗位上去。相反，饥饿艺术家信誓旦旦地保证，他的饥饿本领并不减当年，这是绝对可信的。他甚至断言，只要准许他独行其是(人们马上答应了他的这一要求)，他要真正做到让世界为之震惊，其程度非往日所能比拟。饥饿艺术家一激动，竟忘掉了时代气氛，他的这番言辞显然不合时宜，在行的人听了只好一笑置之。

献身艺术的艺术家不可能“拘于时”。无论“时代氛围”怎样，“激动”的艺术家总会在对艺术的“激动”追求中“忘掉”艺术之外的一切，如这位饥饿艺

但是饥饿艺术家到底还没有失去观察现实的能力，并认为这是当然之事，即人们并没有把他及其笼

子作为精彩节目安置在马戏场的中心地位，而是安插在场外一个离兽场很近的交通要道口，笼子周围是一圈琳琅满目的广告。彩色的美术体大字令人一看便知那里可以看到什么。要是观众在演出的休息时间涌向兽场去观看野兽的话，几乎都免不了要从饥饿艺术家面前经过，并在那里稍停片刻，他们庶几本来是要在那里多待一会儿，从从容容地观看一番的，只是由于通道狭窄，后面涌来的人不明究竟，奇怪前面的人为什么不赶紧去观看野兽，而要在这条通道上停留，使得大家不能从容观看他。这也就是为什么饥饿艺术家看到大家即将来参观（他以此为其生活目的，自然由衷欢迎）时，就又颤抖起来的原因。起初他急不可待地盼着演出的休息时间；后来当他看到潮水般的人群迎面滚滚而来，他欣喜若狂，但他很快就看出，那一次又一次涌来的观众，就其本意而言，大多数无例外地是专门来看兽畜的。即使是那种顽固不化、近乎自觉的自欺欺人的人也无法闭眼不看这一事实。可是看到那些从远处蜂拥而来的观众，对他来说总还是最高兴的事。因为，每当他们来到他的面前时，便立即在他周围吵嚷得震天价响，并且不断形成新的派别互相谩骂，其中一派想要悠闲自在地把他观赏一番，他们并不是出于对他有什么理解，而是出于心血来潮和对后面催他们快走的观众的赌气，这些人不久就变得使饥饿艺术家更加痛苦；而另一派呢，他们赶来的目的不过是想看看兽畜而已。等到大批人群过去，又有一些人姗姗来迟，他们只要有兴趣在饥饿艺术家跟前停留，是不会再有人妨碍他们的了，但这些人为了能及时看到兽

术家，如卡夫卡。兽畜表演与饥饿艺术家的表演并置，可以清晰地看到，饥饿艺术的表演是怎样地落败。

人的本能与兽畜同。卡夫卡用“饥饿艺术表演”给人类设置了一个超越本能的艺术之“的”。

设置家长向孩子解释的情境，是又一次表达对艺术的绝对信念。这里让我们读到了孔子那种“天不灭斯文”的文化信念。

古今中外，那些引领人类前行的神性人们，都必然具有这样的信念。否则，他们也就不可能“抱一而为天下式”，成为永远让后人景仰的“圣人”。

畜，迈着大步，匆匆而过，几乎连瞥也不瞥他一眼。偶尔也有这种幸运的情形：一个家长领着他的孩子指着饥饿艺术家向孩子们详细讲解这是怎么一回事。他讲到较早的年代，那时他看过类似的但盛况无与伦比的演出。孩子呢，由于他们缺乏足够的学历和生活阅历，总是理解不了——他们懂得什么叫饥饿吗？然而在他们炯炯发光的探寻着的双眸里，流露出那属于未来的、更为仁慈的新时代的东西。饥饿艺术家后来有时暗自思忖：假如他所在的地点不是离兽笼这么近，说不定一切都会稍好一些。像现在这样，人们很容易就选择去看兽畜，更不用说兽场散发出的气味，畜生们夜间的闹腾，给猛兽肩挑生肉时来往脚步的响动，喂食料时牲畜的叫唤，这一切把他搅扰得多么不堪，使他老是郁郁不乐。可是他又不敢向马戏团当局去陈述意见；他得感谢这些兽类招徕了那么多的观众，其中时不时也有个把是为光顾他而来的，而如果要提醒人们注意还有他这么一个人存在，从而使人们想到，他——精确地说——不过是通往厩舍路上的一个障碍。那么谁知道人家会把他塞到哪里去呢。

饥饿艺术家非常清楚自己的意义与价值——做人们“通往厩舍路上的一个障碍”。这就是艺术的绝对意义。因为艺术，人至今还是人。若没有了艺术，人与兽同。

自然是一个小小的障碍，一个变得越来越小的障碍。在现今的时代居然有人愿意为一个饥饿艺术家耗费注意力，对于这种怪事人们已经习以为常，而这种见怪不怪的态度也就是对饥饿艺术家的命运的宣判。让他去就其所能进行饥饿表演吧，他也已经那样做了，但是他无从得救了，人们从他身旁扬长而过，不屑一顾。试一试向谁讲讲饥饿艺术吧！一个人对饥饿没有亲身感受，别人就无法向他讲清楚饥饿

但是，庸众的通病是：永远忽视那些对自己最重要的帮助，甚至决定性的帮助；并且常

艺术。笼子上漂亮的美术字变脏了，看不清楚了，它们被撕了下来。没有人想到要换上新的；记载饥饿表演日程的布告牌，起初是每天都要仔细地更换数字的，如今早已没有人更换了，每天总是那个数字，因为过了头几周以后，记的人自己对这项简单的工作也感到腻烦了；而饥饿艺术家却仍像他先前一度所梦想过的那样继续饿下去，而且像他当年预言过的那样，他长期进行饥饿表演毫不费劲。但是，没有人记天数，没有人，连饥饿艺术家自己都一点不知道他的成绩已经有多大，于是他的心变得沉重起来。假如有一天，来了一个游手好闲的家伙，他把布告牌上那个旧数字奚落一番，说这是骗人的玩意，那么，他这番话在这种意义上就是人们的冷漠和天生的恶意所能虚构的最愚蠢不过的谎言，因为饥饿艺术家诚恳地劳动，不是他诳骗别人，倒是世人骗取了他的工钱。

常根本无法认知这些帮助，极有可能将这些帮助视为“欺骗”而诋毁、攻击，甚至仇恨。

又过了许多天，表演也总算告终。一天，一个管事发现笼子，感到诧异，他问仆人们，这个里面铺着腐草的笼子好端端的还挺有用，为什么让它闲着。没有人回答得出来，直到一个人看见了记数字的牌儿，才想起了饥饿艺术家来。他们用一根竿儿挑起腐草，发现饥饿艺术家在里面。“你还一直不吃东西？”管事问，“你到底什么时候才停止呢？”“请诸位原谅。”饥饿艺术家细声细气地说；管事耳朵贴着栅栏，因此只有他才能听懂对方的话。“当然，当然。”管事一边回答，一边用手指摸了摸自己的额头，以此向仆人们暗示饥饿艺术家的状况不妙。“我们原谅你。”“我一直在希望你们能赞赏我的饥饿表演。”饥

“饥饿”是“饥饿表演”的唯一办法，“艺术”是“艺术家”的唯一办法。失去了“饥饿”

饿艺术家说。“我们也是赞赏的。”管事迁就地回答说。“但你们不应当赞赏。”饥饿艺术家说。“好，那我们就不赞赏，”管事说，“不过究竟为什么我们不应该赞赏呢？”“因为我只能挨饿，我没有别的办法。”饥饿艺术家说。“瞧，多怪啊！”管事说，“你到底为什么没有别的办法呢？”“因为我，”饥饿艺术家一边说，一边把小脑袋稍稍抬起一点，撮起嘴唇，直伸向管事的耳朵，像要去吻它似的，惟恐对方漏听了他一个字，“因为我找不到适合自己胃口的食物。假如我找到这样的食物，请相信，我不会这样惊动视听，并像你和大家一样，吃得饱饱的。”这是他最后的几句话，但在他那瞳孔已经扩散的眼睛里，流露着虽然不再是骄傲却仍然是坚定的信念：他要继续饿下去。

“好，归置归置吧！”管事说，于是人们把饥饿艺术家连同烂草一起给埋了。而笼子里换上了一只小豹，即使感觉最迟钝的人看到在弃置了如此长时间的笼子里，这只凶猛的野兽不停地蹦来跳去，他也会感到赏心悦目，心旷神怡。小豹什么也不缺。看守们用不着思考良久，就把它爱吃的食料送来，它似乎都没有因失去自由而惆怅；它那高贵的身躯，应有尽有，不仅具备着利爪，好像连自由也随身带着。它的自由好像就藏在牙齿中某个地方。它生命的欢乐是随着它喉咙发出如此强烈的吼声而产生，以致观众感到对它的欢乐很受不了。但他们克制住自己，挤在笼子周围，舍不得离去。

（叶廷芳　译）

（选自《卡夫卡全集》第1卷）

就没有了“饥饿表演”；失去了“艺术”就没有了“艺术家”。

所以，饥饿艺术家除了“饥饿”这一“食物”，是“找不到适合自己胃口的食物”的。

所以，饥饿艺术家要不断超越艺术境界，他就一定要将饥饿进行到底。

但人们视饥饿艺术家如同与他朝夕相伴的烂草。这是卡夫卡对世俗的绝望，更是对艺术的最纯粹的坚持。

因此，小豹子代替饥饿艺术家是这篇小说结局的必然选择——当此之时，引人超越的艺术的意义既然无法被人们理解与接受，非艺术的本能狂欢将成为人们的最爱。

最后，我们还是要看到这篇小说呈现的一个二律背反问题：为艺术而献身却是以生命为代价——艺术家的生命价值在于追求艺术，而对艺术的追求最终毁灭了生命。这体现了生命意义的唯一性，但这种唯一性又具有反生命的特征。

这种二律背反是不是人类的永恒之痛？人类是否有可能走出？如何走出？值得深思，值得探究。

乡村医生

我感到非常窘迫：我必须赶紧上路去看急诊；一个患重病的人在十英里外的村子里等我；可是从我这儿到他那里是广阔的原野，现在正狂风呼啸，大雪纷飞；我有一辆双轮马车，大轮子，很轻便，非常适合在我们乡村道路上行驶；我穿上皮大衣，手里拿着放医疗用具的提包，站在院子里准备上路；但是找不到马，根本没有马。我自己的马就在头天晚上，在这冰雪的冬天里因劳累过度而死了；我的女佣人现在正在村子里到处奔忙，想借一匹马来；但是我知道，这是不会有什么结果的，我白白地站着，雪愈下愈厚，愈等愈走不了了。那姑娘在门口出现了，只有她一个人，摇晃着灯笼；当然，谁会在现在这样的时刻把马借给你走这一程路呢？我又在院子里走来走去，可是想不出一点办法；我感到很伤脑筋，心不在焉地向多年来一直不用的猪圈破门踢了一脚。门开了，门板在门铰链上摆来摆去发出拍击声。一股热气和马身上的气味从里面冒出来。一盏昏暗的厩灯吊在里面的一根绳子上晃动着。有个人在这样低矮的用木板拦成的地方蹲着，露出一张睁着蓝眼睛的脸。"要我套马吗？"他问道，匍匐着爬了出来。我不知道说什么好，只是弯下腰来看看猪圈里还有什么。女佣人站在我的身边。她说："人往往不知道自己家

《乡村医生》约写于1917年，第二年发表。1919年卡夫卡出版了同名小说集。与《饥饿艺术家》一样，这篇小说也是卡夫卡自己最喜欢的小说之一。小说具有很浓厚的神幻性，一些论者认为根本不可解，《城堡》还可"猜"，《乡村医生》却无法"猜"。但许多作家读过这篇小说后都大为赞赏，甚至认为是自己的"启蒙老师"。像中国作家莫言、余华等都曾表示，这篇小说对他们影响甚大。

这里介绍一种读法——米兰·昆德拉的读法：小说提供了人类世界"存在的密码"——荒诞无序背后人类的"存在"意蕴，提醒人类不要坠入"对存在的遗忘"。而这种"存在"主要表现为"三无"——"无力"、"无根"、"无助"。

"无力"——理性不可抵达一切，非理性的迷惘与焦躁是常态。"无根"——当理性中的文化之根被铲除，人在非理性中就失去了依傍，只能飘浮空中。"无助"——没有谁可以"帮"你，你最终是"孤身一命"或"孤魂一缕"。

里还会有些什么东西。”我们两人都笑了。

“喂，老兄，喂，姑娘！”马夫叫着，于是两匹强壮的膘肥的大马，它们的腿紧缩在身体下面，长得很好的头像骆驼一样低垂着，只是靠着躯干运动的力量，才从那个和它们身体差不多大小的门洞里一匹跟着一匹挤出来。它们马上都站直了，原来它们的腿很长，身上因出汗而冒着热气。“去帮帮他忙。”我说，于是那听话的姑娘就赶紧跑过去，把套车用的马具递给马夫。可是她一走近他，那马夫就抱住她，把脸贴向她的脸。她尖叫一声，逃回到我这里来，脸颊上红红地印着两排牙齿印。

“你这个畜生，”我愤怒地喊道，“你是不是想挨鞭子？”但是我马上就想到，这是个陌生人：我不知道他是从哪儿来，而当大家都拒绝我的要求时，他却自动前来帮助我摆脱困境。他好像知道我在想什么，所以对我的威胁没有生气，只顾忙着套马，最后才把身子转向我。“上车吧！”他说。的确，一切都已准备好了。我注意到这确实是一对好马，我还从来没有用过这样的好马拉过车呢，我就高高兴兴地上了车。“不过我得自己来赶车，因为你不认识路。”我说。“当然啰，”他说，“我不跟你去，我要留在罗莎这里。”“不！”罗莎叫喊起来，并跑进屋里，预感到自己将遇到无可逃避的厄运；我听见她拴上门链发出的叮当声；我听见钥匙在锁孔里转动的声音；我还可以看到她先关掉过道里的灯，然后穿过好几个房间把所有的灯都关掉，别人就找不到她了。“你同我一道走，”我对马夫说，“否则我就不去了，即使是急诊也罢。我不想为这事把姑娘交给你作为代价。”“驾！”他吆

但这种读法也并不能解释小说提供的一切。同学们也可以试着用一种方式来解读。不过无论怎么样的读法，都不可回避下面这些问题。

马从哪里来的？马车夫从哪里来的？马与车夫什么时候藏在多年来一直不用的猪圈？10 英里怎么会“一瞬间的工夫”就到了？

这些问题无法用现实与理性回答，但这些问题的解决是一个“医生”存在的前提。解决了这些问题，才会有“今夜”的“乡村医生”——在暴风雪之夜“赶路去看急诊”。

“乡村”是人间（大地）的象征。“医生”是人间病痛的象征，他让人间有了一种参照。“马”是解除人间病痛的一种力量的象征。

病人为什么对医生说“让我死吧”？医生为什么一开始什么病也看不出来？

这两个问题是这篇小说的核心问题。

人总是要病的，也总是要死的。病入膏肓的人请求死是一种顺其自然。医生的职责是救死扶伤，医生的行为是一种延缓死亡的抗拒之举。但医生心中很清楚，战胜死亡

喝道，同时拍了拍手；马车便像在潮水里的木头一样向前急驰；我听到马夫冲进我屋子时把房屋的门打开发出的爆裂声，接着卷来一阵狂风暴雪侵入我所有的感官，使我什么也听不见什么也看不到。

但这只是一瞬间的工夫，因为我已经到了目的地，好像病人家的院子就在我家的院门外似的；两匹马安静地站住了；风雪已经停止；月光洒在大地上；病人的父母匆匆忙忙地从屋里出来，后面跟着病人的姐姐；我几乎是被他们从车子里抬出来的；他们七嘴八舌地嚷嚷着，我一句也听不清楚；病人房间里的空气简直无法呼吸；炉子没有人管可是冒着烟；我想打开窗子，但是我首先得看看病人。这年轻的病人长得很瘦，不发烧，不冷，也不热，有一双失神的眼睛，身上没有穿衬衫，他从鸭绒被下坐起来，搂住我的脖子，对着我的耳朵轻声说："医生，让我死吧。"我向四周看了一眼；没有人听到这句话；病人的父母正弯身向前默默地站着，静候我的诊断；姐姐搬来一张椅子让我放手提包。我打开提包，寻找医疗用具；这孩子还是从床上向我摸过来。要我记住他的请求；我取出一把小镊子，在烛光下检查了一下又把它放回去。"是的。"我有些亵渎神明地想，"上帝在这种情况下真肯帮忙，送来了失去的马，由于事情紧急还多送一匹，甚至还过了分多送了一个马夫——"这时我才又想起了罗莎；我该怎么办，我怎样才能救她，离她有十英里之外，而且套的两匹马难以驾驭，在这种情况下，我怎样才能把她从马夫身下拉出来呢？现在，这两匹马不知用什么方法松开了缰绳，我也不知道它们怎样从外面把窗户顶开的；每一匹马都从

是不可能做到的。因此，当病人真诚地请求死亡时，医生顺从了病人的愿望，所以看不出有什么病，相反认为"这孩子是健康"的。

这也关涉人生终极意义的理解。从健康与病苦的对立看，健康是为病苦存在的；从活与死的对立看，活是为死存在的。苦是健康的归宿，死是活的归宿。既然归宿早已注定，人生的终极意义就应当是"健康"地"活"。既然这个孩子对死亡有了自己正确的理解，那他就是"健康"的，所以他没有病苦，当然无须去检查了。

但世俗意义上的人，如病人的父亲、母亲、姐姐等，却不可能这样理解人生。于是在他们的要求下，"乡村医生"给"病人"做了一次仔细的检查，并查出病苦所在，并以"鲜花"为喻。

这又引出了一个重要问题：为什么医生将"溃烂伤口"喻为"一朵鲜花"？

这恰恰证明了孩子生命的意义所在——这正是一个健康的生命与病苦、与死亡战斗的"功勋章"。人的一生如果没有与病苦、死亡这些"恶"战斗的英勇记录，人活着

的意义即已消失。像卡夫卡，就战斗了一生，直到最后一息。

一扇窗户探进头来注视着病人，对于这家人的叫喊毫不在乎。“我最好马上就回去。”我想好像那两匹马在要求我回去似的，但我还是容许病人的姐姐替我脱下皮大衣，她还以为我热得有些晕眩了。老人给我斟来一杯罗姆酒，拍拍我的肩膀，他拿出心爱的东西来待客表明对我的亲切信赖。我摇了摇头；老人狭隘的思想，使我很不舒服；正是由于这个原因我谢绝喝酒。母亲站在床边招呼我过去，我顺从了，而当一匹马向天花板高声嘶叫的时候，我把头贴在孩子的胸口，他在我的潮湿的胡子下面战栗起来。这就证实了我的看法：这孩子是健康的，只是血液循环方面有些小毛病，这是因为她母亲宠爱过分给他多喝了咖啡的缘故，但确实是健康的，最好还是把他赶下床来。我并不是个社会改革家，所以只好由他躺着。我是这个地区雇佣的医生，非常忠于职守，甚至有些过了分。我的收入很少，但我非常慷慨，对穷人乐善好施。可是我还得养活罗莎，所以这男孩想死是对的，因为我自己也想死。在这漫长的冬日里，我在这儿干些什么啊！我的马已经死了，村子里没有一个人肯借马给我。我只得从猪圈里拉出马来套车；要不是猪圈里意外地有两匹马，我只好用猪来拉车了。事情就是这样。于是我向这家人点点头。他们一点也不知道这些事，即使他们知道了，他们也是不会相信的。开张药方是件容易的事，但是人与人之间要互相了解却是件难事。好了，我的出诊也就到此结束，我又一次白跑了一趟，反正我已经习惯了，这一地区的人老是晚上来按我的门铃，使我深受折磨，但是这一次还得牺牲个罗莎，这个漂亮的姑娘多年来一直和我生活在一起，我几乎没有怎么管她——这个牺牲未免太大了，于是我必须在头脑里仔细琢磨一下，以克制自己不致对这家人训斥起来，他们无论如何也不可能把罗莎还给我了。但是当我关上提包，伸手去取皮大衣时，全家人都站在一起，父亲嗅着手里的那杯甜酒，母亲可能对我感到失望——是啊，人们还期待些什么呢？——她含着泪咬着嘴唇，姐姐摇晃着一条满是血污的毛巾，于是我打定主意作好准备，在某种情况下承认这孩子也许是真的病了。我向他走去，他朝我微笑着，好像我给他端去最滋补的汤菜似的——啊，现在两匹马同时嘶叫起来；这叫声一定是上帝特地安排来帮助我检查病人的——此时我发现：这孩子确实有病。在他身体的右侧靠近胯骨的地方，有个手掌那么大的溃烂伤口，玫瑰红色，但各处深浅不一，中间底下颜色最深，四周边上颜色较浅，呈微小的颗粒状，伤口里不时出现凝结的血块，好像是矿山上的露天矿。这是从远处看去。如果近看的话，情况就更加严重。谁看了这种情形会不惊讶地发出唏嘘之声呢？和我的小手指一样粗一样长的蛆虫，它们自己的身子是玫瑰红色，同时又沾上了血污，正用它们白色的小头和许多小脚从伤口深处蠕动着爬向亮处。可怜的孩子，你是无可救药的了。我已经找出了你致命的伤口；你身上的这朵鲜花正在使你毁灭。全家人都很高兴，他们看我忙来忙去；姐姐把这个情况告诉母亲，母亲告诉父亲，父亲告诉一些客人。他们刚从月光下走进洞开的门，踮着脚、张开两臂以保持身体的平衡。“你要救我吗？”这孩子抽噎着轻轻地说，他因为被伤口中蠕动的生命而弄得头眩眼花。住在这个地区的人都是这样，总是向医生要求不可能做到的事情。他们已经失去了旧有的信仰；牧师会在家里一件一件地拆掉自己的法衣；可是医生却被认为是什么都能的，只要一动手术就会妙手回春。好吧，随他们的便吧：我不是自动要去替他们看病的；如果他们要用我充作圣职，那我也只好这样；我是个上了年纪的乡村医生。我的女佣人都给人家夺去了，我还能希冀什么好事情呢！于是这家人和村子里的长者一同来了，他们脱掉我的衣服；老师领着一个学生合唱队站在房子的前面，用极简单的曲调唱着这样的歌词：

为什么人们“总是向医生要求不可能做到的事情”？因为人们失去了自我拯救自我生命的力量——信仰。

脱掉他的衣服，他就能治愈我们，
如果他医治不好，就把他处死！
他仅仅是个医生，他仅仅是个医生。

为什么说“他仅仅是个医生”？因为世俗之人并不能认识到“医生”本身就是“病痛”的人间象征，看不到“医生”显现给他们的参照意义。

然后我的衣服被脱光了，我的手指捋着胡子，我把头侧向一边，静静地看着这些人。我镇定自若，胜过所有的人，尽管他们现在抱住我的头、拖住我的脚，把我按倒在床上，我仍然是这样。他们把我放在朝墙的一面，靠近孩子的伤口。然后他们从小房间里走出去；门也关上了；歌声也停止了；云层遮住了月亮；被褥使我的周身感到暖和；忽隐忽现的马头在洞开的窗户前晃动。“你知道，”我听到有人在我耳边说，“我对你很少信任。你不过是从那儿被抛弃掉的，根本不是用自己的脚走来的。你不但没有帮助我，还缩小我死亡时睡床的面积。我恨不得把你的

为什么人们要脱光医生，让他靠近病人的伤口？这是期望医生能竭尽一切为病人治病。医生也在体验死亡的过程中更深地明白了死亡的意义。

眼睛挖出来。""你说得对，"我说，"这的确是一种耻辱。但我是个医生。那我怎么办呢？相信我，我作为一个医生，要做什么事情也并不是很容易的。""你以为这几句道歉的话就会使我满足吗？哎，我也只能这样，我对一切都很满足。我带着一个美丽的伤口来到世界上；这是我的全部陪嫁。""年轻的朋友，"我说，"你的错误在于：你对全面的情况不了解。我曾经去过远远近近的许多病房，可以告诉你：你的伤口还不算严重。只是被斧子砍了两下，有了这么一个很深的口子。许多人都自愿把半个身子呈献出来，而几乎听不到树林中斧子的声音，更不用说斧子靠近他们了。""这是真的吗？或者是你趁我发烧的时候来哄骗我？""确实是这样，你安心地带着一个公家医生以荣誉担保的话去吧。"于是他相信了，他静静地安息了。可是现在我得考虑如何来救我自己了。两匹马还忠实地站在原处。我很快地把衣服、皮大衣和提包收集在一起；我不愿意把时间花费在穿衣服上；如果两匹马能像来时一样快速，那么简直就可以说我从这张床一跳就跳回到自己的床上。一匹马驯顺地从窗口退回去了；我把收拾好的那包东西扔进马车；皮大衣飞得太远了，只有一只袖子牢牢地挂在一只钩子上。这就很好了。我自己跃上一匹马。缰绳松松地拖曳着，这匹马同另一匹马几乎没有套在一起，双轮马车晃里晃荡地随在后面，皮大衣拖在最后面，就这样行驶在雪地上。"驾！"我喊道，可是马没有奔驰起来；我们像老年人似的慢慢地拖过荒漠的雪地；在我们后面长久地响着孩子们唱的一首新编的但是错误的歌曲：

为什么"许多人都自愿把半个身子呈献出来"？这是那些先知先觉者甘愿用"痛苦"来增添人生的意义，用"折磨"来完满自己的人生。从这个角度说，那"许多人"的身上就不只"一朵鲜花"了，可能遍体"鲜花"了。

高兴吧，病人们，
医生正陪着你们躺在床上！

这样下去我可永远回不到家；我的兴旺发达的医疗业务也完了；一个后继者正在抢我的生意，但是没有用，因为他不能替代我；在我的房子里那讨厌的马夫正在胡作非为；罗莎是他的牺牲品；我不愿意再想下去了。在这最不幸时代的严寒里，我这个上了年纪的老人赤裸着身体，坐着尘世间的车子，驾着非人间的马，到处流浪。我的皮大衣挂在马车的后面，可是我够不着它，我那些手脚灵活的病人都不肯助我一臂之力。受骗了！受骗了！只要有一次听信深夜急诊的骗人的铃声——这就永远无法挽回。

（孙坤荣　译）

（选自《卡夫卡全集》第1卷）

何为“非人间的马”？从小说的开头可知，这马没有来处，可谓神马。人类自身没有办法解除自身的痛苦与死亡，痛苦与死亡是人类的宿命。但倘若能真正对此有洞悉，就不会固执于“尘世间的车子”永远颠簸于绝望之路上，而就有可能驾驭“非人间的马”作一种精神流浪，并以流浪为家。这也就可以理解“我”高喊“受骗了！受骗了！”——“我”明白了这不是“我”所要，但既已成为“乡村医生”，一切都会随时到来，无论你愿不愿意，所以，以超越现实的方式驾驭这一切，才能挽回。

第五单元 一个人的战斗

DI WU DAN YUAN

导语

1922 年 1 月 16 日，卡夫卡在日记中写道："崩溃，没有可能睡，没有可能醒来，没有可能忍受，更清楚地说，没有可能忍受连续不断的生活。钟表是不一致的，内心的时钟以一种魔鬼的或异常的或不管怎样说是非人的方法在追逐着，外部的时钟却慢吞吞地走着它寻常的路。"

在卡夫卡的世界中，别人都是"外部的时钟"（当然也包括被迫生活在世俗之内的卡夫卡），世俗之外的卡夫卡则是遵循"内心的时钟"。而世俗之外的卡夫卡才是卡夫卡想要的卡夫卡。为了这个世俗之外的卡夫卡的存活，卡夫卡一直在进行着一个人的艰苦卓绝的战斗，他的"敌手"就是"内心的时钟"之外的一切。所以，卡夫卡最终成为了那个"独自裸体地漂浮在这个冰冷的充满敌意的世界上"的卡夫卡。

对罪愆、苦难、希望和真正的道路的观察

(卡夫卡箴言)(摘选)

卡夫卡箴言共有一百余条,作于1917年10月19日至1918年2月26日,题目是1931年发表时马克斯·勃罗德所加。卡夫卡自己非常重视这些格言,将它们抄写在编号的纸片上,有的还被铅笔划掉,大概是准备修改的。

对于这些格言的理解也是人言人殊,但总的说它们应当是卡夫卡的私语,是卡夫卡摆脱心灵困境过程的真实记忆。勃罗德曾说:“他决不认为自己的作品对于那些追求信仰、自然和心灵的完美健康的人们是有力的助手,因为他本人就在以极端认真的态度为自己追寻正确的道路,首先需要为他自己,而不是为别人提供忠告。”由此我们能感到,卡夫卡是怀着“极端认真的态度”在生活,以“极端认真的态度”在沉思自己遭遇的生存困境。因为卡夫卡是站在“极端人”的角度沉思,所以这些沉思必然具有了普遍意义,而适合于所有人。

这里选取20余条,略作说明。

1. 真正的道路在一根绳索上，它不是绷紧在高处，而是贴近地面的。它与其说是供人行走，毋宁说是用来绊人的。

真正的道路是一根绊人的绳索。是的，人一定是在羁绊中行走、成长、成人的。否则，就没有了人。什么是羁绊的绳索？人类几千年建立起来的那些共同遵守的信条皆是；不同民族的景仰的圣人皆是，孔子是，耶稣是，佛陀也是。

2. 所有人类的错误无非是无耐心，是过于匆忙地将按部就班的程序打乱，是用似是而非的桩子把似是而非的事物圈起来。

卡夫卡的小说具有预言性，它的箴言也具有预言性。像这一条，就击中了今天社会的要害。以孩子的成长为例，几乎所有的孩子都"匆忙地将按部就班的程序打乱"了。没有了幼年，没有了童年，没有了少年，没有了青年，因为每一个阶段都被人为地提前了，有的甚至提前了两个阶段。于是，"圈"地盘的"桩子"和所"圈"的地盘，自然也就"似是而非"了。

3. 人类主罪有二，其他罪恶均由此而来：急躁和懒散。由于急躁，他们被驱逐出天堂；由于懒散，他们无法回去。也许只有一个主罪：懒散。由于懒散他们被驱逐，由于懒散他们回不去。

本条先讲两大主罪，后又讲也许只有一个主罪。比较一下，"懒散"确实比"急躁"更严重。一个人如果没有定力，没有执著，怎能真正做好一件事情呢？西方人讲此岸与彼岸，要从世俗此岸进入天堂彼岸那是一辈子也难以完成的人生伟业，"懒散"怎能抵达，同样也无法回去。于是，人们把自己抛在了路上，无家可归，成了永远的流浪汉。

5. 从某一点开始便不复存在退路。这一点是能够达到的。

人的一生是一个过程，是一个不可逆的过程。因此，某一时刻到达某一生命节点后，之前的生命就不会再回来。对这一生命特征的理解，随着人的生命消逝的累加，会越来越深刻，也越来越恐惧。卡夫卡的一生始终伴随着恐惧，应当与此有一定的关系。

7. “恶”的最有效的诱惑手段之一是挑战。

西方基督文化中，“罪”是与生俱来的，“恶”才是后天滋生的。什么滋生“恶”？在卡夫卡看来，“挑战”是原因之一。欲望产生“挑战”，或者说“我要”产生“挑战”。卡夫卡的生活是内敛型的，他的内心更一直处在强烈的自审中。他的这种生活态度与心灵特质和西方文化整体上崇尚外拓与张扬是相悖的。也许正是在这样的对比中，卡夫卡窥到了西方“挑战”文化对人的伤害。

“挑战”具有主动性、进攻性，甚至侵犯性。确实，现代社会的许多“恶”都来自这一类的“挑战”。

10. 正确的解释却是，一个大魔鬼附上了他的身，无数小魔鬼就纷纷涌来为大魔鬼效劳。

当一种大的恶念在人的头脑中产生后，他就会不择手段，只要能达到目的，就无所不用其极。

15. 像一条秋天的道路，还未来得及扫干净，它又为干枯的树叶所覆盖。

“像”字前面没有加主语，这就给了读者很大的空间。如果在主语位置置上“人生”，显然它就有了很强的“自审”性。这与曾子所言“吾日三省吾身”有相似处，但又有很大区别。曾子所言指向完成时，只要“三省吾身”便能达到“修身”的目的。卡夫卡所言指向未完成，且具有不可完成性，因此，具有更大的警示意义。卡夫卡正是以此为警钟，每天都咚咚敲响，所以他整天惶恐不安地处于“罪过”当中。

16. 一个笼子在找一只鸟。

万物都有相适性。只有彼此相适，才能彼此相融、相谐。从这个角度说，世间万物矛盾重重，关键在于都没有相适。

22. 你是作业。举目所及，不见学生。

作业是为学生学习而设的，没有学生，作业就失去了意义。世间事皆如此——失去了相对的一方，另一方即自动消亡。

23. 真正的敌对者那里有无穷的勇气输入你的体内。

正像处在生物链中的各类生物，倘若失去了另类的追逐乃至追杀，生物链将自动解体，世界将一片荒芜。

人需要敌手。没有了敌手，人将在懒散中失去进取的欲望，失去前行的生命力。

24. 理解这种幸福：你所站立的地面之大小不超出你双足的覆盖面。

人的幸福来自人的双足，人的幸福的大小来自人的双足的大小。卡夫卡对幸福的理解达到了“绝对真理”的地步。

人活着为了什么？为了追求幸福！但人们对幸福的理解与欲念，自古以来是多么自大狂妄啊！因此，各种各样的关于幸福的“厥词”车载斗量。而这恰是人类深重的不幸！

我也期待此生收获更多的幸福。但我深知，我的双足很小，如果能不断地行走，也许有可能有更多的覆盖面，所以只要可能，我就会行走，行走，行走！

25. 除非逃到这个世界当中，否则怎么会对这个世界感到高兴呢？

卡夫卡写下这句箴言时，一定非常难过。因为，他的一生对这个世界始终高兴不起来。但也可以想象，他写下这一句时一定充满憧憬，憧憬自己能真正从那个孤立无援的世界中"逃到这个世界当中"。但卡夫卡没有能实现这个愿望，他在 41 岁时孤寂地离开了人世，带着满身的伤痕。当然，这里的"这个世界"是指普通意义上的世界。

如果我们将"这个世界"理解为卡夫卡自己创造的"卡夫卡世界"，那么卡夫卡确实完成了从"普通意义上的世界"逃到"卡夫卡世界"；那么，他一定是带着微笑离开这个人世的。

据他一生的挚友勃罗德说，卡夫卡最后一句话是对他妹妹说的：请离我远一点。他怕他的妹妹被传染上他的结核病。谁也不能否定，这是一个温馨的、微笑的告别。

28. 一旦自身接纳了恶魔，它就不再要求人们相信它了。

恶魔在征服人们之前，它肯定不是以恶魔的形象出现，它一定会伪装成可爱的形象，甚至天使的形象，通过各种方式骗取人们的信任。人们一旦信任、接纳了恶魔，恶魔就会原形毕露，为所欲为。

35. 没有拥有，只有存在，只有一种追求最后的呼吸、追求窒息的存在。

“拥有”的前提是“欲”，目标也是“欲”；“存在”的前提是“在”，目标也是“在”。卡夫卡小说所以表现的是“存在”，应当与他的这种生命态度有很大关系。

追求“呼吸”，就是追求自己的“存在”，就是追求在“窒息”中的“存在”。这样的“存在”具有个体性特征，与世俗之“欲”的“拥有”有根本的区别。世俗之欲的“拥有”，是世俗生命的共有特征。对一个需要个人空间的写作者来说，“存在”远比“拥有”重要得多。

51. 恶魔能诱惑人，却无法变成人。

当那个公共的“上帝死了”之后，人们各自的心灵都有了各自的上帝。人们以为按着自己心灵上帝的意旨行事即可进入天堂，而实际上自己心灵的上帝却是欲望的恶魔化。在这欲望恶魔引诱下，人逐渐离人远去。若要使自己成为真人，最好的办法恐怕就是尽可能控制自己的欲望，更多的时候不妨把欲望看成是引诱你的恶魔而拒绝之。

56. 有些问题是我们无法回避的，除非我们生来就不受其约束。

“有些问题”是什么问题？

卡夫卡在他的这组箴言中思考得最多的问题是与“罪”“恶”有关的宗教与道德问题。第 10 条说：“正确的解释却是，一个大魔鬼附上了他的身，无数个小魔鬼就纷纷涌来为大魔鬼效劳。”第 39 条说：“对于恶魔不能分期付款——但人们却在不停地试着这么做。”第 106 条说：“难道除了欺骗你还懂得别的什么吗?”

卡夫卡在其作品中思考得最多的是存在的真实性问题,即我们用什么证明我们自身的存在,也就是追问我们的生存意义。如果彼岸存在,那么此岸的泅渡便有了意义;现在“上帝死了”,此岸的泅渡意义何在?如果活着就是存在,那么我们活着的凭借是什么?卡夫卡看到了现代社会的重要特征——(经济)交换。难道能“交换”就是活着的凭借?卡夫卡拒绝这样的“交换”!从这里出发,也许我们更能理解卡夫卡要焚毁自己作品的遗嘱中所呈现出来的“高贵”心灵。当别人用自己的写作去“营生”的时候,他却通过写作“拷问”自我,“追杀”自我,因为他忠实于自己的心灵,不“回避”“有些我们无法回避的问题”。

58. 除了感性世界外,语言只能暗示性地被使用着,而从来不曾哪怕近似于比较性地被使用过,因为它(与感性世界相适应)仅仅与占有及其关系相联系。

卡夫卡对语言有着非常独特的感受。他是犹太人,生活在捷克的布拉格,却只能使用德语写作(这是由他的家族选择德语作为生存语言决定的)。因此,他在生命晚期依然拼命地学习自己的真正母语——希伯来语(犹太人母语),他也希望能用真正的母语写作。他说他用德语写作,就像偷走了摇篮中的婴儿。

这段话是卡夫卡关于语言功用的表达,有三层意思:语言可以表现感性世界(他的小说世界);感性世界之外,语言只能暗示性地使用,很难比较性(理性）地使用；语言只能表达已经“占有”的东西。

卡夫卡认为语言只能表达这些，所以他常常感叹“辞不达意”。也因此，卡夫卡的文字充满了暗示性、象征性和寓言性。但正是这种暗示性、象征性和寓言性，使得卡夫卡的语言世界成为了极度想象的世界。也因此，人们认为卡夫卡的作品表现了前人从未抵达的广阔辽远而又幽微深邃的世界。

62. 如果谁在这世界之内爱他人，那么这与在这个世界之内爱自己相比，即非更不当，亦非更正当。剩下的只是这一个问题：第一点是否能做到。

这里卡夫卡提出了一个根本性的问题：我们“在这个世界之内”能否做到爱另一个人？首先要注意的是“在这个世界之内”，是什么意思？也就是“在现世世界上”、“此岸”，它相对于“来世”，相对于“彼岸”。“在这个世界之内”“爱另一个人”，卡夫卡对此没有信心。但他又在第 78 条中说：“性欲的爱模糊了圣洁的爱；它单独做不到这一点，但由于它自身无意识地含有圣洁的爱的因素，它便能做到。”从这里可以看到卡夫卡内心的挣扎。也许从这个角度我们更能理解，卡夫卡为什么与菲莉斯两次订婚又两次解约，因为他希望爱一个人就真的爱一个人，那是“圣洁的爱”，而不能把“含有圣洁的爱的因素”的“性欲的爱”就当作“圣洁的爱”了。他在给父亲的长信中花了很多篇幅与父亲讲自己的婚事，并解释了自己不结婚的最终原因，说：“我为什么没有结婚呢？个别的困难到处都有，而生活就是和这些困难作斗争。而最根本的、可惜游离于个别情况之外的困难则是，我在精神上显然没有能力结婚。”

当卡夫卡把自己逼到绝境之后，他无处转身，他看到自己人性之弱：没有信心爱另一个人，所以他绝不做欺骗另一个人的事情，绝不口是心非地与另一个人结合。我想，在这个世界上，有多少人能像卡夫卡这样去审视自己的人性之弱呢！我们看到的“人间胜景”有多少是“山盟海誓”之后的“虚幻”？又何止婚姻如此！

65. 逐出天堂就其主要部分而言是永恒的：逐出天堂虽然已成定局，在尘世生活虽然无可避免。但尽管如此，过程的永恒性却使我们有可能不仅有一直期望留在天堂中的可能，而且有事实上一直留在那里的可能，不管我们在这里知道还是不知道这一点。

这一条的关键是“过程的永恒性”。无论是否能进入天堂，应当永远有进入天堂的愿望，并为此而永远努力，永不放松。这个过程本身就已经将自己“留在天堂”。

东方圣人孔丘说：“我欲仁，斯仁至矣。”用来诠释卡夫卡这句箴言，就是：我要留在天堂，那天堂就在自己抵达的路上。

如果我们将“仁”或“天堂”换成任何其他的“善”，一样成立。

68. 有什么比信仰一个家神更为快活！

从卡夫卡心中流露出快活，并用笔记录下来，作为箴言赠送给世人，是一件很了不起的事，因为卡夫卡的一生一直在惶恐不安中。更重要的是，他认为信仰家神最快活。

在犹太文化中，父亲常常等同于上帝，父亲即是父——神。但卡夫卡一直没有真正接受这种文化，或者说他一直在同这种文化斗争。这条箴言其实也暗示了卡夫卡期待自己能真正接受这种文化。

人们给了家许许多多的比喻，最后都指向人生的归宿地。是的，在这个人生的归宿地，若没有了“神”，也许人生就不再有值得敬畏之处了。

至于“神”是什么不重要，重要的是能成为“这个家”的“家神”，并守护着“这个家”，使“这个家”快乐。

69. 理论上存在一种完美的幸福可能性，相信心中的不可摧毁性，但不追求它。

相信完美幸福的存在，但不一定要追求这种完美。这是一种清醒的人生观，是一种豁达的人生态度。

人生不如意事十之八九，若一定以完美待之，既非真实，亦非梦幻。那是什么呢？难言也。

74. 如果天堂中应该被摧毁的东西是可摧毁的，那么这就不是关键的；假如那是不可摧毁的，那么我们就是生活在一种错误的信仰中了。

“应该”是我们的信仰，事实却往往与信仰不符。因此，当我们一定要“摧毁”什么却无法摧毁它时，我们就应当怀疑我们的“信仰”，追问“信仰”的对错。

我们在某个特定的时空中，往往有一些特定的“信仰”，比如“道路”、“方向”、“工具”等等。当无法解决问题时，一定要回过头来反思这些“信仰”，审视自我的行为，调整行路的方向。可惜啊，人类在这一点上做得极差。

75. 用人类来考验自己吧。它使怀疑者怀疑，使相信者相信。

你怀疑吗？那就去探索吧，人类将用信仰、价值、意义、幸福等使你怀疑自己的怀疑；你相信吗？那就去印证吧，人类将用信仰、价值、意义、幸福等证明你的存在。

83. 我们之所以有罪，不仅是由于我们吃了智慧之树的果子，而且也由于我们所处的境况，与原罪无关。

“我们所处的境况”使“我们”有罪。这是人类的悲哀。

卡夫卡的箴言都是从他的生命体验中得出的，这一条更与他的生命体验有着非常广泛而深刻的联系——只因为他是犹太人，所以他一来到这个世界，就被犹太人歧视者视为跳蚤、浑蛋、异教徒。这些都与“原罪”无关。

世界各民族几乎都经历过“血统论”。纳粹屠杀犹太人自不必说了，中国“文革”期间的“成分论”也是典型例证。

只有“血统论”的阴魂彻底消散，各种各样的种族歧视、地域歧视、文化歧视才会消失。

89. 一个人有自由的意识；体现在三个方面：第一，当他愿意这种生活时，他是自由的。现在他当然不能退回去了。因为他已不是当时愿意这种生活的他了，而就是这点而言，他活着又何尝不是实施他当初的意愿的方式。

第二，在他可以选择这一生的行走方式和道路时，他是自由的。

第三，他的自由表现在：他作为那样一个人（他有朝一日将重新成为那样一个人），怀着这么一种愿意在任何情况下都沿着这一人生道路走下去，并以此方式恢复自我。诚然，他走的是一条虽可选择，但繁如迷宫的道路，以致这一生活中没有一块小地方不曾被他的脚印所覆盖。

这就是自由意识的三重性，但它也是（因为它是同时的）一种单一性，而且从根本上说是铁板一块，以致没有一点空隙可容纳一种意志。无论是自由的还是不自由的。

卡夫卡讲的自由意识的三重性，都与“愿意”相关。从这个角度看，自由意识只有一重性，也就是“铁板一块”。如果没有“愿意”，自由意识无从谈起。

100. 关于魔鬼的知识可能是有的，但对魔鬼的信仰却没有，因为没有比魔鬼更魔鬼的东西了。

这一条箴言就是关于魔鬼的知识。

卡夫卡认为如果有人信仰魔鬼的话，那就是比魔鬼更魔鬼。

世界上到底有没有信仰魔鬼的人呢？我们只听说某某人是魔鬼，确实没有听说有谁信仰魔鬼，即使有，也是以信仰神的方式出现。

103. 你可以避开这个世界的苦难，你完全有这么做的自由，这也符合你的天性，但也许正是这种回避是你可以避免的惟一苦难。

人在苦难中，人不可能避免苦难。人来到这个世界，就是来承担苦难。想避免苦难的想法，这本身也是一种苦难，因为苦难根本不可避免。

卡夫卡强调人惟一可避免的苦难，就是放弃“回避苦难”的想法。这也是告诫人们，“回避苦难”是为自己增添新的苦难。而事实上，人类一直在做着这样的傻事。

（黎奇　译）

（选自《卡夫卡全集》第5卷）

致父亲（节选）

最亲爱的父亲：

你最近曾问过我，为什么我声称在你面前我感到畏惧。像以往一样，我不知道该怎么回答你，这一部分正是出于我对你的畏惧，一部分则是因为要说明这种畏惧的根源牵涉到非常多的细节，在谈起它们时我只能把握一半左右。假如我试图在此书面回答你，答案将是很不完整的，因为在写下来时这种畏惧及其后果也会使我在你面前障碍重重，因为素材之大已远远超出了我的记忆和理解力。

在你的眼里事情总是显得非常简单，至少你在我面前和不加区别地在其他许多人面前是这么说的。你大体上觉得是这样的：你一辈子艰苦工作，为你的孩子们，首先是为我牺牲了一切，结果我得以过上“花天酒地的”生活，有充分的自由可以选择学习专业，丝毫不必为吃饭问题担忧，也就是根本无须有任何忧虑。你并不为此要求我们感恩，你是知道“孩子们的感恩心情”的，但我们至少得做出某种迎合姿态，一种同情的信号；我不是这样，反而从来就躲着你，躲进我的房间，躲在书本里，躲在疯疯癫癫的朋友们那儿，躲在偏激的思想中。我从来没有同你坦率地交谈过，我没有去教堂站到你的身边去，在弗兰岑斯巴德我从来没有去看过你，除此之外，也从来没

《致父亲》是卡夫卡最长的一篇书信，翻译成汉语有35 000多字。卡夫卡父亲原是一个半行乞的乡下屠夫的儿子，后来成为了小工厂的老板，自信而偏执。他很想卡夫卡成为自己的继承人，但卡夫卡对此全无兴趣。由于对生活的理解与父亲分歧很大，又特别敏感，内心尤其丰富，卡夫卡与父亲之间产生了很大的矛盾，这封信就是卡夫卡在内心纠结异常痛苦的情形中写下的，也算一种心理解脱。

这封信写于1911年11月，卡夫卡已36岁。在这封长信中，卡夫卡向父亲解释了父亲对他的种种疑虑，讲述了自己对父亲、对婚姻等问题的理解。当然，像卡夫卡的其他许多作品一样，这封书信生前也没有“发表”，他根本没有交给父亲。这里节选的是书信的前三分之一部分。

卡夫卡之所以说“我没有去教堂站到你的身边去”，是因为卡夫卡父亲严守犹太教。多数犹太人都像卡夫卡的父亲一样，以他们严守教义的独特的生存方式传续着自己民

有家庭观念，对商店和你的其他事情漠不关心，我把工厂套在你的脖子上，然后扬长而去，对奥特拉我支持她的固执，我从不为你哪怕动一下小指头(甚至从来没给过你两张戏票)，却为了朋友什么都干。如果你把你对我的评价加以归纳，就会显示出，虽然你没有指责我下流或恶毒(也许我最近这次结婚意图是个例外)，但分明在说我冷淡形同陌路，忘恩负义。你这样责备我，好像那是我的责任，好像我只要转一下方向盘就可以使一切都改观似的，而你对此连一点责任都没有，要有就只有一点，也就是你对我太好了。

你这类习以为常的描述，只在一点上我认为是对的，那就是，我也相信，你对我们之间的隔阂是完全没有责任的。但我也同样是完全没有责任的。如果我能说服你承认这一点，那么虽然不可能会产生一种新的生活，对此我们俩都已经是太老太老了，但可能会出现一种和平，不会终止你的没完没了的指责，但会使之温和起来。

奇怪的是，你好像多少预感到了我想要说些什么，比如你在不久前对我说过："我，一直是喜欢你的，虽然表面上我对你的态度不像其他父亲习惯做的那样，但这只是因为我不像其他父亲那样会装腔作势。"父亲，整个说来，我从来没有怀疑过你对我的善意，可是我认为你这个说法是不对的。你不会装腔作势，这是对的，但从这个理由出发断言其他父亲装腔作势，那么这不是赤裸裸的、无须进一步讨论的自以为是，就是(依我看真是这么回事)一种隐蔽的表达，认为我们之间总有什么不正常，而你参与了这

族的精义。但卡夫卡小时候对自己的犹太人身份并不认同，他的一生经历了从排拒到认同自己犹太人身份的艰难心路历程。在他的生命晚期，他完全认同了这样的想法：解救犹太人的唯一办法，是在自己的土地上用自己的语言建立一个犹太国家。于是，他一方面做着种种努力，想移居到巴勒斯坦；另一方面积极投入希伯来语的学习，在病重中依然坚持，他期待自己能尽快掌握自己的母语，并用它来写作。但这两个愿望都没有实现他就去世了。

卡夫卡父亲曾以卡夫卡妹夫的名义开办了一个工厂，卡夫卡也(被迫)入了股。但卡夫卡因为工作与写作的原因，很少顾及也不愿顾及工厂事务。所以卡夫卡在前面说"我把工厂套在你的脖子上"。

奥特拉是卡夫卡的小妹，生于1892年，是卡夫卡一生中最喜爱的人，也是卡夫卡一生中少数几个懂得卡夫卡的人之一。他常常将自己的小说朗读给小妹听。在卡夫卡的书信中，有相当一部分是写给小妹的。奥特拉1943年死于纳粹

种情况的，但却是没有责任的。如果你真是这么认为的，那么我们的看法就是一致的了。

我当然不是说，我仅仅是在你的影响下才变成现在这样的。这么说就太夸大其词了（而我甚至很喜欢这种夸大其词）。非常可能，即使我是在一点都不受你影响的情况下长大的，我兴许也不会成为你所希望的那种人。那样我可能会成为一个性格懦弱的、谨小慎微的、犹疑不决的、内心不安的人，既不是罗伯特·卡夫卡，也不是卡尔·赫尔曼，但总之是同我现在这样完全不同的一个人，我们可能会相处得非常好，如果有你作为我的朋友、头头、叔叔、祖父，甚至（尽管那样我会更加犹豫呢）作为我的岳父，我都会很高兴的。但正是作为父亲，你对于我来说是太强大了，尤其因为我的哥哥们很早就死了，而妹妹们隔了很久才来到人世，我不得不一个人承受第一次冲击，对此我的力量是太弱了。

比较一下我们俩：用非常简短的话说，我是一个带有一定的卡夫卡根系上的略韦，推动我的不是卡夫卡家族的生活意志、经商意志、占领意志，而是略韦家族的马刺，它显得比较神秘、羞怯，促使我跑向别的方向，甚至经常停止对我的戳刺。而你却是个真正的卡夫卡，强壮，健康，胃口好，有支配力，能说会道，自满自足，有优越感，有韧性，沉着果断，有鉴别人的能力，有一定的慷慨大度，但也带着与这些优点共生的所有缺点和弱点，有时你的情绪起落，有时你的突然暴怒使你的弱点立即暴露出来。就你的世界观而言，你也许并不是个百分之百的卡夫卡，把你同菲利浦叔叔、路德维希叔叔、亨利希叔叔相比就

集中营。她不愿意依靠她的雅利安丈夫躲过这场劫难，也是避免连累自己的丈夫，决然向纳粹当局申述了自己的犹太人身份。卡夫卡另两位妹妹——艾莉、瓦莉也死于纳粹集中营。

罗伯特·卡夫卡可能是卡夫卡的堂兄弟，卡尔·赫尔曼是卡夫卡的大妹夫。

略韦是卡夫卡母亲家族的姓。卡夫卡母亲家族的人不太关心世俗财富的积聚，而是关心形而上的追求与人的精神价值。卡夫卡母亲的祖父是犹太法典的研究者，卡夫卡母亲的曾祖父更在基督徒和犹太教徒中都享有盛誉。

菲利浦叔叔、路德维希叔叔、亨利希叔叔，三人都是卡夫卡的堂叔。

菲莉克斯是卡夫卡的外甥，大妹艾莉的孩子。

能看出这一点。这是个奇怪的现象，我在这里也并不能看得很清楚。他们全都比你更快乐，更精神饱满，更无拘无束，更逍遥自在，而不像你这么严肃（在这一点上我受到了许多你的遗传，而把这种遗传因素管理得太好了），不过我的本质中却没有你所具有的那些平衡力量，但是另一方面，你也经历了各个不同的时期，在你的孩子，尤其是我，给你带来失望之前，在家庭空气因而给你带来压抑之前（如果有外人来，你就表现得不一样了），你也许曾经是比较愉快的。而现在你也许又愉快些了，因为孙儿孙女们和女婿又把你的孩子们（也许瓦莉除外）所不能给予你的那种温暖给予了你。无论如何，我们是那么不一样，这种不一样又使我们互相间都对对方那么危险，以致如果人们能够事先估计到我这个慢慢长大的孩子和你这个成人之间将怎么相处，就会想，你会一脚把我踩到地底下去，使我一点都不能露出地面的。这种事没有发生，活的东西会怎么样是难以估计的，但也许事情更糟糕。而我不断地请求你别忘了，我从来就没有一丝一毫认为你有什么过错，你就这样影响着我，就像你必然会做的那样。不过你该停止认为这种影响毁了我是我的恶意的表现。

我曾是个腼腆的孩子；但当然也像其他孩子一样是执拗的；当然母亲也很宠我，但我不能相信，我是特别难以操纵的；我不相信，一句亲切的话，一次默默的握手，一道善意的目光，不能使我顺从人们对我的一切要求。而你其实是个善良的、心肠软的人（下面的话并不能否认这一点。我将谈到的仅仅是你对孩子施加影响的现象）。但并不是每个孩子都有韧性和毅力，去长时间地寻找、直至找到善意所在。你只会像对你自己那样对待孩子，用力量、咆哮和暴怒，而你也觉得这种方法很适用，因为你想要把我造就成一个强有力的、勇敢的小伙子。最初那些年中的你的教育方法我今天当然不可能凭直接经验加以描述，但可以从后面那些年经历的反思中和你对待菲莉克斯的方法中想象得出。现在我们越来越清楚地看到，你那时比今天年轻，因而比今天更精力充沛，更具野性，更纯朴，更无所顾忌，而且你完全被商店业务拴住了，一天到晚几乎就不在我面前露面，因此你给我的印象反而更强烈，这种印象几乎从未平淡下来，化习惯为自然。

最初几年里我记住的只有一件事，你可能也还记得。有一天夜里我不停地要水喝，不过不是出于渴，而可能一部分是为了要惹恼你，一部分是为了寻乐。在一些强烈的威胁不生效后，你把我从床上拽起来，抱到阳台上去，关紧了门，让我独自一人穿着衬衣在那儿站了一阵子。我不想说这是不正确的做法，也许当时除了这样没有办法使夜间的安静得到恢复。但我想要以此说明你的教育方法及其对我的影响的特点。自那以后，我当然是听话了，但这事却给我造成了一种内心的伤害。以我的天性，我根本无法把我认为很自然的那次荒唐的要水的哭闹同极其可怕的被抱出去这件事联系在一起。许多年后我还经常惊恐地想象这么个场面：那个巨大的人，我的父亲，审判我的最后法庭，会几乎毫无理由地向我走来，在夜里把我从床上抱到阳台上去，而我在他眼里就是这样无足轻重。

卡夫卡的一生，时时处在自审中，他常常觉得父亲是审判他的一位“法官”。小说《判决》、《诉讼》都有他和父亲的影子。

当时这件事还只是个小小的开端，但这种经常笼罩在我心头的无足轻重的感觉（从另一个角度看这当然也是一种高尚的、有益的感觉）在很大程度上是从你的影响中产生的。我需要一点儿鼓舞、一点儿亲昵、一点儿走自己路的自由，但你却拧歪了道路，当然是出于好意，希望我走另一条道路。可是我却没有去走那另一条路。比如，当我一本正经地敬礼并行军式地走路时，你就鼓励我，但我并不是未来的士兵：或者当我大口大口地吃饭时，或甚至还能喝一喝啤酒时，或唱起并不理解的歌时，或模仿你习惯的讲话腔调时，你总是鼓励我，但这一切都与我未来无关。很能说明问题的是，直到现在你也只有在你自己对事情本身也产生热情时，只有当事情关系到你的自我感觉，而这感觉受到我的伤害（比如通过我的结婚意图）或者在我身上受到伤害（比如当培帕辱骂我）时，你才会鼓励我去干什么事情。这时你勉励我，把我的价值告诉我，指出我肩负的责任，把培帕批得一无是处，且不论以我现在的年龄鼓舞已经对我起不了作用，而比在不是主要牵涉到我的事情上对我进行鼓舞，于我又有什么帮助呢？

当时那样做就好了，当时我倒是很需要鼓励的，而且是无处不需要。仅仅你的体魄那时就已经压倒了我。比如我常想起我们常在一个更衣室里脱衣服的光景，我又瘦、又弱、又细，你又壮、又高、又宽。在更衣室里我已经自惭形秽，而且不仅是对你，而是对全世界，因为你在我眼里是衡量一切的标准。然后我们走出更衣室，去人们面前亮相，我牵着你的手，作为一副小小的骨头架，光着脚站在木板上站都站

“通过我的结婚意图”指卡夫卡与恋人尤丽叶的恋情。约1919年初与卡夫卡相识，她的父亲是鞋匠和犹太教教堂仆人。她曾订过婚，未婚夫在第一次世界大战中阵亡。因卡夫卡父亲的坚决反对，尤丽叶与卡夫卡的这段恋情约于当年底结束。

培帕是卡夫卡的亲戚。

不稳，怕水，又没有能力模仿你的游泳动作。你出于好意，但真的使我深深羞愧地不断做给我看，那时我绝望极了，而我在所有方面的坏的经验在这样的时刻出色地合成了交响乐。我觉得最舒服的时候是，有时你自己先脱了衣服，我得以一个人留在更衣室里，尽可能拖延到公众面前去献丑的时间，直到你最后亲自来看看是怎么回事，并把我赶出更衣室。我为你似乎没有觉察我的困境而感激你，而且我也为我父亲的体格感到自豪。直到今天，我们俩之间仍然存在着类似的差别。

与这个差别相适应的还有你精神上的统治权威。你以自己的力量单枪匹马奋斗到这么高的位置，因此你对自己的见解抱有无限的信任。这一点对童年时代的我还不像后来对正成为成人的年轻的我那样耀眼眩目。你坐在靠背椅上统治着世界。你的见解是正确的，其他任何见解都是发病的、偏激的、癫狂的、不正常的。你的自信之强，使得你的思想根本不必前后一贯，也照样永远是正确的。还可能出现这种情况：你对一件事根本就没有观点，这就导致对这件事可能产生的任何观点统统都是错误的。比如你可以骂捷克人，然后骂德国人，然后骂犹太人，而且不是有所选择，而是什么都包括在内，到最后除了你以外没有一个人未被骂到。你在我心中产生了一种神秘的现象，这是所有暴君共有的现象：他们的权力不是建立在思想上，而是建立在他们的人身上。至少我觉得是这样。

但你在我面前显得常常是有理的，真是令人吃惊，在谈话中自不待言，因为我们几乎就不谈什么话，而在现实中竟也是这样。但这并不是什么特别不可理解的事情：我的一切思想都处在你的压力之下，那些与你的思想不一致的思想同样如此，而且尤其突出。所有这些似乎与你无关的思想从一开始就带上了等待你即将说出的判断的负担；要想忍受住这个负担，直到完整地、持续地形成这种思想，几乎是不可能的。我这里说的不是那些高层次的思想，而是童年时代任何小的举动。只要是对任何一件事感到高兴，心里只想着它，兴冲冲地回到家里，把这事说出来，回答就会是一声嘲讽的叹息、一个摇头的表示、一个手指敲桌子的动作。"世事我见得多呢"，或"你最好把你的烦恼告诉我"，或"我的脑袋可不是这么给脸的"，或"这对你有什么用"，或"这也算回事吗？"当然，你在烦忧和辛劳中生活着，自然不能要求你对小孩子的每件小事都抱以满腔热情。问题也并不在这里，问题的症结是：出于你那与孩子截然相反的天性，你始终如一地给孩子带来这种失望，再加上这种天性的对立通过物质的堆积不断加强，以致最后甚至在你偶然同我的看法一致时，这种对立仍然带着习惯的惯性继续发挥成功，以致孩子的失望最终已不再是寻常生活中的失望，而由于它是由你那决定一切的自身造成的，触及到了核心。勇气、决心、信心和对这对那的愉快都不能坚持到底，只要你表示反对，或只要能够估计到你可能会反对，一切便都告吹；而我做任何事情时几乎都能够估计到你可能会反对的。

无论牵涉想法或人都是如此。只须我对一个人有一点兴趣（就我的天性而言，这种情况并不多），你

伊地语是犹太语中的一种俚语。1911年略韦所在的东犹太人剧团到布拉格演出，深深感染了卡夫卡，略韦也因此成了卡夫卡的朋友。从此以后，卡夫卡改变了自己对犹太复国主义的看法，开始研究犹太历史、文学和犹太教的起源，一直到他生命的结束。1912年2月8日卡夫卡在略韦朗诵会前发表了讲话，说"一旦你们懂得了俚语——俚语是一切"。狗和跳蚤的谚语：指"谁和狗躺在一起，起来时身上便有了跳蚤"。卡夫卡作品中出现许多诸如"甲虫"、"狗"、"猴"、"鼠"等，也都与他的父亲有一定的关系。

就会毫不考虑我的感情、毫不尊重我的评价地对这个人破口大骂、诬蔑、丑化。比如像伊地语演员略韦这样的天真无辜的人就遭到这样的命运。你还从未见过他，就用一种可怕的方式（我已忘记是何种方式）把他同虫相比。你还经常在谈到我所喜欢的一些人时，脱口而出地用上那个关于狗和跳蚤的谚语。关于那位演员我记得特别清楚，因为我曾经用自己的话把你对他的说法记录下来：“我的父亲这样说我的朋友（他根本就不认识他），只是因为他是我的朋友。当他指责我缺乏孩子的爱和感恩之情时，我完全可以据此加以反驳。”我始终觉得不可理解的是，你对你的话和论断会给我带来多大的痛苦和耻辱怎么竟会毫无感觉，好像你对你的威力竟是一无所知似的。我的话当然也经常会伤害你，但我总是会意识到的，它使我痛苦，可我就是控制不住自己，没法不说出来，说的时候我就已经后悔不已。但你却是毫无顾忌地把你的话抛出去，你什么人都不怜惜，说出时不怜惜，过后也不。人们在你面前可以说是完全失去了防卫能力。可是这就是你的全部教育方法。我相信，你有一种教育天才；你的教育对一个像你这种类型的人很可能会是有效的；他会看得出你对他说的话中的理智所在，从而对其中别的因素不必关心，安安静静地照此行事就是了。但对于我这个孩子，你对我吼叫的一切都不啻是天谕神示，我绝不会忘记它，它成了我判断世界的最重要方法，尤其是判断你自己的最重要方法。你在我身上可以说是完全失败了，我童年时主要在吃饭时同你在一起，所以你给我上的课一大半是关于吃饭时的行为的课。

在犹太文化中，父亲常常等同于上帝，父亲即是父——神，但卡夫卡一直试图反抗，一直在同父亲进行着无穷无尽的战斗。他曾同好友勃罗德说：他计划将自己的全部作品命名为“逃离父亲的范围的愿望”。他在这封信的后面还有这样的话：“我在你面前失去了自信，换来的是一种无穷无尽的负罪意识。”

凡是端上桌上的东西，都必须吃光，对伙食的好坏不可以说三道四。你自己经常认为菜没法吃，称之为“饲料”，说那头“牲口”(指女厨师)把它给弄坏了。因为你不是由于特别饿就是由于特别喜爱某个菜而不管烫不烫，总是迅速地、大口大口地吃个精光。所以孩子也必须快吃，饭桌旁笼罩着阴沉沉的寂静，只有一些训诫不时打破这种寂静。“吃完再说话”，或“快一点，快一点，快一点”，或“你看，我早就吃完了”。骨头不可以咬碎，你却可以。醋不可以咽下去，你却可以。关键要把面包切好切齐，但你拿着一把滴着汤汁的刀来切却无所谓。必须当心别让残食落在地下，但你的脚底下却落得最多。坐在饭桌旁只可以一门心思地吃饭，但你却修剪指甲，削铅笔，用牙签挖耳朵。父亲，请别误解我的意思，这些本来都是完全不足称道的小事，但是由于这个对我来说具有极大权威的人自己并不遵守他给我规定的条条，这些小事才给我造成心理阴影。这么来，世界在我眼中就分成了三个部分，一个部分是我这个奴隶居住的，我必须服从仅仅为我制订的法律，但我又(我不知原因何在)从来不能完全符合这些法律的要求；然后是第二个世界，它离我的世界极其遥远，那是你居住的世界，你忙于统治，发布命令，对不执行命令的情况大发雷霆；最后是第三个世界，其他所有的人全都幸福地、不受命令和服从制约地生活在那里，我永远蒙受着耻辱，或者我执行你的命令，这是耻辱，因为它们只对我起作用；或者我不服从，这也是耻辱，因为我怎么可以不服从你呢？或者我无法执行，因为我比如说不具备你的力量、你的胃口、你

卡夫卡同父亲的战斗，一直是“以严肃，以爱、抗拒、服从”在进行着，但“负罪感”始终挥之不去：卡夫卡两个弟弟的出生使他产生了排斥情绪，他甚至想通过魔法谋杀他们，不幸的是他的两个弟弟都夭折了，由此他的内心一直充满着犯罪感和恐怖感；卡夫卡同菲莉斯两次订婚又两次解除婚约，后来和尤莉叶订婚不久也解除婚约，由此他感觉自己“活下去是耻辱”，因为在犹太法典中，未婚的男子不能算是真正的人。因此，他创作的短篇小说《判决》中，最后父亲判儿子投河，儿子果然投河，就有这个影子；长篇小说《诉讼》也有这些心理投影，所以小说结尾是：“‘真像一条狗！’他说，意思似乎是，他的耻辱应当留在人间。”

《致父亲》前面部分基本展现了这样的内容：从父亲“没有责任”，到父亲成为“审判我的最后法庭”，到父亲“永远是正确的”，最后必然就是“我把讲话

的技巧，尽管你是把这作为毫无问题的事向我提出的，这尤其是最大的耻辱。以这种方式活动着的不是孩子的想法，而是孩子的感觉。

假如我把我当时的处境同菲利克斯的处境加以比较，情况也许就更清楚些了。你对待他的态度同对我是相似的，甚至对他用了一种特别可怕的教育方法，如果他在吃饭时在你看来弄脏了什么，你就不光像那时对我说的那样，说：“你这个大蠢猪”，而还要加一句：“一个地地道道的赫尔曼”，或者“跟你父亲一模一样”。但这也许（在此顶多只能说“也许”）对菲利克斯确实没有多大伤害，因为对他来说你只不过是个特别重要的外祖父，但你对他并不具有你当时对我所具有的全部意义；再说菲利克斯的秉性是沉着的，现在已有些男子汉的气质，一个雷鸣般的吼声也许能使他吃惊，但不会长时间地抑制他的情绪，但更重要的是，他同你在一起的时间相对来说要少得多，他也受到其他影响。你对他来说不如说是个亲爱而又滑稽的人，他从你这里可以有所选择地接受。你对于我却不是滑稽的，我没有选择余地，必须照单全收。我也不可以表示任何不同意见，因为你从来就不可能对一件你不同意或仅仅不是由你的意思产生的事情平静地发表议论，你的发号施令的性格不允许你这么做。近年来你把这归咎于心情紧张，我不知道你是否有过什么时候不是这样的，顶多你是把心情紧张看成了一种更严厉地施行统治的手段了，因为统治的思想窒息所有由其他想法产生的反驳论点，这话当然不是谴责，而只是确定一个事实，比如对奥特拉，你习惯这么说：“根本没办法跟她

的本领荒疏了”。

这里可以从三个层面看：

第一个是父亲层面——这正是父亲教育的效果，是父亲控制的结果，是父亲专制的结果，是父亲强权的结果。

第二个是社会层面——这正是社会所赋予的父亲权力的结果，所以卡夫卡在这封信中将世界“分成了三个部分，一个部分是我这个奴隶居住的，我必须服从仅仅为我制订的法律，但我又（我不知原因何在）从来不能完全符合这些法律的要求；然后是第二个世界，它离我的世界极其遥远，那是你居住的世界，你忙于统治，发布命令，对不执行命令的情况大发雷霆；最后是第三个世界，其他所有的人全都幸福地、不受命令和服从制约地生活在那里”。“我”在这里显然已超出了做父亲的儿子这一范畴，“我”成了全社会的压迫者。

第三个是宗教层面——卡夫卡在将世界分成三个部分后，紧接着说：“我永远蒙受着耻辱，或者我执行你的命令。这是耻辱，因为它们只对我起作用；或者我不服从，这也是

讲话。一开口她就冲着你暴跳如雷。”但事实上她根本不会暴跳，你把事与人搞混了；是事情冲着你暴跳如雷，而你都不听人家说什么，马上就对此事做出决定；要是事后再向你解释，只会更激怒你，从来说服不了你。这时只能听到你这么说：“你想怎么干就怎么干好了；我随你的便；你算是长大了，我是不需要再对你说什么了。”而这些话是带着一种充满愤怒的、可怕的、沙哑的言外之意说出来的，而且还是百分之百的先入之见。我今天对这种言外之意的害怕之所以不像童年时代那样浑身发抖，是因为童年时那种绝对的负疚感已部分地被我们俩同样可怜的认识所取代。

由于不可能进行平心静气的交往，于是另一个其实很自然的后果产生了：我把讲话的本领荒疏了。不错，本来我也成不了伟大的演说家，但是正常的流畅的人类语言能力我总还是掌握得了的吧？你很早就禁止了我讲话，你那“不许顶嘴”的威胁和为此而抬起的手从来就一直陪伴着我。从你那里在牵涉到你的事情时，你是个出色的演说家，我得到的是一种断断续续、结结巴巴的讲话方式，但就是这样，你还是觉得过分了，最终我沉默不语了。首先是出于抗拒心理，再就是因为我在你面前既不能思想也不能讲活。由于你是我的真正教育者，这一点在我生活的所有方面都产生了广泛的影响。如果你认为我从来不服你，那真是个奇怪的误会。跟你所想的和指责我的不同的是，“总是一切相反”真的不是我在你面前所持的生活准则。恰恰相反，假如我对你不那么听话，你也许会对我满意得多。应该说，你的一切

耻辱，因为我怎么可以不服从你呢？或者我无法执行，因为我比如说不具备你的力量、你的胃口、你的技巧，尽管你是把这作为毫无问题的事向我提出的，这尤其是最大的耻辱。”这里充分表现了卡夫卡西方宗教中的“原罪意识”。卡夫卡曾说：“有时候我觉得，没有人比我更懂得原罪。”

《致父亲》常常被人们视为卡夫卡对父亲的控诉，这样的说法是不很准确的。卡夫卡的一生自始至终都处在自审中，所以他成为了一个极度内敛的人，成为了一个对一切人都极其友善的人，对与自己关系密切的人都极动感情的人，所以他的一生中花费了非常多的时间在给这些人——父母、妹妹、恋人、妹夫、朋友——写信（总字数超过150万，将近占了他保留下来的全部文字的一半），世界上恐怕再也没有谁像卡夫卡这样在夜深人静的时候，以如此的方式热爱着自己的亲人、恋人、朋友。当然，他的书信中，最多的内容是在向对方解释自己。在这种解释中，我们能读到他痛苦的灵魂。这也正是

教育措施都不折不扣地得到了贯彻；我从未想过要逃出你的掌心；以现在的我而言（当然要撇开生活的基础及其对我的影响不谈），我是你的教育和我的服从的产物。但尽管如此，这么一个产物却使你深感不快，你甚至无意识地否认这是你的教育成果，原因是你的手和我这块料互相之间形同陌路。你说："不许顶嘴！"是想压服我这儿令你不快的反对力量，但你这句话的力量对我来说却太强大了，我太听话了，于是我完全闭了嘴，蜷缩在你面前，而只有在我离你很远，在你的力量至少不再能直接达到的地方，我才敢动弹一下。可是你站在面前，于是一切在你看来都是"相反"的，而其实那些只不过是你的强大和我的孱弱的理所当然的结果罢了。

你在教育中运用的效果特别好的，至少在我身上从未失效过的语言手段是：斥骂、威胁、讥讽、冷笑，还有（这是奇怪的）自责。

我记不起你曾经直接用骂人的字眼骂过我，这也没有必要，你拥有那么多其他手段，再说在家里的谈话中，尤其在店里，你的骂人的字眼在我身边层出不穷，落在其他人头上，我这个小男孩有时几乎被它们震得麻木了，没有理由不把它们同我自己联系起来，因为你骂的那些人肯定不比我坏，而且你对他们的不满肯定并不超过对我的不满。这里你那谜一般的无辜和不可侵犯又显示了出来。你骂人时从来不会疑虑、踌躇，而你却谴责别人骂人的行为，并加以禁止。

你用威胁来加强斥骂的威力，这就对我也直接运用了。使我感到恐惧的比如有："我要把你像条鱼

他"负罪感"的表现。

如果我们换一个角度看，《致父亲》恐怕完全可以说，是"我"在证明自己的"无罪"。并且这种证明是在心理的——心安宁一点即可。所以，这封信写完后，卡夫卡将它放在了抽屉深处，与其他不愿让人看到的作品一样，只是作为内心挣扎的一种存在而已。

有兴趣的同学不妨找个全本读一读，你将更能明白卡夫卡的生存状态与写作目的，并感受到卡夫卡对父亲的真诚与深爱，对生活的认真与爱恋。

一样撕碎。”尽管我知道，此后并不真会出现那么可怕的事(童年时我当然并不知道这一点)，它几乎与我对你的巨大力量的想象相符，我认为你也确有能力这么做的。可怕的还有，你吼叫着围着桌子跑，做出要抓住谁的样子，很明显你并不想抓住他，但最后总是像那么回事地碰到他，而母亲则最终做出救他的样子。在孩子的眼里，生命由于你的慈悲才又一次得以存在，并作为无功受赏的你给的礼物而继续下来。这方面也包括因不听话而引起的威胁。假如我开始做一件你不喜欢的事，你就用失败来威胁我。由于对你的见解的敬畏是如此之甚，以致失败(即使也许在相当一段时间之后才发生)成了无法遏止的事。我失去了做自己的自信，我动摇不定，疑惑不已。我年龄越大，你能够拿出证明我的无价值的材料也就越多；渐渐地，你在有些方面还真的说对了；我又要留神不能断言仅仅由于你我才变成这样的了；你只是强化已经存在的因素，但你强化得很厉害，因为你在我眼里是非常强大的，并为此而动用了一切力量。

……

弗兰茨

1919 年 11 月

(黎琦　译)

(选自《卡夫卡全集》第 8 卷)

致菲莉斯情书（选）

1912至1917年，卡夫卡与菲莉斯相恋5年多，两度订婚，两度解约。其间，卡夫卡给菲莉斯写了500多封情书，达25万多字，是为《致菲莉斯情书》。

这部情书的主人——菲莉斯在与卡夫卡的恋爱关系终结一年多后，嫁人生子，1936年迁居美国，1960年离世。1955年，被舍肯出版社的诚意所打动，菲莉斯同意出版她精心保存好的这些情书，不仅使卡夫卡的书写世界更为完整地呈现在世人面前，而且为卡夫卡研究增添了第一手非常重要的资料。

《致菲莉斯情书》是非常罕见的一部爱情传奇。由奥地利著名的卡夫卡研究专家海勒等人汇编而成，1967年出版。

这里选取几封与同学们分享，有兴趣的同学可阅读《卡夫卡全集》第9卷、第10卷。

这里选取的第一封信也是《致菲莉斯情书》中的第一封。信中提到的勃罗德是卡夫卡的终生挚友。“塔利亚旅行的照片”可能是卡夫卡与勃罗德1912年夏的魏玛之行的照片。

尊敬的小姐：

考虑到您可能一点儿也记不起我是谁了，为此，我再作一下自我介绍。我叫弗兰茨·卡夫卡，是那天晚上在布拉格马克斯·勃罗德经理先生家里第一次问候您的那个人。当时这个人隔着餐桌把塔利亚旅行的照片一张接着一张地递过去，最后他用他现在正在打字的这只手握住了您的手，当时您曾答应，来年和他一起作一次巴勒斯坦之旅。

如果您现在还是要作这次旅行的话——您当时说您不是优柔寡断的人，我那时也认为您完全不是这种人——那么，咱们从现在开始来谈论这次旅行，不仅有益，而且非常必要。因为我们必须充分利用对于巴勒斯坦之行来说太短暂的假期时间，也只有在我们尽可能做好准备工作并对所有的准备工作都取得一致的情况下才有可能。有一点我必须承认，尽管这一点听起来很糟糕并几乎与我上面所说的有些矛盾，那就是我是个写信没准的人。假使我没有打字机的话，情况会更糟糕，因为如果我没有心情写信的话，总还可以用我的手指写信。作为报应我也从未期望能准时得到回信。即使我每天都在紧张地企盼来信，但如果它没有到的话，我也不会失望。如果它最终还是来了，我会高兴地大吃一惊。每当我把信纸重新放入打字机时，我觉得是我自己让我自己为难。即使我犯了这个错误，是完全说得过去的，因为我何必在六个小时的公务之后还要写这封信，而是用我非常不习惯的打字机。

但是，尽管如此，尽管如此——使用打字机的唯一缺陷就是必须按部就班地行事——即使对此有所顾虑的话，我指的是实际的顾虑，在旅途上把我当作陪同、导游，视我为累赘，认为我霸道，如此等等，反对我当通信者——眼下正是为这事——好像一开始就没有什么坚决反对的，您或许可以试试看。

弗兰茨·卡夫卡博士敬上

(19)12.9.20于布拉格

（工人事故保险公司信笺）

这是今天第二封，也就是最后一封信。我的上帝，我又得去出差了。

哭吧，亲爱的，哭吧，现在是哭的时候！我的小故事中的主人公不久前刚死去。如果你需要安慰，那告诉你，他是在平静之中，在与众人和解之后死去的。故事本身并没有完全结束，但我现在对故事已没有兴趣，所以把结尾放到明天再写。现在也已很晚了，我还有许多事情要做，来克服昨天的干扰。很遗憾，故事中的某些情节明显地反映了我的疲劳状态、其他干扰和不必要的忧虑，它们原本是可以清除掉的。正是从甜蜜的章节可以看出这些。这正是那种永远钻心的感觉。我作为一个感觉到自己有创造力的人，暂且不论这一创造力的强度和耐久力，在生活条件更好的情况下，创作的作品可能

从第一封信中可以读出，卡夫卡是多么小心翼翼地充满想象地沉浸在自己的世界中。

卡夫卡有时一天要给菲莉斯写好几封信，写两封信是常有的事，写三封也不少，偶尔还写四封，可见他是多么痴情。

这封信中谈到的小主人公是指《变形记》中的格里高尔。

卡夫卡在信中常告诉菲莉斯自己写作的情况，尽管菲莉斯对他的写作不是很在意，但他还是经常谈及，可见卡夫卡对写作的痴迷。这也是导致卡夫卡不能与菲莉斯最终结合的最大障碍。

从这封信中也可以读出，卡夫卡常常是以写信的方式解释自我。

比面前的作品要更纯洁、更有感染力、更有条理。这种感觉不会被任何理智所消除，尽管如此，理智还是最高明，它说，人不应该指望现实以外的生存环境，因为不现实的生存环境并不存在。不管怎么样，我希望明天结束这个故事，后天就重新着手写小说。

我最亲爱的，你想知道你的信什么时候到我这儿，以便有所准备？现在邮局送信时间无法估计，就是奥地利邮局工作起来也没有计划。你第一封加急信是星期一11点送到我住处的，第二封是9、10点之间送到办公室的。你的电报是下午4点半送到住处的（如果电报晚来一会儿就好了，这样正好唤醒我，我也不会睡过了）。你想让我星期三下午收到的信星期四上午才送到住处。当我3点拿到这封信时，我觉得我们是多么亲密无间啊！你给我发电报，就是想让我带着电报去听讲座。我也几乎真的把它放进袋里，但又考虑了一下，因为我带着电报绝不是就想放在衣袋里，而是要想放在讲台上，这样做太显眼，所以我宁肯随身带明信片。

因为你误解了，所以我必须非常清楚地介绍我的办公室。我们没有七十个部门，而是在我工作的部门里有七十个职员。每个部门领导是一正三副，我就是三副之一，不幸的是负责最吃力不讨好的事情。就是这样。为了帮助你更好地理解，照片上显得陌生但内心最忠心于你的人给你一个长长的吻。

你的　弗兰茨

(19)12.12.6至7日夜

（约为12月5日至6日夜）

说的对，菲莉斯，前一段时间我确实经常强迫自己给你写信，但给你写信已和我的生活密不可分，我也在强迫自己去生活；我不该么？

几乎没有一个字是我刨根究源写出来的，而是偶然地极费力地在半路上紧紧抓住的，在我完全沉浸在给你写信和生活中时。我曾在一封信中这样写道，每一种真实的情感都不必去寻找可以表达这种情感的话语，感情是和话语相碰撞的，或者根本就是被话语所驱动着的。或许这并不完全对。

虽然我的手还能紧紧握住笔，但我又怎么可能通过给你写信达到我想达到的一切呢——我想说服你相信我的两个请求都是认真的，那就是“爱我”和“恨我”！

我说你想我想得不够多，却是当真的。因为如果你很想念我，便会寄给我一缕白发。而我不仅鬓角发白，整个头顶也白了，想到你可能仅仅因为一个人是秃顶便不能忍受他，我的头顶便更白了。

你布达佩斯的妹妹相片上看起来有点儿疲倦和伤心，你说呢？她那时就结婚了么？她不太像你，似乎更像你在德累斯顿的妹妹。

菲莉斯，我还是没有足够的勇气给你写日记（我又不想称你为“菲”了，这么称呼女同学倒挺不错，或者不熟的人；菲莉斯的内涵则更多，已经是正式的拥抱了，我现在在写信，依靠的是话语，这也是我的天性，我不能错过这些机会）。最后我还是会在日记中写一些让人无法忍受的，根本无法忍受的东西，那么，最最亲爱的，到时候你能把它们只当作日记而不是当作信去读么？你事先就得向我保证。

这种强迫是卡夫卡生活的常态。卡夫卡一直强迫自己尽力融入社会，包括婚姻。但他的内心又有一种力量在争夺他，使他不能完全融入，于是他两度订婚又两度解约；于是他白天努力工作，尽力完成社会责任，晚上又沉入自己的世界之中。

“在半路上紧紧抓住”非常形象地表达了“辞不达意”，“言难尽意”的写作窘状。这既是卡夫卡写作状态，也是所有人的写作状态。

请求“爱我”是“我”真的爱你，请求“恨我”也是“我”真的爱你。前者好理解，后者也不难理解。当一个人没有能力满足所爱之人的请求时，唯一能满足的就是让所爱之人恨自己。（最后，卡夫卡反复自审后，他觉得自己没有能力为菲莉斯提供菲莉斯期待的幸福家庭，只能解除婚约。）

我今天下午的信让人觉得此次柏林之行只是取决于我，那是由于我写得太仓促，此次旅行当然主要取决于你的态度。再见，最最亲爱的，明天白天我再写信告诉你关于此次旅行的障碍的有关情况。

弗兰茨

(19)13.3.17—18

前几个月中，菲莉斯，我们关系中涉及我的那一部分发生了不小的变化，这变化既不能用“好”也不能用“坏”来评价。我自然是一直准备着接你的电话，而且如果收到你的信，自然也马上会回的，可我却没有想过先给你写信。在阿斯卡尼旅店发生的一切，充分地表现出了信及所有写出来的东西是多么没有价值，但因为我的头脑还是原来的(虽然头很疼，今天正恰恰如此)，所以它依然存有关于你的思维、关于你的梦。只是在我头脑中我们共同生活的情景有时有些苦涩，不过大多还是愉快、幸福的。有一次，虽然不是想给你写信，却想让别人给你带个信儿，你不会猜出那是为了什么，那是一个特别的事，入睡的时候想出来的，将近凌晨4点，这是我通常的睡第一觉的时间。

这封信写于第一次订婚又解约(1914年5月30日；1914年7月12日)之后3个月或4个月。这几个月间，卡夫卡与菲利斯中断了联系。这几个月间，卡夫卡在他的日记中多次写到他得到了“孤独”的报应。也许正是这种不能忍受的“孤独之重”，卡夫卡又与菲莉斯恢复了联系，并于1915年初见面了。

这封信重述了他们在阿斯卡尼旅店“谈判”的一些细节，应菲莉斯之求向她作了许多解释，详细述说了他们之间的矛盾及其产生的原因。

1914年7月12日，菲莉斯与卡夫卡相约到阿斯卡尼旅店“谈判”关于两人的婚事，最后双方同意解约。

卡夫卡一直认为这是对他的一次“审判”。

我没有想到写信，首先是因为我自认为很清楚地知道，在我们的关系中什么是最重要的。如果你常常以没有说出口的东西为依据，那么，你在很长一段时间里都犯了一个错误，这里缺少的不是表达，而是信任，正因为你不相信你听到的和看到的，于是，你就想肯定还有没说出的东西。你就不能认识左右着我一切的我的写作的力量，你也认识到了，但却很不完全，正因如此，你就必然会错误地理解引起我对写作工作担忧的原因，仅仅是对写作工作的担忧，这使你迷惑，而且，你比其他人更强烈地感受到这一点(我也承认，这让人讨厌，我对此尤其厌恶)，这是很自然的，并非只因为固执。看呀，对于我的写作来讲，你不仅是最重要的朋友，同时也是最大的敌人，至少从写作的角度看是如此。因此，出于自我保护，我的写作会竭尽全力反抗你，尽管它从最根本上是无条件地爱着你的，而且这会表现在任何一件小事上。比如，我想起有一天同你的姐妹们一起吃饭，几乎只有肉，假如你在场，也许我就会要点炒杏仁。

在阿斯卡尼旅店，我也并非是因为固执而一言不发的。当时你的话说得非常明了，这里我不想重复了，但有一些深层的东西，即使只有两个人也几乎无法出口，尽管如此，在我长时间的沉默，或张口结舌不知所云之后，你还是将那些难以启齿的话说了出来。而在这之后，你也等了很长时间，好让我能说点什么。我现在也不再反对你带上了BL小姐，在给她的信中，我几乎是侮辱了你，她有权在场，但我不理解的是，你让你妹妹也去了，我还不怎么认识她呢。但她们两人的到场也并没有太多地干扰我。我很有可能在能够说出一些关键性的话的时候因固执而沉默，这是完全可能的，但当时我根本没有什么关键性的话可说。我看到，一切都已失去了，我也看到，即使在最后的一刻，我也能够以任何一个意外之举挽救这一切，但我没有什么意外之举。无论当时还是现在，我都同样喜欢你，我看见，你沉浸在痛苦之中，我知道，因为我，你无辜地忍受了两年，即使有

BL即菲莉斯的女友格蕾特·勃洛赫。她多次应菲莉斯之邀充当卡夫卡与菲莉斯恋爱矛盾的调解人。

菲莉斯的妹妹指埃尔娜，她是菲莉斯亲戚中对卡夫卡最友好的人。

责任的人也不应忍受这么多。但我也看到,你不能理解我的处境。我还能怎么做呢?也只能像当时那样,一同坐车,一路沉默着或说些蠢话,听那个有趣的马车夫讲故事,边注视着你边想:这是最后一次了。

我说你不能理解我的处境,其实是说明我不知道你到底应该怎么做,如果我知道,我不会不告诉你的。我总在不断尝试着向你解释我的处境,你其实也理解了,但却不能在活生生的现实中去面对它,无论过去还是现在,我心中一直有两个人,在相互斗争。一个几乎与你希望的一样,他所缺少的、用以满足你愿望的东西,可以通过以后的发展去弥补,你在阿斯卡尼旅店的责难没有一条是涉及他的。而另外一个则一心只想着写作,写作是他唯一关心的事,为了写作,他可以去做最无耻的事,假如他最好的朋友去世了,他最先想到的竟是他的写作会因此受到阻碍,即使这只是一瞬间的想法,也可被称为是很无耻的行为,而作为弥补这种无耻行为的,则是他为了写作也能够忍受痛苦。这两个人在斗争,但那不是挥拳猛击对方的、真正意义上的斗争,前者依赖于后者,因为内部的原因,他永远没有能力打垮对方,而实际上,他会为对方的高兴而高兴,一旦对方露出失败的迹象,他就会跪倒在他对手面前,除了他不想再看到任何东西。就是这样,菲莉斯。他们是在斗争,你也可以同时拥有他们俩,只是你无法改变他们,除非将他们毁坏。而实际上,你当时本应完完全全地认识到这一切,本应认识到,所有的这一切也是因你而发生,明白我的写作所需要的东西既非执著,也非

卡夫卡心中有菲莉斯的两个"他",一个是可为菲莉斯带来幸福的"他",一个是只一心想到写作"他"。两个"他"一直在纠结着,但后一个"他"总会战胜前一个"他"。这也是卡夫卡不能与菲莉斯结婚的最终原因。

好的情绪，而是帮助，一部分是其本身所需，另一部分是写作造成的特别恶劣的生活境况所要求的。另外，看看我现在是如何生活的吧：我现在独自住在我大姐家，因姐夫上了战场，她住到了我父母家。如果其他的因素，特别是那家工厂不来打扰我，我一天的时间安排如下：2 点半以前上班，然后在家吃午饭，看报、写信或做办公室里的工作，大约一至两小时，然后上楼去回到我自己的房间（你知道的），或睡觉或睡不着躺着，直到 9 点，再下楼和父母共进晚餐（多好的一次散步），10 点又能力量充足地回到自己的房间，毫无睡意地待在那里，直至气力耗尽，承受不住对明天上午的恐惧，对办公室里头痛的恐惧。今天晚上是我近三个月来第二次没有写作，第一次大约是一个月前，那天我太累了。前一阵我还休了十四天假。在这期间，我的时间安排当然有所变动，在这短暂的十四天的忙碌之中，只要时间允许，我就尽量安排得紧凑，但心里仍担心着时间一天天地过去。平均起来，我在办公桌前要坐到凌晨 5 点，有一次到 7 点半，然后去睡觉，假期的最后几天，我已能成功地真正入眠，能一直睡到下午一两点钟，然后我就有了真正的空闲时间，下午到晚上都是我的假期。菲莉斯，从我假期这段日子的安排中，也许你看到了另一种生活方式的可能性，但我其余时间的生活方式你却不能认可，或者说至少迄今为止还不能自觉自愿地认可。我或坐或躺，按照我自认为适当的方式过着每一天的每一小时。我独自待在这三间一套的静静的房间里，身边没有任何人，我的朋友也不在，每天，只有在从办公室回家的路上的几分钟才同马克

这种生活方式是那个为写作而存在的“他”的生活方式，是菲莉斯所不能接受的。

斯在一起。我不快乐，这毫无疑问，但有时我很满足，毕竟，在这种情况下，我尽到了我应尽的责任。

一对恋人，如果有一方对他们的恋情陷入了"恐惧"，这种恋爱就变成了一种对双方的折磨。此时的卡夫卡与菲莉斯就正陷入这样的窘境中。

"W博士"指魏斯，是一名医生兼作家，1913年6月与卡夫卡相识，同年12月与菲莉斯相识。他始终劝阻卡夫卡与菲莉斯结合。魏斯在阿斯卡尼旅店参加了卡夫卡的婚约解除仪式，随后与卡夫卡一同去波罗的海度假。

我一直不讳言我的这种生活方式，它一直是一个问题，一种尝试。在回答这个问题时你没有说"不"，但你说的"是"并没有包括这个问题的全部，而这个漏洞你是用"恨"来弥补的。也许这个词过于激烈了，或者得说是用"厌恶"，那是从你在法兰克福的时候开始的，我不知道直接的起因是什么，也许根本也就没有，反正在你从法兰克福寄来的信中开始有了这种厌恶。表现在你对我对你的担心的反应上，表现在你的冷淡上，也许当时你自己都没有意识到这一点，但后来你应该看出来了，那是恐惧。后来有一次在动物园，你多次提到了这种感觉，而这种感觉往往不是让你忍不住去谈论它，而是使你绝口不提，而有时，它则表现为对我生活方式的厌恶，进而也是对我目标的间接的厌恶。你是不能接受我的这些目标的，因为它伤害了你。我看到了，你是怎样地眼噙泪水地听W博士讲话——那是恐惧，我看到了，我去你父母那里之前的那个晚上，你是怎样地在答话的时候词不达意——那是恐惧，我看到了，在布拉格，你是怎样地抱怨我——那也是恐惧(当然，有的例子也许并不完全恰当)，我用"恐惧"一词代替了"厌恶"，但这两种情感是相互交融的。在阿斯卡尼旅店，你最后所说的，难道不是这一切，一切的总爆发吗？当你听到自己所说的一切的时候，你还能怀疑我说的这一点吗？难道你不是甚至应该说你可能迷失了自己，如果你……就是在你今天这封信中，菲莉斯，我也找到了许多地方，那字里行间似乎仍流露出了这种恐惧。菲莉斯，你不能误解我，这种厌恶是存在的，但在所有人面前，你决心抗拒这种厌恶。在快乐的时候，我自己也曾希望这一切能有个好的结局，但这一点我现在不打算谈。你想让我对我最后的行为有个解释，我一直看到了你的恐惧、你的厌恶，这就是解释。我有义务管好我的写作，是它给了我生存的权利，而你的恐惧告诉我，或者说使我（带着百倍的、不能忍受的恐惧）担心，这对我的写作是个巨大的威胁。正像你所写道的："我心情焦躁，精神崩溃，感到精疲力竭。"我又何尝不是如此？在我心中，这两方面的思想还从未如此激烈地斗争过，于是，我给勃洛赫小姐写了那封信，但也许在那封信中，我还是没有能完全解释清楚我为什么会那么害怕，而这以后，在阿斯卡尼旅店，你对此作了自己的解释，在此我不应再重复了。最明显的一个例子是我们在房子问题上的分歧，你设想中的每一点都使我感到吃惊，但我又提不出新的建议，自然只好承认你是对的。只是你自己却不应自以为正确。其实你并没有什么非分之想；无非是一个宁静的、布置温馨的家，像你我双方亲人们所拥有的那样的家，除此之外，你并不要求更多（你今天的来信中又提到了这一点），但这些普通家庭所拥有的一切你也都想完全拥有。记得我曾请求你不要在教堂举行那些仪式——那几乎已是我最后的一个顾虑了，可你却不置可否，我担心地认为你生气了，而在阿斯卡尼旅店你真的提到了此事。你对家的种种设想又说明了什么呢？说明你与其他人都能和谐统一，与我却不能。别人心目中的家与我想象中的不同，这无可非议，但这些

从这里可以看出，卡夫卡与菲莉斯对生活的理解、对家的理解存在极大的差异。

卡夫卡生来就是为写作而存在的，菲莉斯生来就是为普通温

馨的家而存在的。他们俩不是一条道上跑的车，又不能相互妥协，最终是无法走到一起的。也许，魏斯早已看出了这一点。

人一旦结婚基本上就满足了，婚姻对他们来说只是最后一次盛大而美好的事情，而对我却并非如此，我不会满足，对我来说，婚姻并非是一桩年复一年、不断发展的生意，我不需要这样一个归宿，好在这宁静的港湾中经营这桩生意，我之所以这样想不只是因为我不需要这样一个家，更因为它使我感到恐惧；我如此地渴求进行我的写作，这想法使我软弱，而我将要做的一切却是与我的写作相对立的。这种情况下如果我按照你的想法安置一个家，则意味着我要将这种与写作相对立的情况永远维持下去——这即使还没变成事实，至少也已显现出这种迹象了——而这是我所能做的、最糟的事了。也许我该将我的话退一步说，以便使它们更加确切。你完全有理由问我，我希望你对这个家有个什么样的设想，而我却答不上来。对我的写作最适合的、最好的是将一切都抛开，在随便什么地方找一个五层以上的房子，但不要在布拉格，在其他地方，但是，你我无论如何是都不可能适应这种自讨苦吃的生活的，但或许你还会比我更适应一些呢，只是我们当中谁也没有去尝试过罢了，我希望你会提出这样的建议吗？不会的。虽然我会为这样的建议而高兴，但我并没有指望你会这样做。也许会有一条中间道路，肯定会有的，如果，是的，如果不是因为那种恐惧，因为那种厌恶，使你不能把握对我及我们共同生活至关重要的东西，你一定会毫不费力地找到那条中间道路。我仍然可以寄希望于我们今后也许能够协调一致，但那只是希望，当时的情况并不是我所希望的，这当然使我害怕，我必须保护自己，也只有这样，你才会得到一个

从这里可以看出，卡夫卡和菲莉斯都期待找到“一条中间道路”，能重新走到一起。也正是这种强烈的愿望，1915 年初，他们又恢复了恋人关系，又开始了长达两年多的苦恋。

有生命的我。

那么，你也许会说，这一切感受你也曾有过，同我一样，你也曾觉得没有安全感，也有理由感到恐惧，但我却不这样认为。从我的本心讲我是爱着那个真实的你的，只有当我的写作受到妨害时，我才会感到恐惧。因为我很爱你，才只有帮助你去保持自己。至少这种假设的说法并非完全符合事实，你没有安全感，但你是希望有完完全全的安全感吗？一直希望吗？是完完全全的吗？

我说的这一切已不是什么新东西了，也许略微重新组织了一下，但不是新东西，唯一不同的是，它不是在我们曾有过的定期的书信往来中写成的，而且，是你希望我能写出这些想法，所以我期望着能够得到一个明确的答复。我盼望着你的回信，你必须回信，菲莉斯，即使你在信中反驳我。我焦急地等待着。昨天直到很晚的时候，信还没有写完，我就睡下了，睡了一小会儿，醒来后直到清晨就基本上再也没睡着，于是，我们在那最难熬日子里的忧虑及痛苦——这的确是我们共同的感受——再次涌上心头。这感受完整地保留着，一旦将它们唤醒，就会发现，这痛苦并没有一丝一毫的减退。它们不断地折磨你，挥之不去。曾有几次我几乎在想，我可能是干了件蠢事，可又不知道如何拯救自己。你要回信给我，收到信后最好还能打个电报过来。

横亘在卡夫卡与菲莉斯面前其实还有一道障碍：卡夫卡多情，菲莉斯不能容忍他随便与其他女性包括她妹埃尔娜通信。

你还提到了同埃尔娜通信的事，你说给你回信时，我应该不考虑和她的通信。我不明白你指什么。而恰好明天我就要给埃尔娜写信，我还会告诉她，我给你写了信。埃尔娜一直对我很好，对你也是如此。

弗兰茨

1914 年 10 月底或 11 月初

写这封信的时，正是卡夫卡与菲莉斯恢复恋人关系之后，相处得比较融洽的时候。从这封信中可以读出，卡夫卡有着非常细腻的感情。信的开头一下就问了二十个问题。这不是简单的事情，说明他对菲莉斯的生活、工作全方位的关心。以前从来没有读到过这样的情书——一方用这么多问号来表达对另一方的爱。

最亲爱的：

昨天和今天都没有收到你的来信。首先是几个需要回答的问题：你现在每周要在寄宿学校待几天？多少小时？寄宿学校有多远？你怎么去，坐车还是走路？雷曼博士的关于宗教教育的讲座涉及了哪些方面的内容？你信中写道，学生们的辅导老师由她们自己选择。她们到哪去自己选？你不会是这么选出来的吧？或许你的任命只是一种试验？为什么蜜丽莲不再是那里的头儿？你认识她本人吗？那位自己要求带这个组的女士在做什么？说不定就是你叫她红石头的那位女士。你们之间是怎么分配工作的？你的朋友们，姐妹们，以及你母亲是怎么看寄宿学校的？你都两个星期没能和她们在一起了。你为什么接下写年终报告的工作？这件事肯定会有人来做，尽管只需写出一页，但这对你仍然是一种不必要的负担(提出这个问题主要是出于我自己的利益，因为，不是写这篇报告的话，这张纸也许就是为我而写了)。你的上司在柏林吗？你现在有助手了吗？她干得怎么样？为什么你又得搬家？经过第一次的失败就不再找房了吗？写有关于但泽先生情况的信到了吗？你最近有没有听到费格尔的消息或给他写信？(我一直没给他写信)——今天就问这些吧。

这一大段中，卡夫卡一直在为菲莉斯出主意，怎样把工作做

我昨天给你寄去了十篇施勒米尔的文章，是从《世界文学》上搞到的，纸很好，希望能如我所愿——

上面的插图比较容易弄下来。顺便说一下，这个小册子我没看过。此外，你还会收到两本由莎夫斯坦出版的施勒米尔。这两本小书可能会比从《世界文学》搞到的那些漂亮，特别是那些老的画会使整个书增色不少，但我认为，这两本小书中的文字内容不完整。我觉得，姑娘们在听课的时候不应该看书，而是在你讲完施勒米尔之后把书发给她们，用来加强记忆。由于故事中各种复杂的关系，我认为你的首讲内容选得很好。非常遗憾的是，我想象不出这些十一到十四岁无忧无虑的孩子们的能力和要求。你有没有注意到，至少是在开始的时候，福斯特没大注意如何给女生上课？在这个问题上你就可以用你的经验去加以补充。我还没有和马克斯正面谈到过你那个组的课堂读物的事情，我担心，为这个年龄组推选读物，他也不一定能提出什么好的建议。夏洛姆·阿施出版的圣经故事也许比较合适，这是我目前能够提出的唯一建议。这本书我没有读过，尽管我读过的这个出版社出版的一些其他东西没有给我留下什么印象，但是这本圣经故事应该还不错。这本书我随后给你寄去。我想，你和小姑娘们就李希特瓦科的这本小书进行看图练习，从某种意义上讲与福斯特的理论非常相似，甚至于有过之而无不及，这就值得提出疑问了。李希特瓦科的书我也会寄给你。如果我建议你少做一点寄宿学校的工作的话（你接过的工作显得确实多了点），主要担心，很快跳进水中的人会很快又从水中钻出来。在这方面我相信你不会这样做的。我只是担心，你的工作负担太重，从而会削弱你的工作成绩。告诉我一些关于这方面的

好。他几乎把自己能做的都做了，字里行间还可以感觉到，他恨不得为她全都做了。

夏洛姆·阿施于1914年在犹太出版社出版了《圣经小故事》。

李希特瓦科于1898年在德累顿斯出版了《小学中试验过的艺术观察练习》。该书是艺术教育的辅导书。

情况。第一堂课以唱歌开始,又以唱歌结束我觉得很好,只是不明白,你自己为什么不愿意唱歌。在卡尔斯温泉你唱得不是很好吗,毫不夸张,我当时和你一比真觉得无地自容。要唱些什么歌?至于自由练习,我提醒你注意米勒舍的体系。你还记得那本书吗?我建议你在作自由练习时,不要让她们任意发挥,而是要好好研究这些练习,特别是在做练习之前好好研究。我可能要到慕尼黑去朗诵。你若能来,对我是强大的动力(不然,我可能不去参加这次朗诵)。由于某些原因绕道柏林不大可能,另外,我也不打算这样做。尽管我不愿看到你受旅途之苦,我还是希望在慕尼黑而不是在柏林看到你,至于寄宿学校我也想通过你去了解,而不是看到它实实在在的样子。由于我这里的各种情况,可能也由于我的性格而作出的如此决定,见谅。

弗兰茨

(19)16.9.26

这是《致菲莉斯情书》中的最后一封。70天后的12月26日,卡夫卡与菲莉斯第二次解除婚约。

在这封信中,卡夫卡主要谈怎样理解"幸福"。从探讨的问题和沉重得几乎不能透气的语言中,可以感觉到无论是卡夫卡,还是菲莉斯,他们对自己的第二次恋情都已感觉到了失望。所以,卡夫卡用好友马克斯这句

亲爱的菲莉斯:

这里我把马克斯给我的上封信的开场白抄录下来,因为他道出了我,或者说我们的目前状况:

"如果我不担心由此会使你不安的话,我就会对你说,你的信证明你很平静。好了,现在我已经说了,这就证明,我从不担心,肺结核或任何其他事情会使你不安。你虽身处不幸之中,但你却是幸福的。"

在我告诉你我给他复信的内容前我想知道,你是不是也这样认为?虽然并不这么笼统,但也隐含

着潜台词？如果是这样，我就在这里给你举众多例子中的一个：傍晚时分你站在屈劳的房子前，不久你就要启程回柏林。我在房间里坐了很长时间，然后来到院子里找你，没找到，回到房间听奥特拉说，你在房前，我于是来到房前，对你说："我刚才还听见你在房间里说话。"我们彼此只说了几句无关紧要的话，就这么默默无语地在阶梯上站了很长时间，望着远处。这次毫无意义的旅行，我无法理解的态度，以及一切的一切使你感到不快。而我并没有感到不幸福。"幸福"这个词，实际上对我的目前状况极不合适。我体验折磨，但并不觉得不幸，当我看到并体验到这种痛苦的时候，我比较平静地接受了它存在的现实，于是，我感到这全部的痛苦在减轻。在这件事上我也许还有点要花招，对此请你能给予一点谅解，我之所以这样做，是因为我对事情的观察（当然这不是第一次）过于悲观，就好像人们希望台上的人出现的时候没有任何背景音乐；不管演出成功与否，演出都要进行。给马克斯的信的内容大致相同，我当然只是说：意思大致相同。他的"身处不幸，但并非不幸"的结论超出了现实，是一种当代人惯用的评论。我不知道，他是不是把他的这一看法写进文章，这种想法他早已有之。他还常说："不管是别人的观点，怜悯还是对某事的劝告他都非常看重，而抱怨、责难他却认为十分不齿。""身处不幸，但不觉不幸"同时也意味着"幸福之中仍感不幸"（但是，或许前者是最为重要的），这说不定就是印在该隐额上作为标记的箴言吧。这一标记意味着不再和世界同步，也意味着，带有这一标记的人就是曾经毁灭过世界，然而无

话——"身处不幸，但并非不幸"——来安慰菲莉斯，也是安慰自己。

法使世界重新复活，最终被碎片追袭的人。但是，他并非不幸，因为，不幸是生命中的一个组成部分，他既已战胜生命，又何言不幸？现在他不过是在用更加犀利的目光注视着，在这件事情当中与不幸类似的东西会意味着什么。

我现在的身体状况相当不错，我不大敢问你身体如何。下个星期六马克斯在离这很近的科摩陶去作一个重建犹太家园的报告，我也去，星期天中午我们一起乘车回屈劳，晚上全都回布拉格，我吗，得拜访教授，去看医生，去办公室。这三件事都挺麻烦，特别是来回的路程。希望两三天我就能回来。

只是由于这次科摩陶的报告马克斯才来看我，因为我很早就向马克斯、费利克斯和鲍姆讲明理由，请他们不要来。

坎特我不认识，但那句话对百姓却非常适合，这句话指的是民族战争，跟“内心的战争”几乎没有关系，这里平和只是对那些即将化为灰烬之人才有。

弗兰茨

（弗略奥邮局　邮戳）(19)17.10.16（屈劳）

（卢永华　等译）

（选自《卡夫卡全集》第 9—10 卷）

致密伦娜情书(选)

亲爱的密伦娜夫人：

我在布拉格和美兰曾先后给您写过一封短信，至今未得到您的任何答复。这些短信并不是非马上答复不可的。人在生活比较优裕的时候往往不愿意写信，因此，假如您的沉默仅仅是表明这种迹象的话，我便满意了。但也有其他可能(因此我才写这封信)，即我的短信中有什么话伤害了您(如果是这样的话，那我真要恨死我这处处跟自己意愿作对的粗笨的手了)；或者(那就更糟了)您心平气和地书写的时刻已经过去，而现在又处于一个恶劣的时期。对于第一种可能，我不知该说什么，我在这方面比其他任何方面都要笨；对于第二种可能，我不想作任何猜测——怎么去猜呢？——我只想问：您为什么不离开一下维也纳，出来走走呢？您并不像其他人那样走投无路呀。在波希米亚小住几天难道不会给您增添新的力量吗？假如您出自什么我所不知道的原因而不愿意到波希米亚去，那就到别的地方去好了，也许美兰就不错。您知道这地方吗？

我期待着两种可能性的任何一种。要么您继续沉默下去，这意味着："别担心，我过得不错。"要么写几行字来。

卡夫卡　谨上

于美兰-翁特尔麦斯，奥托堡公寓

《致密伦娜情书》是卡夫卡写给恋人密伦娜夫人的情书，时间约为1920年初夏到秋末。

密伦娜比卡夫卡小12岁，当时仅25岁，已是一位小有名气的作家。她很欣赏卡夫卡的小说(她是当时少数几位懂得卡夫卡意义的人之一)，希望翻译成捷克语，于是给卡夫卡写信。此后，两人通信往来，并产生了恋情。在约半年的时间里，卡夫卡给密伦娜写了约17万字的情书。论者多以为这是卡夫卡的爱情绝唱——热情似火，思想如锦，语言若诗。

与卡夫卡斩断恋情后，密伦娜还到疗养院探视过重病中的卡夫卡。后因投身共产主义运动被捕，于1944年5月17日死于法西斯集中营。

尽管历尽种种变故，密伦娜始终精心保存着卡夫卡写给她的这些的情书，罹难前夕将其转交给了友人的丈夫，使得卡夫卡这一珍贵遗产得以最后能与读者见面。

这里选取的第一封信也是《致密伦娜情书》的第一封。因为各亲爱的密伦娜夫人：

首先，我坦白地告诉您，免得您与我的愿望相违，直接从我的信中察觉出来：约两周来，我在日甚一日的失眠之中忍受着折磨。我并不把它看成是完完全全的坏事；这样的日子反反复复，还总有一些原因（可笑的是，照贝德克的说法，连美兰的空气都可能是起因）；即使有时那些起因几乎看不见，摸不着，但它们总要叫人目瞪口呆，使你像林中兽一般烦躁不安。

有一点却是很大的安慰：您睡得很好，尽管是“奇怪地”，尽管昨天还有些“失常”，但毕竟是睡了好觉。当夜间睡意从我身边擦过时，我知道它此行何去，也给予默认。对此进行反抗是愚蠢的，睡眠是最无辜的事情，而失眠者则是罪孽深重的。

而您在上封信中恰恰对这么一个失眠者表示感谢。假如一个不知底细的陌生人读到这儿，他一定会想：“这是个什么样的人啊！在这种情况下他竟然像完成了一件移山填海的伟业似的。”其实他在这期间什么也没干，连手指头都没能动一动（握笔的指头除外），靠牛奶和好些吃的东西度日：眼前并不总是放着“茶和苹果”（尽管经常如此）！此外，一任事物自由发展，一任山和海躺在它们的老地方。您知道陀思妥耶夫斯基第一篇成功的短篇小说吗？这是个归纳了很多道理的故事，我在此引用，仅仅因为引用一个伟大人物的故事能使人快乐，而一个发生在周围的，甚至更近处的故事往往可以具有同样的意义。而且这故事我已经记不太清楚了，更别提人物姓名了。陀思妥耶夫斯基写他的第一部长篇小说《穷人》

种特殊原因，他们的通信没有标明日期。但从中可以读出，这是他们交往的开始。此时密伦娜正处在困难中——她冲破重重阻力（包括父母的反对）嫁给了中学时期的恋人施塔萨，施塔萨却有了外遇。所以卡夫卡劝密伦娜出来走走。

与菲莉斯不同，密伦娜是作家，是积极投身社会运动的活动家，是卡夫卡价值的体认与欣赏者，所以卡夫卡对密伦娜的爱更接近一种知己之爱；也因此，在给密伦娜的情书中，卡夫卡肯定会更多地涉及精神深处的东西；也因此，与密伦娜通信不久就必然要谈到陀思妥耶夫斯基。

陀思妥耶夫斯基（1821—1881）是俄罗斯文学的骄傲。他与列夫·托尔斯泰齐名，有人说托尔斯泰代表了俄罗斯文学的广度，陀思妥耶夫斯基则代表了俄罗斯文学的深度。

陀思妥耶夫斯基是卡夫卡的精神与创作的引路人，但两人有着完全不同的创作。陀思妥耶夫斯基像他的主人公一样在地下室写作，但他渴望从地下室走向“活生生”的世界；卡夫卡则试图逃时，同一个文人朋友格利戈罗维奇住在一起。这位朋友尽管数月之久一直看到桌上摊着写过的纸，却直到小说写完才得以一读。他读着小说，深深地被感动了，未经陀思妥耶夫斯基同意，他就带着文稿去找当时著名的评论家涅克拉索夫。夜间 3 点，陀思妥耶夫斯基的门铃响了。那是格利戈罗维奇和涅克拉索夫。他们闯进房间，热烈地拥抱着、吻着陀思妥耶夫斯基。当时还不认识他的涅克拉索夫称他为俄国的希望，他们谈论着，主要谈这部小说，谈了一两个小时，早晨他们才告辞。陀思妥耶夫斯基(他后来总把这一夜称为他一生中最幸福的夜晚)靠在窗旁，看着他们的背影，抑制不住自己，哭了起来。他的基本感觉(我已经想不起来他在什么作品中写到过)大体上是：“多好的人啊！他们是多么善良而高尚！而我是多么卑贱。假如他们能看透我的内心，他们会怎么想啊！假如我实话告诉他们，他们是不会相信的。”我的故事到此就结束了。至于以后陀思妥耶夫斯基怎么下决心向他们看齐，则是无须赘言的，这只是不可战胜的青年时代必不可少的结束语，而不属于我所想引用的故事。亲爱的密伦娜夫人，您觉察到了这个故事的匪夷所思的神秘之处吗？我想大概是：格利戈罗维奇和涅克拉索夫肯定不比陀思妥耶夫斯基高尚，这是就总的方面而言。现在您不去看总的方面(陀氏在那个夜晚也并没有要求这一点，而且这在具体情况下也没有任何用处)，而只听陀思妥耶夫斯基说的话，您就会相信格利戈罗维奇和涅克拉索夫确实了不起，而陀思妥耶夫斯基则不纯洁，卑贱得不得了，这当然使得他即使从远处看格利戈罗

避“活生生”的世界，躲进“地洞”将自己封闭起来。

格利戈罗维奇是俄罗斯小说家，涅克拉索夫是俄罗斯诗人。

维奇和涅克拉索夫也不可企及，永远谈不上报答他们那宏伟的、受之有愧的壮举。他只能从窗台上看着他们远去，以此喻示他们是不可接近的。——可惜这个故事的含义被陀思妥耶夫斯基这一伟大的名字抹去了。我的失眠将把我引向何处呢？肯定引向子虚乌有，假如这“子虚乌有”含意不怎么好的话。

您的　弗兰茨·K

这封信当是写于与密伦娜的恋情进入谈婚论嫁的时期了。但毕竟密伦娜是有夫之妇，密伦娜又不能下决心离婚与卡夫卡结合，所以卡夫卡的信就在激情之中又渗入了恐惧与感伤。

但这一杯爱情的苦酒，卡夫卡还是品得有滋有味。

首先卡夫卡审视了自己的写信行为。是的，世界上只有卡夫卡是这样用书信在不断地表达、解释自己。这些书信成了卡夫卡生命的重要组成部分。

“写下的吻不会到达它们的目的地，而是在中途就被吮吸得一干二净。”这样的话只有具有了卡夫卡这样的生命体验才可能写出。它让读者充分地感受到了卡夫卡对爱的绝望。是的，菲莉斯不能真正理解与接纳小说家卡夫卡，密伦娜

我已经很久没有给您写信了，密伦娜夫人，今天我也只是因为一件偶然的事才提笔的。我不想为我的不写信道歉，您也知道，我对信是多么痛恨。我一生的一切不幸（我在此并不想抱怨，只是想总结出一条普遍的教训来）都来自信件或者来自写信的可能性，假如可以这么说的话。人几乎没有欺骗过我，但是信总是在欺骗，并且不是别人的，而正是我自己的信。发生在我身上，这是一种特殊的不幸，对此我不想多说了，但同时也是一种普遍的不幸。单单从理论上看，由于写信想写就可以写，轻而易举，这就势必把可怕的灵魂紊乱带到世间来。这是一种同幽灵打交道的行动，不仅是同接信人的幽灵，而且也是同自己身上的幽灵。幽灵在写信的那只手下成长，在信件的连续性中，即在一封信证实着另一封信，并可将另一封信作为自己这一封的见证的连续性中成长。人们怎么会偏偏产生这样的想法：人与人可以通过信件互相交流！人们可以想起一个远方的人，人们可以抓住一个近处的人，其他一切都超出人的力量。但写信则意味着：在贪婪地等待着的幽灵面前剥光自己。写下的吻不会到达它们的目的地，而

是在中途就被吮吸得一干二净。它们正是通过这种丰富的营养骇人听闻地繁殖着。人类感觉到这一点，也在与此斗争。为了尽可能把鬼性的东西与人隔绝，为了达到自然的交往，获得心灵的安宁，他们发明了铁路、汽车和飞机，但已经什么也起不了作用了，这显然是些在毁灭过程中产生的发明；其对立面则更平静，更强大了，它为邮政发明了电报、电话和无线电报话，幽灵们不会饿死，而我们将会灭亡。

我感到惊讶，怎么您还没有写到过这一点，并不是说，要通过公开见解来阻止或达到什么，这已经太晚了，但是至少要向"它们"显示，您是认出了它们的。

此外，从一些例外事情上可以认出"它们"来，有时他们让一封信不受阻碍地通过，这信会像一只友好的手那样到达目的地，轻柔而和善地握在自己手中。但是，这兴许也只是表面现象，这种情况也许是最危险的，对这种情况应比对其他情况更警惕；但如果这是一种错觉，那么就是彻头彻尾的错觉。

我今天遇到了类似的情况，这正是我想起来要给您写信的原因。我今天收到了一位您也认识的朋友的来信，我们已经很久不通信了，这本来是最明智的。同上面说的有关的一点是：信是了不起的驱眠药。它们是怎么到达的啊！心中枯竭、空虚、激动、片刻的快乐，跟着是长时间的痛苦。在忘我地读着它们时，本来已经来临的那一点点睡意从洞开着的窗口飞了出去，久久不再回来。所以我们互相才不写信。我经常想到它。但这思想一闪即逝，我的整个思想都是一闪即逝的。但昨天晚上我久久地想着

能理解与接纳小说家卡夫卡，但不能抛弃已有的家庭。

"幽灵们不会饿死"，是因为"我们会灭亡"。幽灵们是吮吸爱情生存的！幽灵活着，爱情必死。

"一位您也认识的朋友的来信"即密伦娜的来信。也就是说，这是卡夫卡收到密伦娜来信后夜不能寐而给密伦娜的回信。

它，长达几个小时。夜晚躺在床上的那些时间（这段时间正是由于它的敌意对我来说才特别珍贵）我都用来考虑如何在一封打算要写给她的信里，不断用同样的句子来重复我当时觉得特别重要的、需要告知的事情。早晨果然来了一封她的信，信中有一条说明，说这位朋友一个月来，或者说得准确些，一个月前，有一种感觉，觉得她应该到我这儿来。这条说明与我的遭遇竟如此奇特地巧合。这个关于信的故事给了我写一封信的机会，而既然我已经写了那一封，那么密伦娜夫人，我为什么不能给您，也许是我最愿意给的人，也写一封呢（只要还愿意写信，何乐而不为呢？这话当然只是说给那贪婪地包围着我的桌子的幽灵们听的）。

正因为两颗心有这样的相互感应，所以才能相互吸引。反之亦成立。

“说给那贪婪地包围着我的桌子的幽灵们听”，说这话时卡夫卡既恐惧，又愤怒，又绝望。

我已经很久没有在报纸上找到您的文章了，除了那些介绍时装的文章外。最近一段时间里除了个别例外，我觉得这些文章写得令人欢快而安宁，包括最近那篇关于春装的文章。在此之前我有三周没有读到《论坛报》（但我会想办法弄到手的），我到施宾德米勒家去了。

写很久没有读到密伦娜的文章，可见惦记之重。

然后来了您的信。现在写信的事弄得有点怪，您必须（以前您什么时候又不必呢？）有耐心。三年来我没有给任何人写过信，在这方面我就像死了一样，没有任何传达信息的愿望。我好像不属于这个世界，但也不属于其他任何世界，就像是那么多年来我都是人家要我做什么就做什么，心不在焉，而实际上一直在倾听有没有人叫我，直到疾病在隔壁房间叫我，我赶紧跑过去，越来越深地委身于它。可是房间里很黑暗，人们根本就不知道它到底是不是疾病。

不管怎么说，我想问题、写东西变得非常困难，有时在书写时两手空空地从纸上滑过去，现在也仍然如此。对思考问题我根本不想谈（我不断为您的思想闪电般的敏捷所叹服，一大堆句子不知怎么就聚拢来，闪电般猛击下来），无论如何您要有耐心。这朵蓓蕾在慢慢地绽开，它也只是蓓蕾，因为人们把闭合着的就称为蓓蕾。

我开始阅读《多那狄》了，但只读了一点，我还没有被吸引住，读过的他的少量作品也没有给我多少亲近之感。人们称赞他的简朴，可是简朴本来就是德国和俄国文学的特色。他，这个祖父，是可爱的，可是他却没有力量阻止人们在阅读他的时候草草掠过。到现在为止我所读到的里面最美的（我才读到里昂那里），我觉得具有法国的特色，而不是菲利浦的特色，是福楼拜的风格，譬如在一个街角突然产生的快乐（您也许还记得这一段吧？），译文像是由两个译者合作的，一会儿很精彩，一会儿糟得简直看不懂（一个新译本将由沃尔夫出版）。不管怎么说，我还是很乐意读它的，我成了一个差强人意的阅读速度非常慢的读者。读这本小说时阻碍着我的，是我在姑娘们面前会变得很困窘的弱点，这甚至使我不相信作者所描写的姑娘的真实性，因为我不相信他胆敢去接近她们。就好像作家做了一个洋娃娃，称它为多那狄，目的只是把读者的注意力从真正的多那狄那里吸引过来，这与真正的多那狄是完全不同的，身处的地方也完全不同。我的头脑中对这种小姑娘岁月（尽管非常可爱）形成了一个固定的模式，从这个模式看问题，就好像这里所叙述的一切并没有真

《多那狄》是密伦娜寄给卡夫卡的一部小说，作者是查理·路易斯·菲利浦。

从下面几段可以看出，卡夫卡与密伦娜讨论文学是多么深入。从中也可以明白为什么卡夫卡那么热爱密伦娜。

正发生，而是以后的事情，而这一段只是按照音乐规则补充创作的前奏，并按照真实的乐章调定了调子。在有的书中这种感受会一直持续到结束。

《在大路上》(原文是捷克语)我没有读过。契诃夫我却非常喜爱，有时爱得完全发狂。《离开磨坊》也不知道，史蒂文生根本没读过，只知道您喜欢。《弗朗齐》我会寄去的。可是除了个别地方，您一定不会喜欢它的。这可以用我的理论来解释：活着的作家同他们的书有一种活的关系。他们本身的存在就是捍卫它们，或者反对它们的斗争。一本书真正独立的生命要在作者死后才开始，因为这些血性的人在他们死后还会为他们的书斗争一番。然后书就慢慢地孤单下来，只能依赖自己的心脏搏动了。所以，譬如说麦耶贝尔就做得很理智，他为了支持这种心脏的搏动，把他所有的歌剧都留给了蕾加特，也许还根据他自己的信任给它们分了等级，对这种理论还可以加一些补充发挥，即使没有什么重要的可以补充了。用在《弗朗齐》这儿便意味着：这位活着的作家的这本书真的就是那套住房尽头的那间卧室，供他亲吻用，如果这房间是供亲吻用的话。如果不是这样那就可怕了。假如我说我喜欢它，或者您说(也许您不会这么说)相反的话，那么这简直算不上是对这本书的评价。

《弗朗齐》是卡夫卡挚友马克斯·勃罗德的长篇小说。

关于小说的独立生命的理解，卡夫卡是正确的。

今天我读《多那狄》，读了较长一段，可是我吸收不了(但看来今天不能用那个理由来解释，而是因为妹妹在隔壁跟女厨师谈话。我只要轻轻咳几声就会打断她们，可是我不愿这么做，因为这个姑娘——到我们家来才几天——一个十九岁的姑娘，强壮得像巨人一样，说自己是世界上最不幸的人。这么说没有理由，她只是因不幸而不幸，她需要妹妹安慰。我妹妹也从来就是这样，就像我父亲说的："最喜欢跟女佣人坐在一起"）。不管我在表面上说什么批评这本书的话，都是不合理的，因为一切责备都来自核心，却不是来自这本书的核心。如果一个人昨天杀了一个人（这个昨天什么时候会变成前天呢？），他今天就不敢听任何杀人的故事。所有杀人的故事对他来说都是一样的：痛苦，枯燥，刺激。书上那庄严的不庄严，那拘束的不拘束，那赞赏的讥讽——我都不能忍受。假如说拉斐尔诱惑了多那狄，那么这对她来说是很重要的，可是作者在那学生的房间里待着干些什么呢？还有第四者——读者，直到他的小房间变成医学系或者心理学系的大教室。除此之外，这本书充斥着绝望，别的东西很少。

……

眼下最糟的却是（连我都没有想到）：这些信，甚至这些重要的信，我都写不下去了。写信的恶魔又开始作怪了，把本身被自己摧毁的夜晚摧毁得更甚了。我必须停笔，再也写不下去了。咳，您的失眠与我的不同。请不要再写了。

谢谢您的问候。关于我：我离开那儿几天，布拉格日子过不下去了。可是这还不能算是旅行，只是胡乱拍打了一阵长得很不合适的翅膀。

K

（发自多布里乔维茨的明信片，邮戳日期：1923年5月9日）

这是《致密伦娜情书》中的最后一封，也是卡夫卡写给密伦娜的最后一封信，约写于1923年底或1924年初。此时卡夫卡在重病中，住在柏林市郊的施泰克利茨。陪伴他的是不顾一切地爱着他的年仅20岁的多拉·迪曼特姑娘。“在这里受到了人间最大限度的温柔与周到的照料”即指多拉姑娘的照料。

亲爱的密伦娜：

给您写的一段信已经在这里放了很久了，可是却写不下去，因为过去的烦恼又在这里找到了我，袭击了我，几乎把我摔倒在地上，于是我举止艰难，每一步都很艰难，我写下的所有的话我都感到太伟大了，我与我的力量较量着。当我写下“衷心的问候”时，这问候还真有力量出现在那喧哗、混乱、充满城市灰暗色调的L大街上，而我和我的一切却连气都喘不上来。所以我根本不写，等待着更好或者更糟的时辰的到来。顺便说一下，我在这里受到了人间最大限度的温柔与周到的照料。对于世界我只是通过涨价，而且是深受震动地通过涨价去了解的。布拉格的报纸我收不到，柏林的报纸对我而言太贵，您能偶尔给我寄些《民族报》剪报吗？用以往那种使我欣喜的方式。我使用下列地址已经好几周了：施泰克利茨，格鲁瓦尔德街13号，赛福尔先生转。现在又该致“最好的问候”了，如果它们刚到花园门口就摔倒了怎么办呢，或许您的力量会更大一些。

您的K

（叶廷芳　等译）

（选自《卡夫卡全集》第10卷）

附：卡夫卡生平和作品中的爱情关系[1]（节选）

叶廷芳

爱情关系——这在卡夫卡那里既是生活，也是作品本身，既涉及一些与爱情直接有关的作品，也涉及许多乍看上去与爱情毫无关系的作品。因此卡夫卡的爱情经历往往成为解开他的许多作品之谜的一把钥匙。

卡夫卡自己的生平本身就是一个谜。就爱情生活而言，他先后与两个姑娘三次订婚，又三次解除婚约，一直到41岁辞世始终是孑然一身。卡夫卡研究者们对此众说纷纭。

卡夫卡并不是一个禁欲主义者，他和常人一样，对异性始终有着热烈的向往。年轻时他就注意观察女性，并记载在日记中，他一度曾暗暗爱慕着一位名叫科露格的女演员，"一见她歌唱，我就兴奋起来；只要她在台上出现，我就眉开眼笑，目不转睛……"他为科露格把他看成孩子却没有看出他的爱而暗暗伤感。他还热烈地爱慕过另一个女演员齐西克，捧着鲜花去看她演出，谢幕时把花献给她。有时因开演时间太晚，部分观众提前离座，此时，卡夫卡说，他"真恨不得把手里的杯子向他们摔过去"。他哀叹说，他想通过花给心中的爱带来慰藉，然而却是徒劳的。

卡夫卡生性内向，不善与女性接触。在与年轻姑娘说话时，需要有

---

① 本文见叶廷芳主编《卡夫卡全集》第10卷"附录4"。原文除引言外有六部分，这里节选其中的引言和一、四、五部分。作者叶廷芳（1936—　），中国德语文学研究会会长，著有《现代艺术的探险者》、《卡夫卡：现代文学之父》、《现代审美意识的觉醒》等。

年纪大的人在场。他在大多数情况下害怕姑娘们。但他的容貌和为人却使许多女性为之倾倒，因此他短暂的一生中却也留下了许多罗曼史。

1905年7月卡夫卡到一个疗养院休养，在那里认识了一位姑娘，度过了一段爱情生活。1913年他在另一地也认识了一个姑娘。后来他在给勃罗德的信中写道："我基本上同女性还没有过深厚的感情，只有两次例外。"这两次例外指的就是上述的两个。他的《乡村婚事》就写于那个阶段，人们认为是他为第一次爱情所立的一个小小的纪念碑。

1912年到1917年期间是他一段痛苦的爱情生涯，他与菲莉斯·鲍威尔在这期间两次订婚，又两次解除婚约。1919年春他认识了一位叫尤丽叶·沃里切克的姑娘，同她也订了婚，但翌年又解除了婚约。在这整个期间，他写下了《诉讼》、《乡村医生》等充满了精神创伤的作品。

1913年10月末，当卡夫卡与菲莉斯的爱情生活中出现危机的时候，菲莉斯委托她的女友格蕾特·勃洛赫居中调解。格蕾特与卡夫卡也建立了友谊。格蕾特于1914年间生下了一个儿子，她后来断言这是卡夫卡的儿子。这个儿子共活了7年，还在卡夫卡去世前就死去了，而卡夫卡生前从未得知他有过一个孩子。格蕾特于纳粹期间流亡意大利，后来同其他犹太人一起被捕，可能死于纳粹的集中营里。

1920年初，卡夫卡认识了捷克女作家密伦娜·耶申斯卡，他们之间产生了热烈的爱情，可是在通信近一年之后，这段爱情史也告终了。在这次爱情失败之后，卡夫卡写下了不朽的名篇《城堡》。

1923年夏，卡夫卡同他的妹妹一起在波罗的海海滨一个休养地休养时，认识了一个叫多拉·迪曼特的姑娘。当时多拉只有19岁，而卡夫卡已经40岁了，可他们之间的爱情却是那么真挚。多拉很快认识到了卡夫卡的天才，她自己的生平(她也是犹太人)使她对卡夫卡的恐惧心理十分理解。卡夫卡也为找到这么一个知心朋友而十分高兴，他从她的朗诵中发现她很有演员的天赋，后来多拉也确实根据他的建议和指导去学习演艺。他们在柏林合租了一套房子，生活在一起。卡夫卡曾写信给多拉的父亲，要求他同意他与多拉结婚，多拉的父亲是个虔诚的犹太教信徒，他拿着该信去找他最崇拜的教士，那教士否定了这一婚姻，于是多拉的父亲也拒绝了卡夫卡的要求，但是这并没有影响卡夫卡与多拉之间深厚的爱情。当时卡夫卡的肺结核已经进入了后期，但爱情给他生命的最后时刻投入了一线绚丽的阳光。他留恋生活，向往着幸福的未来。偏偏这时他的病的严重性被确诊了。在车子送卡夫卡去维也纳一家疗养院时，多拉一直站在卡夫卡身旁，用自己的身子遮挡沿途的风雨。在卡夫卡生命的最后日子中，多拉一直守在他的身边，精心照料他，尽可能减少他的痛苦。在卡夫卡的葬礼上，多拉悲痛欲绝，晕倒在地。可惜对于卡夫卡来说这样甜美的爱情来得太晚了。但反过来说，如果这一爱情早一些发生，卡夫卡也许就不会写下那些震撼人心、充满心灵创伤的名篇了。多拉后来于 1952 年亡故于伦敦。

在与多拉认识之前，卡夫卡的爱情生活可以说一直是不幸的。难怪他哀叹道："我对爱情所懂得的跟我对音乐所懂得的一样多。"（卡夫卡认为自己对音乐一窍不通。）卡夫卡在他的三部长篇小说（如果算上短篇《乡村婚事》则是四部）和一些短篇小说中都描写了女性，但她们都不是道道地地的女性形象，却像是幽灵一般地穿插在故事中间。有的评论家说，卡夫卡作品中的妇女形象在一定程度上是妓女的变形。这种说法固然近于刻薄，但卡夫卡的小说中确实从未出现过真正的爱情。

卡夫卡日记中有一篇小说草稿，他表达了这么一个观点："没有一个中心，没有职业、爱情、家庭、养老金，这就意味着没有在世界上站住脚。"卡夫卡的一生都没有放弃为此奋斗，而三次订婚则更是典型的例子。

一

……任何童话中所描述的为得到自己心上人所付出的努力，都比不上我为了得到你而付出的努力，不只过去、现在是这样，而且永远会这样。

——《致菲莉斯情书》

1912 年 8 月 13 日，卡夫卡在马克斯·勃罗德家里见到了勃罗德的一个亲戚，那是一位姑娘。从这一天起开始了卡夫卡生活中一个重要的阶段。卡夫卡在两天后的日记中记述了这件事，他写道："我坐下来时才仔细地看了看她，坐定以后我做出了不可动摇的决定。"这个"她"就是菲莉斯·鲍威尔小姐。菲莉斯于 1887 年 8 月 18 日生于德国上西里西亚，12 岁时随家迁居柏林。她有四个弟妹，父亲在柏林任一家外国保险公司的代理人。1904 年到 1910 年，菲莉斯的父母因不和而分居，为帮助母亲承担家庭负担，菲莉斯于 1908 年中学毕业后便在一家唱片公司找了工作(任速记员)，1909 年她又转入一家生产录音机的公司，几年后她就成了那家公司的襄理。(1919 年 3 月，即与卡夫卡的关系终结一年多以后，她嫁给了柏林一个富有的商人，生下一男一女，卡夫卡生前对此也是知道的。1913 年，菲莉斯一家迁居瑞士，1936 年迁居美国。菲莉斯于 1960 年 10 月 15 日在美国去世。)

卡夫卡与菲莉斯的爱情关系断断续续达五年之久，是卡夫卡爱情生活中时间最长的一次。在这五年中，双方，尤其是卡夫卡受尽了心理上的折磨，所以卡夫卡称之为"心中的斗争"。

1912 年 9 月 20 日卡夫卡给菲莉斯写了第一封信，从此他们就开始了频繁的通信。1913 年初，卡夫卡在发表《判决》时题上了"献给菲莉斯·B 的故事"，他在给菲莉斯的信中声明，这一行为是表明他对她的爱的一个确切信号。

卡夫卡与菲莉斯的关系一开始就充满了悲剧的因素，卡夫卡心中交织着爱、彷徨和惶恐不安的情绪。在 4 月份的一封信中，卡夫卡向菲莉斯表明，要给她充分的时间来考虑他们之间的关系，他觉得他只是人为地拖住菲莉斯不放。可是在 6 月份，他就问菲莉斯："你愿做我的妻子吗?"

1913 年 8 月是个充满了戏剧性的月份。8 月 13 日卡夫卡在日记中写道："也许一切都完了，我昨天的信也许是最后一封了，一年来我们哭泣、互相折磨，已经够了。"可是时隔几天，也是在这个 8 月，卡夫卡把他与菲莉斯的关系告诉了他的父亲，并给菲莉斯的父亲写了第一封信，请求他把女儿许给他。两个父亲的回答都是冷静的，都没有异议。偏偏在这之后，卡夫卡与菲莉斯的爱情关系出现了第一次危机，通信一度中断。菲莉斯让女友格蕾特·勃洛赫居中调解就发生在这个时候。

卡夫卡在10月末与菲莉斯见面后的一篇日记中写道："太晚了。悲伤和爱情的甜美，在船中她给我的微笑，这是最美的。赴死和自持的愿望交织，这一切就是爱。"可是在这之后，通信却又中断了。

直到1914年初，新的转机才出现了，卡夫卡再次写信向菲莉斯求婚，但却迟迟得不到答复。他在2月的日记中描写了自己的想象：他将揣着一封诀别书走入菲莉斯的房间，向她求婚，如果她拒绝了，他就向阳台跑去，跳楼自尽。菲莉斯终究是回信了，虽然没有马上答应与他结婚，却也使他欣喜若狂。2月底，卡夫卡再赴柏林，寻访菲莉斯。菲莉斯意外地见到他时，倒也很高兴，菲莉斯说她很喜欢他，但却怕与他结婚，怕那共同的前途。

可是事情却发展得很快，4月份双方分别在柏林和布拉格的报纸上刊登了订婚启事。卡夫卡在给菲莉斯的信中大声呼吁："快来吧，让我们结婚，把事情了结了！"6月1日，卡夫卡与父母一起在柏林参加了订婚仪式。可是在订婚前后，卡夫卡的心情却非常矛盾。

订婚启事刊登后，卡夫卡收到许多贺信，可是除了头几封外，他都不打开阅读。他说，他不是什么"最幸福的未婚夫"，"只有自己确实感到最幸福的人才会是最幸福的未婚夫"。

在5月6日的日记中卡夫卡描写了那次订婚仪式：未婚妻被女友和熟人围在中间，而未婚夫却独自一人靠在通向阳台的门口，向外面凝视着。未婚妻的母亲发现了这一情况，走到他身边问，怎么，你们吵架了吗？他答道："没有。"未婚妻的母亲说："那么到你的未婚妻那儿去吧，你这样已经引起人家注意了。"这个小故事形象地描写了卡夫卡当时矛盾、孤独的心情。举行完订婚仪式回到布拉格后，卡夫卡觉得自己"像罪犯一样被捆住了手脚"。

7月12日，时隔仅一个月，第一次世界大战爆发后的两个星期，卡夫卡与菲莉斯的婚约便解除了。卡夫卡在日记中描写道："旅馆中的法庭。坐在马车中的路程。F(菲莉斯)的脸。她把手插入头发中，打着哈欠，突然振作起来，说出一串深思熟虑、蓄谋已久、充满敌意的话来。"

7月31日，卡夫卡写道："现在我得到孤独的报酬了。这当然谈不上是报酬，孤独只会带来惩罚。"8月3日，卡夫卡叹息道："本来再过一个月我就该结婚了。"8月，卡夫卡开始写长篇小说《诉讼》。第一次世界大战的震动、解除婚约的痛苦，在小说中投下了阴影。10月4日至18日间，卡夫卡写下了短篇小说《在流刑营》，痛苦和受惩罚的心情在这里得到了更加淋漓尽致的表现。这恰如卡夫卡在给菲莉斯的一封信中所表达的：菲在受刑，刑具操纵在他的手里，可是双方都在受罪。

1915年1月，卡夫卡与菲莉斯又见面了，他们是怎么重新联系上的，人们都不得而知。卡夫卡在1月4日的日记中写道；"同F在博登巴赫。我认为，我们永远也不可能结合，但我既不敢对她说，在关键的时刻也不敢这么想。于是我还是瞒着她，哄着她，这是多么荒唐，这每天都在使我苍老、僵化。"

尽管如此，卡夫卡这次却采取了比较冷静的态度，他们之间的关系也就比较平静地发展着。1916年7月，卡夫卡与菲莉斯共同度假，在休假地的一个旅馆中一起度过了十天。菲莉斯走后，卡夫卡在给勃罗德的一封信中写道："我们间的协议简单说来是：战争结束后就结婚，在柏林郊区租两三间房子，经济上各管各。"

1917年7月初，菲莉斯来到了柏林，第二次订婚仪式举行了。7月中旬卡夫卡与菲莉斯一起去匈牙利看望菲的妹妹。

但是这一对注定结合不了的情人，他们之间有那么多格格不入的地方。订婚后，卡夫卡的结核病初次发作了。同时他心灵的创伤也难以愈合了，只要菲莉斯有信来，他就不吃饭，也不拆信。

1917年12月底，卡夫卡与菲莉斯再度在布拉格会面。勃罗德写道，他们25日在他家里做客时，两人情绪都很低落，不言不语。第二天，卡夫卡告诉勃罗德，他的决心已经下定了。12 月 27 日上午，卡夫卡在火车站送走菲莉斯后，来到勃罗德的办公室。他脸色苍白、严肃，突然哭了起来。勃罗德说："这是我看到他哭的唯一的一次，我永远忘不了这个场面，这是我一生中经历过的最可怕的时刻。"他抽泣着说："为什么非发生这样的事不可，这不是太可怕了吗？"持续了五年之久的这段爱情史最后终于以悲剧告终。

与卡夫卡和菲莉斯的爱情关系相比，现存有关卡夫卡第三次订婚的材料少得可怜。卡夫卡写给尤丽叶的信都没有保存下来。我们能看到的只有卡夫卡致勃罗德的两封信。1919 年 11 月那一封估计是卡夫卡写给尤丽叶的父母的信（只残留片段），再就是联邦德国的卡夫卡研究专家克劳斯·瓦根巴赫在《卡夫卡传》中认为是了不起的发现的那封卡夫卡致尤丽叶妹妹的信。

1918 年底到 1919 年初，卡夫卡在布拉格北部的小镇什累申养病，在那儿认识了也患病的年轻姑娘尤丽叶·沃里切克。她的父亲是鞋匠和犹太教教堂仆人。她曾订过婚，未婚夫在第一次世界大战中死亡。卡夫卡这么描写她："普通却又令人惊奇。不是犹太人也不是非犹太人，不是德国人，也不是非德国人，热爱电影、轻歌剧和喜剧。搽着粉，罩着面纱，说话时口若悬河，无所顾忌，整个说来颇不通世事，快乐并不悲伤。"

卡夫卡称他们的认识过程是"奇事"，他们俩每天见面，在散步的路上，在饭桌旁，在面对面坐着时，他们总是相视而笑。卡夫卡觉得这种无缘无故的笑是不舒服的，"折磨人的，使人愧羞的"。尽管这一关系从一开始就不很自然，而且，从与菲莉斯两次订婚失败后卡夫卡已对自己的婚姻前途丧失了信心，可是爱情还是产生了。尤丽叶先离开那里，三个星期中他们没有通信，但卡夫卡一回到布拉格，他们就"像被人追赶着似的飞到了对方的怀抱中"。

关系发展得很快，卡夫卡的决心也下得很快，半年后他们就订婚了。可是卡夫卡的父亲不同意他们结合。卡夫卡自己心中本来也矛盾重重，在"外部的事实和内心的虚弱的赛跑"中，这次订婚也很快失败了。当年夏天，他们打算租一套房子成家，可就在结婚的两天前，他们突然打消了租房子的打算，而卡夫卡反而暗暗庆幸，他说，否则的话，降临在他们头上的也许将是更可怕的崩溃，也许那时被埋葬的就将是一对夫妻了。此后卡夫卡就一任关系恶化下去，直到第三次解除婚约。这次婚约拖到1920年夏天才解除，但自1919年11月后便已名存实亡了。

四

> 现在，《致密伦娜情书》公诸于世了……我认为这是有史以来最伟大的爱情书信之一，堪与尤莉莉·德·莱斯匹那斯[1]那些炽烈如火、自怨自艾的书信媲美。
>
> ——M. 勃罗德：《弗兰茨·卡夫卡传》

与《致菲莉斯情书》相比，评论家们对《致密伦娜情书》的评价要高得多。他们称之为"震撼人心的爱情小说"，把卡夫卡与密伦娜同歌德笔下的少年维特的爱情相媲美。确实，《致密伦娜情书》是非常感人的。尽管由于这些信都没有写日期，但读着仍然如同一部美丽的爱情小说。与《少年维特的烦恼》相比，《致密伦娜情书》似乎更真挚感人一些。谓之真挚，是因为它本身不是小说，而是作者的亲身经历；谓之感人，也许是因为它产生的年代离今天要近得多，牢牢交织在其中的恐惧心情至今仍是西方世界的普遍心理状态，因此读来容易发生共鸣。

密伦娜·耶申斯卡生于1895年，比卡夫卡小12岁。她是捷克人，不

① 尤莉·德·莱斯匹那斯(Jeanne Julie Éléonore de Lespinasse，1732—1776)，18世纪法国女作家，文艺沙龙创办者。早年结识侯爵夫人杜·德方(Madame du Deffand)，参与其组织的文艺沙龙，与一些著名的外交家、哲学家和政治家交游甚广。后创办属于自己的文艺沙龙，在当时的法国上流社会引起广泛影响。她的作品有《书信集》两卷本，是写给三位恋人、密友的书信合集，他们分别是法国数学与物理学家让·勒朗·达朗贝尔(Jean le Rond d'Alembert)、西班牙驻法国大使之子马奎斯·杜·莫拉(Marquis de Mora)和军事作家康特·德·吉伯特(Comte de Guibert)。

是犹太人，这在卡夫卡一生的爱情史中是罕见的例子。她父亲是外科医生和布拉格捷克大学的教授。她有文化，很聪明，也很有个性。当初她爱上了犹太人波拉克，父亲非常反对，为此把她关入了医院，但她从那儿跑了出来，毅然与波拉克结了婚，定居维也纳。但是她的婚姻是不幸的，波拉克另有所欢，经常在外鬼混，使她精神上十分痛苦。她是个颇有才华的作家，当时经常给布拉格一家报纸撰稿。她也是当时就发现了卡夫卡的天才的少数几个人之一。她于1920年初写信给卡夫卡，询问可否由她将他的几篇小说译成捷克文。他们就这么认识了。她爱上了卡夫卡，就主动进攻。卡夫卡说过，她是“一团火”，这团火甚至一度烧熔了卡夫卡心中的坚冰。与菲莉斯的关系不同，卡夫卡同她在一起时确实感到十分幸福。勃罗德说，卡夫卡从维也纳密伦娜那里回来时，容光焕发，俨然像换了一个人。他在密伦娜身边时甚至能够摆脱一直紧紧地缠着他的恐惧情绪，他们俩还一起嘲笑这种心情。可是密伦娜虽然痛恨丈夫的所作所为，一时却还下不了决心断绝与丈夫的关系而与卡夫卡结合。他们的这一关系很快便陷入了绝境，双方都痛苦地努力要结束这一关系，努力地减少通信。后来关系终于断绝了，但双方的思念之情却难以割舍。密伦娜在给勃罗德的一封信中写道：“我将不给弗兰茨（指卡夫卡）写信，一行也不写。如果您能隔一段时间给我写封信，告诉我他的近况，我将非常高兴。”后来卡夫卡病重时密伦娜还去看过他。卡夫卡死后没几年，密伦娜终于离了婚。她因思想激进在第二次世界大战中被捕，死于法西斯集中营。卡夫卡致密伦娜的信一直锁在银行的保险柜中，一直到战后才由维利·哈斯公之于世。优美的文笔，热烈而真挚的感情和含蓄而曲折的表达技巧，使《致密伦娜情书》在艺术上确实胜于《致菲莉斯情书》。在这里，我们可以读到这样的抒发：“直到现在你还没有告诉我医生是怎么说的，你这慢性子，你这糟糕的写信者，你这狠心人，你这亲爱的，你——哦，怎么啦？一点也没有怎么，静静地靠在你的怀中。”感情一泻如往，爱得不知怎么表达才好。这在《致菲莉斯情书》中是见不到的。

我们还可以见到对爱的这样的形容:“你这迟钝的人,我爱你,就像大海爱它海底的一块小石头一样,我的爱就像大海一样地抚摩着你。”

爱甚至会引起如此奇想:“为什么我不是像你房间里一个幸福的大立柜呢?它可以看着你的一举一动,不管你是坐在椅子上或者俯在写字台旁,或者上床睡觉,或者正在睡眠之中(祝你做个好梦!)”

也许密伦娜抱怨卡夫卡有些信没有多少实际内容,卡夫卡辩解道,正是在这些信中“我的心离你那么近,周身血液是那么驯服,那么驯服于你。在那么深的森林深处,在寂静中憩息,这种时候人们除了说诸如‘透过大树可以看见上面的天空’这类话外,别的什么也不会说,而在一个小时后人们又会重复一遍这同样的话,这话中肯定‘没有一个词是未经过深思熟虑的’。”

这些信真是一首首动人的爱情诗。如果要把这样的抒情段落都摘引在此,恐怕将等于翻译全书了。

但是如果仅此而已,那么卡夫卡充其量也只不过是个出色的爱情诗人罢了,也就不成其为卡夫卡了。他书信日记中使人们震动的更有其他一些带有普遍意义的思想感情,在这些信中最突出的则是贯穿始终的恐惧情绪。

恐惧感在卡夫卡的小说、书信、日记、札记中无所不在,它的生成有各种各样的背景。当时欧洲刚经过第一次世界大战,大战的严重破坏性在人们头脑中记忆犹新,战后革命与反革命、夺权与反夺权接踵而来,使许多人感到前途莫测;理想的幻灭、安宁生活的消逝、看不到真正光明的前景,使欧洲的小资产阶级惶惶不安,恐惧难宁。加上社会、家庭中的异化现象,仇视犹太人主义……这种种因素加深着卡夫卡心中的惶恐情绪。《致密伦娜情书》中的恐惧感自然不光是就爱情关系而言的,但它与爱情关系交织在了一起,难解难分。《致菲莉斯情书》中自然也有恐惧感,但《致密伦娜情书》中更盛,这是因为卡夫卡与密伦娜爱情中有几种因素是卡夫卡与菲莉斯爱情中所没有的,其中主要的是:一、密伦娜是已婚女子;二、密伦娜不是犹太人。

卡夫卡这么说过:“在你与他共同生活的气氛中,我真是‘大家庭’中的一只老鼠,人们一年中最多容许它公开从地毯上跑过去一次。”这段话十分形象地说明了他们爱情关系的性质和卡夫卡的心情。

正是由于密伦娜是已婚女子,卡夫卡与她会面只能偷偷进行,他们在通信中一不写日期,二不写收信人姓名,署名一般也只写个缩写“F”(代表弗兰茨),或者干脆只写“你的”,而更多的只写星期。卡夫卡给密伦娜的信不能直接寄到她家,一般寄邮局,由密伦娜去取。尽管采取了这些“安全措施”,卡夫卡还是十分惶恐不安。他对密伦娜说:“写信意味着在贪婪地期待着的幽灵面前把自己剥光。写下的吻到达不了应到达的地方,而在半路上就被幽灵吮吸得一干二净。”这里显然暗示了他的不安,唯恐他的信到达前就被密伦娜的丈夫等人偷拆。

至于卡夫卡是犹太人这一点,密伦娜本人并不忌讳。可是卡夫卡却总感到不安,他在信中不断提醒密伦娜注意这一点。在一封信中,他把自己比作一头林中兽,有一日走出森林,遇到密伦娜,密伦娜待他很亲切,使他感到非常幸福、自豪、自由自在,“可是从根本上说我还是那只野兽,归宿只能是在林中,只是由于你的仁慈才得以在这野外待着”。在与密伦娜相处的幸福时刻,卡夫卡可以忘掉一切,但一旦离开她,他就会想起他对她来说实际上只是个陌生的人,一头“林中兽”,一个受歧视的民族的成员。这又怎能叫他不惶恐不安呢?

面对密伦娜这么一个为爱情而生的、火一样热烈的人,他也十分惶恐不安,他不知这一关系将把他引向哪里。他觉得自己在通信中处于一种不断上升的昏迷状态,面前有一种捉摸不定的东西会无限制地超越他的力量。

这一爱情关系从一开始就具有注定要失败的性质,卡夫卡从开始就认识到了这一点,也一直对此惶恐不安。他说:“只要失去了你,我就成了鲁滨逊了。但是我将比鲁滨逊更鲁滨逊。他还有那个岛、星期五和其他许多东西……而我将一无所有,连名字都没有,因为我把它也给了你了。”

这种惶恐不安的心情笼罩着他俩爱情关系的全过程，他既想接近，又想回避。就这种苦痛的折磨卡夫卡描述道："有时我有这么个印象：我们有个房间，这房间有两个相对着的门，我们每人摸着一个门的门把，只要一个人的眼睫毛动一下，另一个就已经站在了这个人的门后；只要第一个人说一句话，第二个人就带上了身后的门而再也看不见了。"

关于恐惧感卡夫卡写过这么一段理论性的阐述："生活的乐趣不是生活本身的，而是我们对升入一种更高的生活的恐惧；生活的折磨不是生活本身的，而是我们因那种恐惧而进行的自我折磨。"严酷的现实使卡夫卡对前途无法乐观，而对将要升入"一种更高的生活"，譬如说与密伦娜的爱情的升华只能感到恐惧。这就是卡夫卡对他一生的不幸，包括爱情生活的不幸所作的哲理性总结。这也是笼罩着现代西方社会的惶恐情绪的一个重要特点。

《致密伦娜情书》便是这么一种惶恐的追求，绝望的斗争。这恐怕是这些平常的爱情书信为什么会使人感到惊心动魄的原因所在吧。卡夫卡的恐惧并不完全是手足无措的恐惧，它也是忧虑的变形，睿智的结晶，为理想而激动地颤抖；卡夫卡的绝望并不是束手待毙的绝望，它也是卡夫卡独特的斗争方式的一个特点。让我们听听卡夫卡在给密伦娜的一封信中的呼声吧："什么时候才能把这颠倒了的世界稍稍矫正过来一些呢？"

五

目标虽有，却无路可循；我们谓之路者，不过是彷徨而已。

——卡夫卡：《对罪愆、苦难、希望和真正的道路的观察》

从 1912 年底卡夫卡与菲莉斯建立爱情关系到 1924 年卡夫卡去世这十二年间，是卡夫卡一生中遭受痛苦折磨最多的时期，也是他文学创作的"黄金时期"。卡夫卡最重要的一些作品都是在这一阶段写成的。

看一下现存作品的写作日期，我们会发现一个有意思的现象，卡夫卡创作的高潮都发生在卡夫卡爱情危机发生时或发生后。归纳起来，我们可以看到四次创作高潮：一、1914 年，第一次解除婚约前后，作有长篇小说《诉讼》、短篇小说《在流刑营》等；二、1917 年，与菲莉斯的关系最后崩溃的前夕，这是短篇小说的丰收年，写下的著名的短篇有《乡村医生》、《在楼座上》、《豺与阿拉伯人》、《中国长城建造时》、《一份为某科学院写的报告》、《猎人格拉库斯》等；三、1919 年，与尤丽叶的关系面临危机，即遭到父亲的反对之际写下了著名的《致父亲的信》；四、1921 至 1922 年，与密伦娜的关系失败后，写下了长篇小说《城堡》和一些短篇名作，如《饥饿艺术家》等。这些作品的诞生期绝不是时间上的巧合。正所谓"悲愤出诗人"，细读之下，这些作品多半在思想内容上与卡夫卡当时面临的爱情危机或失败是有着密切的内在联系的。

1915 年 1 月 23 至 24 日卡夫卡与菲莉斯在博登巴赫重聚时，卡夫卡给菲莉斯朗读了他在 1914 年下半年写的几篇小说，其中便有《在法的门前》。这篇小说，或者更正确地说，这个从长篇小说《诉讼》中抽出来的小故事应写于第一次婚约解除之后不久。卡夫卡 1914 年 7 月 29 日的日记中写有一个故事：一个富商的儿子约瑟夫·K，同父亲吵架后走到了码头边的商会门前，门房向他深深鞠了一躬，而 K 只是瞥了他一眼；当他又一次转过身来看那门房时，"这人向大街转过身去，仰望着乌云密布的天空"。这故事与《在法的门前》有许多相似之处，即使不是《在法的门前》的灵感来源，也是姐妹篇。

《在法的门前》这个小故事的内容大家是熟悉的：一个乡下人来到法的大厦的门前，要进去，门警说，你可以试着往里走，但里面的门警一个比一个厉害，他被吓住了，一直坐在门口。直到弥留之际，门警才告诉他，这个门本来是专为他而开的。这个故事与那些年卡夫卡的爱情生活是多么相似啊！乡下人追求的是"法"，卡夫卡追求的是真理、真实性和纯洁性以及安宁和归宿；乡下人被吓住了，不敢往里走，卡夫卡也被吓住了，在眼看快成功的时刻解除了婚约。在法的门前站着个门警，而且里面每一个大厅门口都有一个门警，一个比一个强壮。那么在卡夫卡的婚姻生活中站着什么门警呢？让我们读读卡夫卡后来写下的这段话吧：“我曾爱着一位姑娘，她也爱着我，但我不得不离开她。为什么呢？我不知道。她就像是被一群武士围在中间，他们矛头向外。只要我向她走近，我就会撞在矛尖上，被刺伤，而不得不退回……我身边也围着一圈武士，他们矛头向内，也就是向着我。假如我向那姑娘挤过去，我就会首先撞在我的武士的矛头上，从这里我就迈不出脚去。”他“身边的武士”其实就是他自己心中的门警，心中的“铁栅栏”。《在法的门前》中的看门人其实也只是作者自己在心理中设置的障碍，并非外界的看门人。“乡下人”和它的作者一样，目的都是有的，就是不知怎么走去，因而不敢走去，只能“彷徨”而已。

《中国长城建造时》写于 1917 年三四月间，也就是卡夫卡与菲莉斯的爱情关系面临最后崩溃的时刻。这篇小说在卡夫卡生前未全文发表，卡夫卡只从其中抽出一段发表在小说集《乡村医生》中，题名《皇帝的圣旨》。这个小故事说的是：皇帝临终前凑着一个信使的耳朵传了一道旨意，信使听完后马上向外奔跑，人人向他让路，可是庭院套庭院，宫殿复宫殿，他几千年也走不出紫禁城，即使有一天他终于走了出来，等待着他的将是更为庞大无比的都城，他永远不可能穿过这都城而跑出来，可是在黄昏降临之时，他却坐在窗前梦想着圣旨的降临。

这“圣旨”指的是什么呢？不得而知。我们只知道，1917 年春正是卡夫卡心中激烈地斗争着的时刻，经过几年危机起伏的爱情生活，最后的结束时刻即将来临了，他深深地知道，一切已不可挽回，幸福是永远不可能降临的了；可是又不甘心，总盼望奇迹的出现。他自嘲地写一下了“你却坐在窗前梦想着圣旨的降临”这样辛酸的句子。

《乡村医生》也写于 1917 年。这个短篇说的是：在一个大雪纷飞的夜晚，乡村医生乘马车赶往外村急诊，到达以后，他发现躺在床上的少年其实并没有病。但是病人的亲属苦苦哀求他一定要给治好病，于是他又一次走到床边，这回他看见在少年的臀部右侧裂开一个碗口大的伤口，样子非常可怕，他知道治不好了。可是病人家属一定要他治，为此把他的衣服都剥光了，关上门，大家退了出去。他来不及穿衣服，就跳上马车逃命，两匹马守着车，慢慢悠悠地走着，怎么也催不起来，而他光着身子，冻得要命，“这样我永远也别想到家……受骗了！受骗了！一旦听从了夜间误响的门铃声——那就一切都无可挽回了。”

看上去这纯粹是一个噩梦，许多评论家都觉得它过于神秘，不可解释。当然，要逐字逐句地进行解释确实是不可能的，也没有必要。可是卡夫卡自己（虽然他自己也往往解释不了自己的作品）却总是给我们提供了理解他的作品的钥匙。《乡村医生》中有两个值得注意的重点：一、病人的伤口；二、永远到不了家的流浪。

真是无独有偶，就在同一年——1917 年 9 月的一篇日记中，卡夫卡也写到了伤口：“如果真如人所断言的，肺部的伤口只是一个象征，伤口的象征，F（菲莉斯）是它的炎症，辩护是它的深处，那么医生的建议（光线、空气、太阳、安静）也就是象征了。正视这个象征吧。”读了这段话，对《乡村医生》中的伤口问题恐怕都不用解释了。在 9 月初的一封信中卡夫卡在谈到菲莉斯时就曾问勃罗德是否记得《乡村医生》中的伤口。因此小说应写成于 9 月之前，但又不会相隔很远。我们看到，小说中把伤口的边缘、深处、颜色等分开来写，与日记中这段话的风格十分相似。

关于长篇小说《城堡》的具体写作日期并没有确切的材料加以说明，我们只知道 1922 年 3 月 15 日卡夫卡给勃罗德朗读了《城堡》的大段开头部分，因此该小说开始动笔的时间应在 1921 年下半年或 1922 年初，停笔的时间应在 1922 年 9 月。在 9 月 11 日的一封信中，卡夫卡写道：“看来我必须永远撂下那个城堡故事了。”他说他在不久前疾病再一次爆发后，思路已经接不上去了。也就是说，卡夫卡这部代表作断断续续地写了一年或将近一年的时间。

《城堡》的中心思想概括起来就是——目标之不可抵达。一座高高矗立在山上的城堡，阴森庄严，可望而不可即。当土地测量员 K 来到山脚下的村庄时，城堡已经看不见了。“雾和黑暗围住了它，没有一星半点微弱的灯光示意这个庞大城堡的存在。K久久地站在从公路到村庄之间的木桥上，仰望着前方那似乎是虚无缥缈的夜空。"进入村庄后，K曾想徒步走到城堡那里去，但村子里那条主要的路并不通向城堡所在的山上，到了城堡的附近，路就似乎有意识地拐弯了，走多远都与城堡保持着不远不近的距离。当他决定离开道路，从无路的地方走上山去时，他马上陷入了深深的积雪中，举步难行。城堡里的官僚机构也是可望而不可即，高高在上，一个个成了神秘的人物，打上去的电话成了那儿的娱乐，送下来的信是从庞大的公文堆中抽出来的陈年旧账。这个土地测量员名义上是由城堡请来的，可是始终无人承认他，无人叫他测量什么，直到最终他还是个陌生的外乡人，什么目的也没有达到。

目的可望而不可即这一思想在卡夫卡的爱情生活中得到进一步强化。在与菲莉斯的爱情关系阶段，卡夫卡就不断地哀叹目的之不可实现，不可达到，他说他就像一个攻克不下城府的"可怜的将军"，他有时觉得菲莉斯"就像生活在另一个星球上"。

在与密伦娜保持着热烈的爱情关系的1920年，卡夫卡写了一个小故事，出版者认为这是《城堡》的雏形：K想要使自己融入一个地主之家，但他"不走社会性的道路，却只管拣直路走去。也许那条路他觉得绕得太远，所以走直路确实不错，可是他所试图走的这条路却是一条走不通的路。"这小故事向我们透露了：卡夫卡一年后描写的"城堡"就其直接来源而言就是"融入一个陌生人的家庭"——即寻找安宁、归宿这一目标。写这个小故事时，卡夫卡正处于同密伦娜的爱情之中，所以他还只是检点自己走的道路不对。在写《城堡》时，卡夫卡与密伦娜之间的爱情已经结束，卡夫卡对建立家庭已经绝望，因此就连明明通向城堡的路也接近不了城堡，城堡完全不可抵达了。

1921年4月，也就是在卡夫卡与密伦娜爱情结束之后，小说《城堡》动笔之前，卡夫卡在一封信中总结了他与菲莉斯、与密伦娜等人的爱情关系，然后说道："显然我所爱的总是那些我将其高高置于我的上方的东西，那些对我来说不可获得的东西。这自然就是整体的核心，这整体可怕地增长着,直到叫人'恐惧得要死'。"经过多年的痛苦生活,卡夫卡那目的遥不可及的思想至此已经发展成熟。瓜熟蒂落,《城堡》应运而生。《城堡》的核心自然就是卡夫卡从一系列失败,包括爱情生活的失败中总结出来的核心。

目标虽有,无路可循,这是卡夫卡这一阶段创作的重要主题之一。但是目的之不可即并不意味着瘫软的绝望,并不等于说卡夫卡因此便裹足不前了。即使在前面提及的这几篇小说中,我们仍然可以看到卡夫卡一生的宗旨:寻找道路,永远探索,永远奋斗。

在写于1917年三四月间的《皇帝的圣旨》中,卡夫卡又一次嘲笑了自己,但这是另一种自嘲,是悲观的自嘲——圣旨明明来不了,他却在梦想着。这期间卡夫卡心中正值矛盾交织之际,他知道与菲莉斯肯定无成功希望,但却不肯放弃。这种自嘲却也说明了他心中并未完全绝望,总还是抱着希望与理想。这么一个梦想圣旨的人也象征着卡夫卡的一生,他悲观,但并不放弃希望。《乡村医生》是这几个作品中气氛较沉郁的一篇,也许是可以冠以"绝望"之称的一篇。但是绝望这个词其实并不十分合适,一个裸体的医生在马背上向无边无际的雪原中走去,此情此景倒是更让人想起"凄凉"和"悲愤"这两个词,这是卡夫卡当时心情的真实写照。这同时又使我们联想起卡夫卡在1916年10月写下的一段话:"我是个多半不能自立的人,对完全的自立、无依赖性和自由怀着无穷的渴望。宁可蒙上眼罩走我的路,直至路的终端,也不愿让家乡的人群围着我转,分散我的目光。"乡村医生不也是夺门而出,一直向前走去,"直至路的终端"吗?虽然不知终点何在,但毕竟也是一种斗争。这篇小说也说明卡夫卡面临爱情关系的崩溃,心情固然凄苦,但他又觉得这是为摆脱束缚,获得自由所必须做的,决心已经下定了。

《城堡》无疑是目的不可即这一思想延伸的终极,但恰恰又是这部小说,甚至是卡夫卡所有小说中斗争性最强的一部。K为争取进入城堡,争取社会的承认,自始至终不懈地斗争着,从未屈服过。K争取社会承认的目的也就是卡夫卡一生为之奋斗的目的,用卡夫卡自己的话说,叫做“辩护”。卡夫卡说过:“每个人当然都必须有能力为自己的生(或死)辩护,这个任务是不能回避的。”

本章分析的这几篇小说当然是卡夫卡爱情关系的直接或间接产物,不联系其爱情关系恐怕对它们是难于全面和深刻理解的。但是它们又远远地超出了爱情关系的范畴,目的不可即的思想,永远斗争、为“辩护”而奋斗的思想,是指导着卡夫卡一生的哲学思想。卡夫卡的作品是多义性的,有多重解释性。